U0657556

经典名著
延伸阅读

汤姆历险记

THE ADVENTURES OF TOM SAWYER

[美] 马克·吐温 著

克劳德·拉普易特 绘

张友松 译

作家出版社

目录

汤姆历险记 THE ADVENTURES OF TOM SAWYER

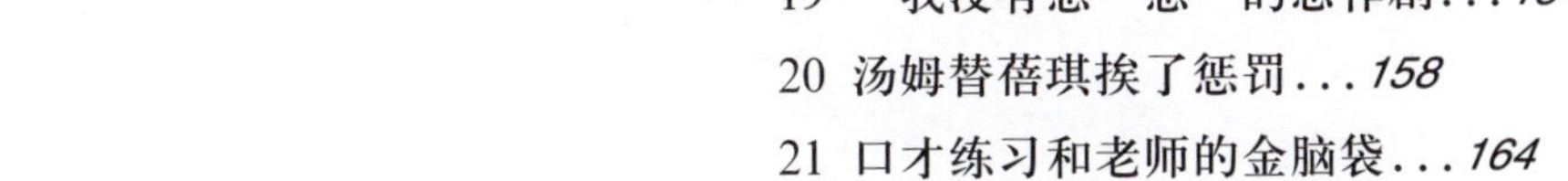

小引

这部书里所记载的冒险故事，大部分都是实际发生过的；其中有一两件事情是我亲身的经历，其余都是我的同学们的故事。哈克贝利·费恩是照真实的人物刻画出来的；汤姆·索亚也是一样，可是并非根据单独一个人写的——他是由我所认识的三个孩子的特点结合起来的一个角色，所以是属于混合式结构这一类型。

书中所说到的那些荒唐的迷信，就这个故事发生的时期——就是说，三四十年前——在西部的儿童和奴隶们当中都是很流行的。

我这部书虽然主要是打算供少年男女欣赏的，可是我希望成年人并不会因此而退避三舍，因为我的计划有一部分是想要轻松愉快地引起成年人回忆他们童年的生活情况，联想到他们当初怎样感觉、怎样思想、怎样谈话，以及他们有时候做些什么稀奇古怪的冒险。

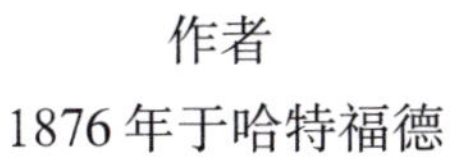

作者

1876 年于哈特福德

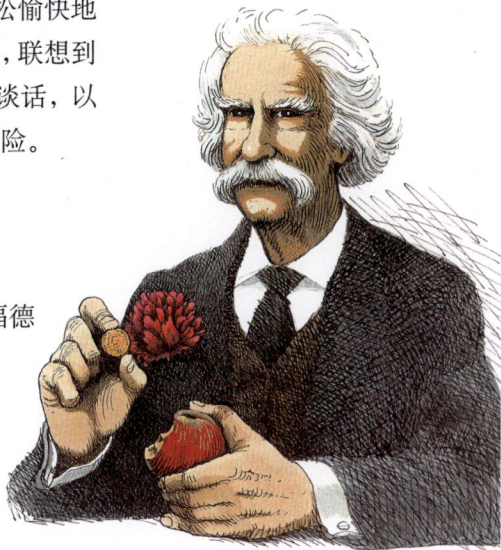

L. Manitoba
Ft. Birdstail
Ft. Garry
Ft. Alexander
Brandon Ho.
Assiniboin
L. of the Woods
Ft. William
Neepigon Ho.
Trading Post
Frederick Ho.
Montreal R.
Nipissing
Pembina
Amern. Fur Co.
Ft. Charlotte
Lake Superior
Ft. Brady
Yellowstone R.
Lit. Missouri R.
Cannon R.
James or Jacques R.
Red R.
Fur Com.
WISCONSIN
Mississippi R.
Ft. Snelling
St. Peters R.
Ft. Howard
Big Horn R.
Tongue R.
R. Chayenne
White R.
Cassville
Turkey R.
R. des Moines
Wisconsin R.
L. Michigan
MICHIGAN
L. Huron
TORON
L. St. Clair
Detroit
L. Erie
Quicourt R.
N. Br. of Platte R.
Platte R.
S. Br. of Platte R.
Missouri R.
Chicago
Michigan City
Toledo
Cleveland
Springfield
Illinois R.
INDIANA
OHIO
Indianapolis
Columbus
Cincinnati
Republican F.
Solomons F.
Gr. Saline F.
Smoky Hill F.
Kanzas R.
Vandalia
Wabash R.
Ohio R.
Louisville
Frankfort
Arkansas R.
Jefferson City
KENTUCKY
St. Louis
Negracka R.
Grand R.
MISSOURI
Cumberland R.
Nashville
Santa Fe
N. F. of Gr. Saline R.
Canadian R.
TENNESSEE
Albuquerque
Canadian R.
Arkansas
ARKANSAS
S. F. of Canadian R.
Little Rock
Washita R.
Tennessee R.
Milledgeville
Rio del Norte
Red R.
Yazoo R.
Tuscaloosa
MISSISSIPPI
ALABAMA
GEORGIA
Puerco R.
Red R.
Jackson
Brazos R.
Nacogdoches
Trinidad R.
Sabine R.
Natchez
Mobile
R. Colorado
TEXAS
San Felipe de Austin
LOUISIANA
Tallahassee
Norte
HOUSTON
New Orleans
Appalachie Bay
Conchos
R. S. Antonio
Guadalupe R.
Sabine R.
Galveston B.
Vermilion B.
Barataria B.
Mississippi R.
Rio Brazos
Matagorda B.
Tampa
Moncloa
Nueces R.
Rio Grande
Charlotte
L. Cayman
I. del Padre
GULF
Rio del Norte
Antonio

❝这一阵混乱很快就分出胜负，汤姆骑在新来的孩子身上，用拳头狠狠地打他。❞

1 顽皮的汤姆

“汤姆！”

没人应声。

“汤姆！”

没人应声。

“咦？这孩子跑到哪里去了，汤姆呀！”

没人应声。

老太太把她的眼镜拉到眼睛底下，从镜片上方向屋子里四处张望了一下；然后又把眼镜推了上去，从镜片底下往外看。要找一个小孩子这么大小的东西时，她很少，甚至从来就不会戴正眼镜。这副眼镜是很讲究的，也是她很得意的东西。她配这副眼镜是为了“派头”，而不是为了实用！她看东西的时候，怕是戴上两块火炉盖，也一样看得清清楚楚。她一时显得有点困惑，于是就说：“好吧！我发誓，我要是抓到你，我就要……”

密西西比河的名字源自印第安语，意思是大水，据说马克·吐温曾形容此河为世界上最蜿蜒曲折的河流。由于新弯道的不断出现，河流的长度经常改变，介于2340至2540英里（3750至4060公里）之间，它是美国最大的河流，由南到北贯穿美国大陆，从大湖区西边的明尼苏达州到路易斯安那州，在注入墨西哥湾的河口形成了一个内陆三角洲，从威斯康星州到新奥尔良河道全线大都可航行，对十九世纪美国的快速发展有重大贡献。

声音并不很凶，但还是足够让桌椅、板凳听得清楚。

她话没有说完，因为这会儿她正在弯下腰去，拿扫帚在床底下拨，所以她需要喘一口气再拨一下才行。结果却除了跑出一只猫儿以外，什么也没有弄出来。

“我跟你说过几十回了，你要是敢再动我那果酱，我就要剥你的皮。”

“我从来没有见过比这孩子更淘气的！”

她又走到敞开的门口，向她满园子的番茄梗和曼陀罗草丛中搜寻，还是没有找到汤姆。于是她抬起头来，提高声调喊道：“汤姆，你这孩子呀！”

她背后有一阵轻微的响声。她一转身，恰好抓住了一个小男孩的短上衣的衣角，使他无法逃跑。

“哈！我早该想到那个小衣橱的。你在里面干什么呀？”

“没干什么。”

“没干什么？瞧你这双手，瞧你的嘴，是什么东西？”

“我不知道，阿姨。”

“哼，你不知道我可知道，那是果酱！一定没错。我跟你说过几十回了，你要是敢再动我那果酱，我就要剥你的皮，快把鞭子拿过来。”

只见鞭子在空中挥舞——简直是危急万分——

“哎呀！阿姨！你看后面！”

老太太以为真有什么危险，连忙转过身去，撩起裙子，闪到一边。那孩子马上就一溜烟逃开，他爬上高高的木板围墙，一翻过去就不见了。

老太太大吃一惊，站了一会儿，随后就小声地笑起来。

“这该死的孩子，我怎么老是不吸取教训？像这样的玩笑，难道多到还不够我在这时候提防他吗？却反而掉进他的老圈套里去。俗话说得好，老狗学不会新把戏。可是天哪，他要的花样几乎没两天就翻新一次，谁猜得到他的鬼主意呢？他好像知道要折磨我多久，才会叫我冒火；也知道只要能想个办法哄哄我，或是惹得我发笑，就什么事都没有了，我也就不能揍他一顿。我对这孩子没有尽到我的责任，这是实在话，一点也不错。《圣经》上说得好，孩子不打不成器。我明知这样惯坏了他，对我们俩都越来越加重罪过和苦痛。他是整个儿让鬼给迷住了，可是，唉，这可怜的孩子，他是我去世的姐姐的儿子，不知怎么，我总是不忍心揍他。我每次饶了他，总会良心不安，打他，又觉得有点儿心疼。算了吧！算了吧！《圣经》上说得好，人为妇人所生，日子短少，多有患难，我看这话一点也不假。今天下午，他又要逃学了，明天我非得叫他做点事，罚他一下不可。一到星期六，别的孩子们都放假了，叫他做事是很不容易的。他可是恨透了工作，比什么事都还恨得厉害，我可不能不对他尽一点责任，要不然会把这孩子给惯坏了。”

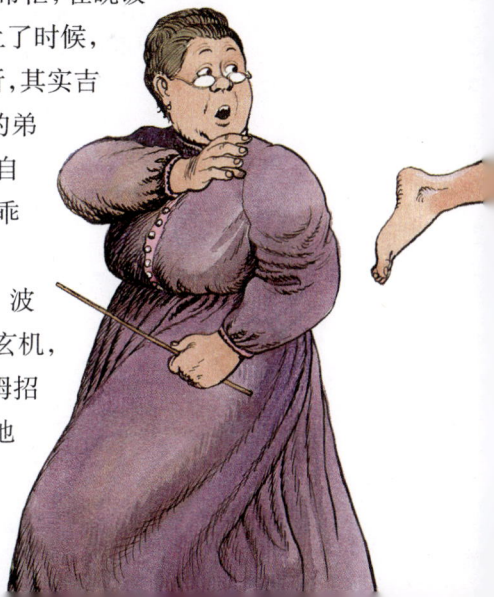

汤姆果然逃了学，而且玩得很痛快，他回到家里的时候，只勉强赶上了给黑人孩子小吉姆帮帮忙，在晚饭前锯好隔天要用的柴火。至少他算是赶上了时候，还来得及把他所干的那些勾当说给吉姆听，其实吉姆早已经完成了四分之三的工作。汤姆的弟弟(其实是异母兄弟)席德也已经做完了他自己分内的工作(拾碎木片)，因为他是个很乖巧的孩子，一点也不调皮捣蛋。

吃晚饭时，汤姆一有机会就偷糖吃。波莉阿姨趁机问了他一些问题，话里充满了玄机，而且玄妙得很。因为她要设下陷阱，引汤姆招供一些对他自己不利的实话。她就像其他

“老太太以为真有什么危险，连忙转过身去，撩起裙子，闪到一边。那孩子马上就一溜烟逃跑了。”

许多心地单纯的人一样，颇有一种自负的心理，总觉得自己是个天才，特别懂得耍些狡猾和诡秘的手腕，一心以为自己极容易让人猜透的花招都是些聪明绝顶的杰作。她说："汤姆，今天学校里相当热吧！是不是？"

"是呀！阿姨。"

"热得很吧！是不是？"

"是呀！阿姨。"

"你是不是很想去游泳呢，汤姆？"

汤姆心里突然感到一阵惊慌。他不由得有点不安和怀疑。他查看波莉阿姨的脸色，可是并没有看出什么。所以他就说：

"没有，阿姨；呃，并不这么想。"

老太太伸出手去摸摸汤姆的衬衫，一面说："我想，你现在不觉得热了吧！"她发现衬衫是干的。她觉得谁都不会知道她的用意正是要弄清楚这一点，这使她一想起就很得意。可是现在汤姆可猜透了她的心思。所以他预先想好了说词，抢先老太太一步："我们有时会将冷水淋在头上。我头上现在还是湿的哩！您看见了吗？"

密西西比河沿岸，住有许多帮忙卸船货的美国黑人苦力，他们因为太穷付不起房租，被迫住在简陋的帐篷里，他们和卖东西的小贩分享他们生命中的喜怒哀乐。

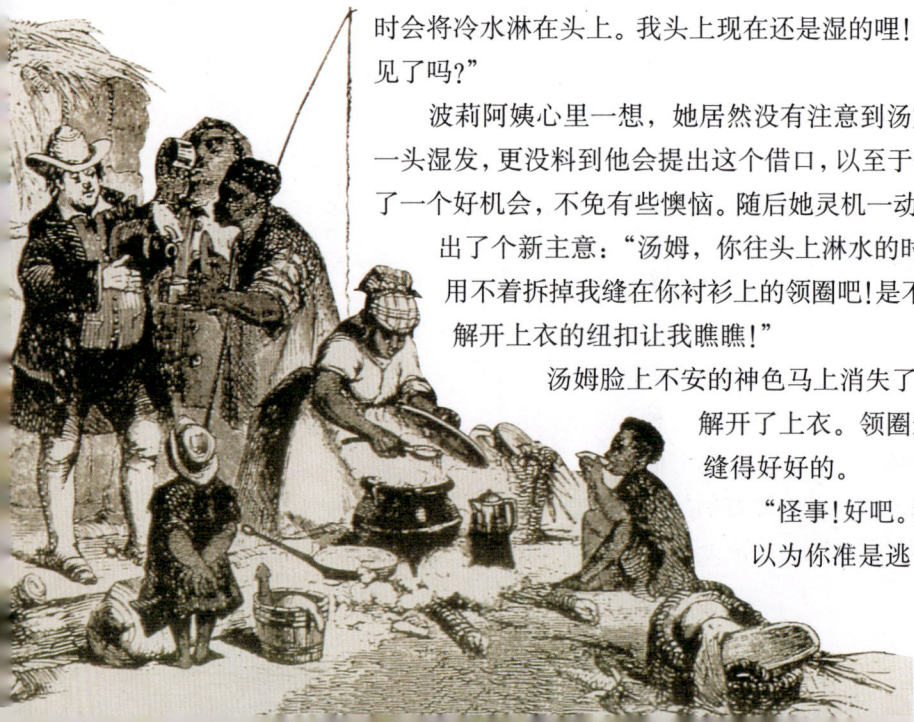

波莉阿姨心里一想，她居然没有注意到汤姆是一头湿发，更没料到他会提出这个借口，以至于错过了一个好机会，不免有些懊恼。随后她灵机一动，又出了个新主意："汤姆，你往头上淋水的时候，用不着拆掉我缝在你衬衫上的领圈吧！是不是？解开上衣的纽扣让我瞧瞧！"

汤姆脸上不安的神色马上消失了。他解开了上衣。领圈还是缝得好好的。

"怪事！好吧。我还以为你准是逃了学

去游泳了。可是我原谅你，汤姆。我看你就像俗话说的烧掉了毛的猫那样难看，骨子里倒不那么坏。可是也就这么一次。”

她一方面为了自己的机智落了空而难过，一方面又为了汤姆居然也有这么一回破天荒的听话、守规矩而高兴。

可是席德尼(席德的全名)说：“咦，我好像记得您缝他的领子用的是白线，可是现在却是黑的。”

“噢，我的确是用白线缝的呀！汤姆！”

可是汤姆没有等到听完后面的话就走了。他走出门口的时候说：“席德，我不会饶你的，我会报仇的。”

汤姆走到一个安全的地方，就把插在外套翻领上的两根大缝衣针仔细看了一下，针上还缠着线。有一根针上缠的是白线，另一根缠着黑的。

他说：“要不是席德多嘴，阿姨根本就不会发现。哼！有时候她用白线缝，有时候又用黑线缝。我真希望她干脆只用一种线就好，换来换去，我简直弄不清楚。我发誓非揍席德不可，我一定要好好教训教训他！”

汤姆不是村里的模范儿童。不过他对席德这位模范儿童可是了解得很清楚，而且还很讨厌他。

不到两分钟的工夫，甚至还没有那么久，汤姆就把一切烦恼通通忘光了。这并不是因为他的烦恼不够沉重，不像大人的烦恼对心情有很坏的影响，因此可以轻松点，而是因为有一种新鲜、强烈的兴趣压倒了烦恼，暂时把它从他心里赶出去了。就像大人遇到新奇的事，也会兴奋得忘记他们的不幸一样。

这个新的趣事，是一种吹口哨的新绝招。他刚从一个黑人那儿学来，当宝似的一心想要练习练习，不让别人打搅。这种特别的口哨像鸟儿的音调，流畅婉转而轻柔，把舌头断断续续地抵着口腔顶上就可以吹

路易斯安那的密西西比河岸，成列的丝柏上覆盖着的苔藓，法国移民称它为“西班牙胡须”；西班牙移民称作“法国假发”。美国土著与垦荒者，常用它来铺床或包裹东西。

汉尼拔是塞缪尔·克里门斯度过童年的地方，也就是《汤姆历险记》里的圣彼得堡，临近密西西比河，距北方的圣路易60英里(96公里)，位于河流南北坐标轴的正中间。汉尼拔位于密苏里，密苏里在1820年成为联邦的一员，虽然是一个奴隶州，但在南北战争时期它并未退出联邦，但因介于工业为主的北方和种棉花为主的南方之间而呈现分裂状态。1840年代，汉尼拔是所有西部拓荒者通往前途难料的印第安人区域的必经之地。

得出来——读者只要有过童年，或许就会记得怎么个吹法。汤姆练得很勤奋，又很用心，所以不久就掌握了诀窍，于是迈着大步沿街走着，嘴里吹得溜溜转，心里说不尽地高兴。他的感觉就像是一个发现了新行星的天文学家，不过，要是以那股强烈、深邃和纯粹的愉快感受而论，恐怕这个孩子还胜过天文学家。

夏天的下午是很长的。这时候天还没有黑。汤姆突然停止了口哨，因为面前来了一个陌生的角色，是一个年纪比他稍大一点的男孩。在圣彼得堡这个小得不成样子的小村子里，一个新面孔，不分年龄和性别，都是很能引起村人好奇心的，何况这个孩子又穿得很讲究。在一个并非星期天的日子穿得这么讲究是很特别的，简直令人惊奇。他的帽子很漂亮，那件扣得很紧的蓝料子短上衣又新又干净，裤子也是一样。他还穿着鞋，那天才不过是星期五。他甚至还打着领带，那是一条很漂亮的缎带子。他摆出一副城里人的神气，这简直让汤姆

嫉妒得要命。汤姆瞪着眼睛瞧这个了不起的角色，越瞧他就越把鼻子翘起，表示看不起他那身漂亮衣服。同时他又觉得自己身上穿的好像越来越显得寒碜。于是两个孩子都不做声，这一个走动一下，另外一个也走动一下，就这样在那里兜圈子、打转儿；两人这样面对面，眼瞪眼，僵持了好一会儿。后来汤姆说道：“我能揍你一顿！”

“我倒想看看。”

“哼，我就揍给你看。”

“你不敢。”

“我就敢。”

“不敢，你不敢。”

“我敢。”

“你不敢。”

“敢！”

“不敢！”

两人尴尬地沉默了一会儿。

然后汤姆说：“你叫什么名字？”

“这好像不关你的事。”

“哼，就关我的事。”

“那就来吧？”

“你再说这么多废话，我就要管。”

“偏要说，偏要说，偏要说。看你能怎么样！”

“啊，你觉得自己比我高明，是不是？信不信我把一只手捆在背后，就可以揍你一顿，只要我愿意的话。”

“那么，你怎么不揍呢？你说你可以呀！”

“哼，你要是想欺负人，我就对

“‘我敢揍你一顿！’
‘我倒想看看。’”

你不客气了。”

“啊，是呀！你这种人我见得多了，最后都是弄得自己下不了台。”

“你别臭美！你自以为了不起，是不是？啊，这顶帽子可真漂亮呀！”

“你要是看了不顺眼，那也没办法。我看你不敢把它拿下来，谁敢，谁就得挨揍。”

“你是吹牛大王！”

“你也是。”

“你光会吹牛，跟人家斗嘴，可是光说不练。”

“噢，滚蛋！”

“哼，你再不对我客气点的话，我就拿石头砸你的脑袋。”

“啊，你当然会。”

“哼，我就敢。”

“那么你为什么不动手呢？你光说不做算什么嘛？你为什么不动手呀？就是因为你害怕。”

“我才不害怕哩！”

“你害怕。”

“我不怕。”

“你怕。”

又沉默了一会儿，他俩彼此又互瞪了一阵子，侧着身子互相推挤，后来他们肩碰肩了。

汤姆说：“你滚开这儿！”

“你自己滚！”

“我不滚。”

“我也不滚。”

于是他俩站住了，各把一只脚斜开来，站稳了架势；两人用力地互相撞来撞去，彼此狠狠地互相瞪眼，可是谁也占不了便宜。他们斗了一阵之后，浑身发热，

沿着边界兴起的小镇，这些小镇所在的土地原本都属于印第安人所有，1800年和1830年之间印第安人遭到驱逐，白人移民者逐渐迁入。这些城镇靠铁路与东部联系，服饰、鞋店、台球厅及铁路餐厅是当时最兴盛的商业活动场所。

满脸通红，这时各人才仔细提防着松了劲，然后汤姆说道：“你是个胆小鬼，是只小狗。我要到我大哥那儿去告你，他只要用小指头就可以揍你一顿，我一定要叫他来收拾你。”

“你当我怕你大哥吗？我有个哥哥比他还大，并且还不光是大，他还可以把你扔过那道围墙呢！”（两个哥哥都是捏造的。）

“撒谎。”

“真的就是真的，你说我骗人也没用。”

汤姆用大脚趾在地上画了一条线，他说：“你敢跨过这条线，我就把你揍得站不起来。谁敢，谁就得倒霉。”

那个新来的孩子马上就跨过去了，他说：“是你说要动手的，那么让我们看看你是不是真要动手了！”

“你可别再逼我，你最好是小心点。”

“哼，你自个儿说的——你怎么又不敢呢？”

“哼！给我两个铜板，铁定开打。”

新来的孩子从口袋里掏出两个大铜板，显出讥讽的神气伸出手来。汤姆一下子就把铜板打到地上。两个孩子马上就在土里翻来覆去地打滚，像猫儿似的扭成

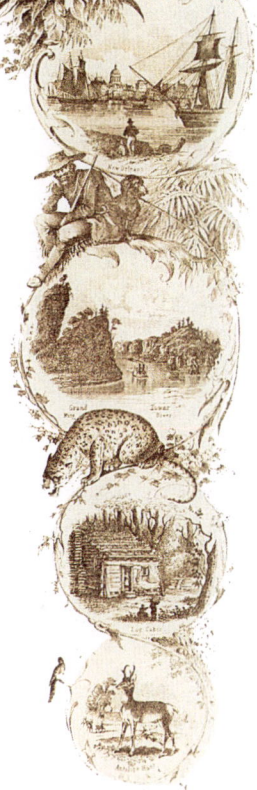

这些画是南方的田园景象，上图是圣路易斯，下方紧接着是新奥尔良。

在《汤姆历险记》的时代里，奴役非裔美国人是合法的，而这也正是导致所谓"南方奴隶州"和"北方自由州"双方之间发生战争的主要原因（南北战争：1861—1865）。联邦政府于1863年废除蓄奴，并通过赋予非裔美国人公民权的宪法修正案。然而，在战争结束后非裔美国人的困境并未随之改善，因为由1867年后的前南军军人所组成的三K党，和其他白人恐怖主义团体试图以暴力夺取这些新公民的权利，反对他们享有完全的公民权成为美国社会的一员。

一团；他们打了约一分钟的时间，互相揪头发扯衣服，彼此在对方的鼻子上又捶又抓，弄得浑身灰土。这一阵混乱很快就分出胜负。汤姆骑在新来的孩子身上，用拳头狠狠地捶他。

"你说'饶了我吧！'"汤姆说。

那孩子只顾挣扎着想脱身。他在哭，主要是因为愤怒。

"你说'饶了我吧！'"汤姆还在打个不停。

后来这个陌生的孩子憋住气勉强说了一声"饶了我吧！"，汤姆才把他放开，说道："这下，你总算受到教训了。下次你最好是当心点，看你是跟谁斗嘴。"

新来的孩子拍掉身上的灰土，哭哭啼啼地走开了，偶尔还回过头来望一望，摇摇头，吓唬着说："下次再碰上的时候，看我怎样对付你。"汤姆一听这句话，就说了些讥讽的话回敬他，然后非常得意地走开。可是他刚一转身，新来的孩子就捡起一块石头，扔过来打中了汤姆的背。他马上就逃跑了，跑得像一只羚羊那么快。汤姆一路追赶这个坏蛋，一直追到他家里，这才知道他住的地方。于是他在大门口站住，待了一会儿，叫他的对手出来较量较量。可是他的对手只敢躲在窗户里面向他做鬼脸，不肯出来。后来对手的母亲出来了，她骂汤姆是一个心眼又坏又下流的野孩子，叫他滚开。于是汤姆就离开了，可是他发誓一定要找个机会再收拾那孩子一顿。

那天晚上汤姆很晚回家。他提心吊胆地从窗口爬进屋的时候，立刻发现了埋伏，原来是阿姨在等候着他。一看他的衣服弄成这个样子，她原来打算在星期六把他留在家里做苦工的决心，就更坚定不移了。

2
光荣的油漆匠

星期六早晨来到了，整个夏季世界一片光明灿烂、生气勃勃，洋溢着生命的气息。每个人心里都有一首歌，如果是年轻人，歌声就从嘴里唱出来了。每个人脸上都流露着喜色，每一个脚步都充满了活力。刺槐正在开花，空中弥漫着花香。高耸在村庄外的加第夫山上，草木茂盛，遍山青翠。它与这村庄的距离不近不远，隔着一段路望过去，正像一片“乐土”，梦境一般地安闲而诱人。

汤姆手里提着一桶灰浆，拿着一把长柄刷子，出现在人行道上。他把围墙打量了一番，满心的欢乐都消失，一阵深沉的忧郁笼罩在他的心头。木板围墙足足有三十码长，九尺高。他觉得生命空虚起来，生活简直成了一种负担。他叹了一口气，把刷子蘸上灰浆，顺着最上层木板刷过去，重复一遍这个动作，然后再做一遍。他看看自己刷过的小小一条，再看看还没有刷过的一望无际的围墙，就在一个木箱上垂头丧气地坐下来。吉姆提着一个洋铁桶从大门口蹦蹦跳跳地跑出来，嘴里哼着“水牛城的少女们”。从前在汤姆心目中，到公用放水站那儿去提水一向是讨厌的工作，现在他可不那么想。他想起放水站有不少同伴。经常有许多白种的、混血的和黑种的男孩、女孩们轮班等候，大家在那儿休息，交换玩具、吵嘴、打架和胡闹。

上图，汉尼拔的加第夫山丘是年轻的塞缪尔·克里门斯和玩伴嬉戏的地方。下图，克里门斯家前面的篱笆，可能就是汤姆当年刷的那面篱笆。现在，此地每一年都会为镇上的小朋友们举行刷篱笆比赛。

他还想起放水站虽然只有一百五十码远，吉姆却从没在一个钟头内提回一桶水来。通常，还得有人去催他才行。汤姆说：“喂，吉姆，你给我刷会儿墙，我去提水吧！”

吉姆摇摇头说：“不行，汤姆少爷。老太太叫我赶快去把水提回来，路上不许跟人家聊天。她说她猜汤姆少爷恐怕会叫我刷墙，所以就叫我一直去干自己的事，她还说她要亲自来看看你刷墙哩！”

“啊，你可别管她那一套！吉姆。她老是爱那么说。把水桶给我，我一会儿就回来了，她哪会知道。”

“啊，我可不敢，汤姆少爷。老太太她会揪住我的脑袋把它拧掉。她真会那么做。”

“她呀！她从来不揍人，只不过是拿顶针在人头上敲一敲，谁怕她。她光是说得凶，可是说说又不伤人的。只要她不哭，就没什么关系。吉姆，我给你一个好东西！我给你一颗白石头弹子！”

吉姆有点动摇了。

“白石头弹子，吉姆！这可是顶呱呱的呀！”

“唉！确实是了不起的好东西！可是，汤姆少爷，我真的怕老太太会要……”

“还有哪，你要是答应，我就把我那个肿了的脚指头给你看。”

画家想像中的老南方，是个富足安乐的地方。务农者的生活非常轻松愉快，非裔美人的生活也很美好。这幅以密西西比河为景的画，随着河上航行的木筏及蒸汽轮桨船而鲜活起来。这些就是南方幻象的一部分，奴隶住的小屋干净整洁，农舍也非常高雅，一幅“美丽家园”的模样。事实上，大部分受到奴役的非裔美人的生活苦不堪言，他们每天有做不完的粗活，过着非人的生活。

吉姆不是神仙，经不住诱惑。这个诱惑对他作用太大了。他把桶子搁下，拿起那粒白石头弹子，随着汤姆解开脚上包的布，他聚精会神地弯腰去看那只脚趾。接下来的瞬间，他的屁股一阵痛，于是提起水桶就顺着大街拼命跑；汤姆用力地刷起墙；波莉阿姨则往家里走，手里拿着一只拖鞋，眼里含着得意的神气。

可是汤姆的劲头并没有持久。他开始想起他原先为今天安排的好玩的事情，心里越来越难受。再过一会儿，一些自由自在的孩子们就会蹦蹦跳跳从这儿走过，大家要到各处去做各式各样好玩的事情。他们一见他还得工作，非大开他的玩笑不可。一想到这点，他心里就像火烧似的难受。他把自己的财宝通通拿出来，仔细看了一阵。一些破碎的玩具和石头，还有一些废物；也许够他和人家换换工作，可是要想拿来换取完全的自由，恐怕连半小时也买不到。于是，他把这几件可怜的财宝放回口袋，不再作收买孩子的打算了。正在这个倒霉和绝望的时候，他忽然想出了一个妙计。这个主意可真了不起。

他拿起刷子，心平气和地又去工作。贝恩·罗杰马上就出现了。这是所有孩子当中他最怕的一个，他正在担心这个孩子的讥笑哩！贝恩走的是三级跳的步法，这足以证明他心情是多么轻松，正打算做一些痛痛快快的事情。他正在吃一个苹果，隔一会儿又发出一阵又长又好听的叫声，随后就是一阵深沉的丁当当、丁当当，因为他在扮演着一艘轮船。他到了近处的时候，就降低了速度。他在街道当中走，假装船向右舷倾斜过来，使足了劲才叫船头停住。他做得很神气、很认真，因为他扮演的是“大密苏里号”，想像着自己是艘排水九尺深的大轮船。他兼扮着轮船的船长和指挥轮机的铃铛，所以他想像他站在自己的顶层甲板上发号施令，并且还

刺槐（细部放大），也叫假刺洋槐或是白刺洋槐，是一种枝上长刺的小灌木，其花成穗悬吊而下（上图）。

MAYFLOWER

蒸汽船的光荣时代

蒸汽船在1840和1850年曾风光一时，尤其在南北战争与铁路运输出现之前。1849年约有一千艘的蒸汽船载着货物进出于密西西比河上。这些由古立尔和艾佛思所创作的画作画出了蒸汽船的黄金时期，那时的蒸汽船有厨房、奢华的客房与客厅，可以称作“移动的豪华饭店”，住在这些豪华客房的旅客与住三等甲板舱的新大陆移民、流浪者和冒险家形成强烈的对比。五月花号（左上图）与第一批由英国移民来到新大陆所搭乘的船同名，以庞大的船身与甲板层数多为特色。但就商业的眼光，速度比舒适更重要，当时的报纸经常报道蒸汽船比赛的消息，船运公司如果想出名就会接受其他船运公司的竞速挑战，比赛有时选在夜晚挑灯举行（右中），获胜的船员将可获得奖金，并且一战成名。另外，在比赛前，赌客们早已下了注，金额之庞大不输赛马。

马克·吐温担任领水人的"密苏里号"。他在1850年习得这项技术,1859年他获得领水人证书,一位名叫何瑞斯·毕斯毕的领水人帮助他实现了这个童年的梦想。

要执行这些口令:"停船,伙计!丁零零!"轮船差不多停住了,他慢慢地向人行道上靠拢来。

"掉过头来!丁零零!"他把两只胳臂伸直,用力往两边垂着。

"右舷后退!丁——零零!哧呜!哧呜!哧呜!"他的右手一面画着大圆圈,因为它已是一只四十尺的大转轮。

"左舷后退,丁——零零!哧呜——哧呜——哧呜——"左手也开始画起大圆圈来。

"停右舷!丁——零——停——左舷!右舷往前开动!停住!外面慢慢转过来!丁——零零!哧呜呜呜!把船头的大绳拿出来!喂,快点!来吧!把船边的大绳拿出来!你在那儿干什么?把绳耳绕着靠墩转一圈!好了,就那么拉住!放手吧!机器停住吧,伙计!丁——零——零!扑哧!扑哧!扑哧!"(他模仿气门泄气的声音。)

汤姆继续刷墙。他并不理睬"那艘轮船"。贝恩瞪着眼睛看了一会儿,然后说:"哎呀!你又做错事了,是不是?"

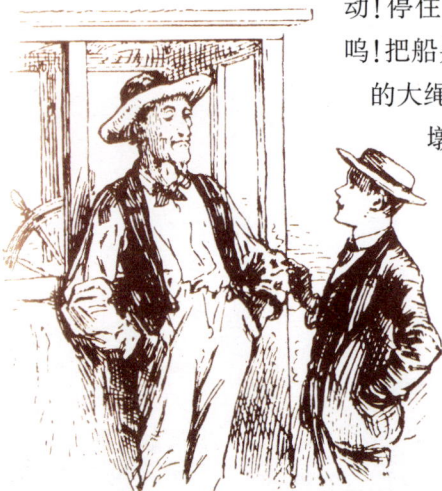

没有回答。汤姆以一个艺术家的眼光打量他刚刚涂下的那一片，然后又把刷子轻轻地抹了一下，接着打量涂抹的结果。贝恩走过来和他并排站着。汤姆看见那个苹果就嘴馋，可是他还是坚持工作。贝恩说："嘿，伙计，你还得工作呀，咦？"

汤姆突然转过身来说道："啊，原来是你呀，贝恩！我还没注意哩！"

"我要去游泳了，告诉你吧！难道你不想去吗？可是你大概宁可在这儿工作喽，是不是？当然你做得挺起劲的呀！"

汤姆把贝恩打量了一下，说道："你说什么叫做工作？"

"噢，你这还不叫工作叫什么？"

汤姆又继续刷他的墙，满不在乎地回答说："我说嘛，这也许算是工作，也许不是。我只知道，这很合汤姆·索亚的胃口。"

"啊，算了吧！难道你的意思是说你很喜欢做这个吗？"

刷子继续在晃动。

"喜欢做？哼，我不知道我为什么不应该喜欢做。难道一个小孩子天天会有机会刷围墙玩吗？"

这么一说，倒把这事情说得有点新鲜了。贝恩停止咬他的苹果了。汤姆把他的刷子仔细地来回刷着，往后退两步看看效果怎样，又在这儿补一刷，再打量一下效果。贝恩仔细看着他的一举一动，越看越感兴趣，越看越着迷。后来他就说："嘿，汤姆，让我来刷一下看看。"

汤姆想了一下，打算答应他，可是他又改变了主

担任汽船领水人必须具备在没有灯塔、浮标和堤防的情况下，仍能够引领船只平安进港的能力，河床经常改变，没有可信赖的地图，这些困难及危险带给领水人极大的压力，他的责任重大。

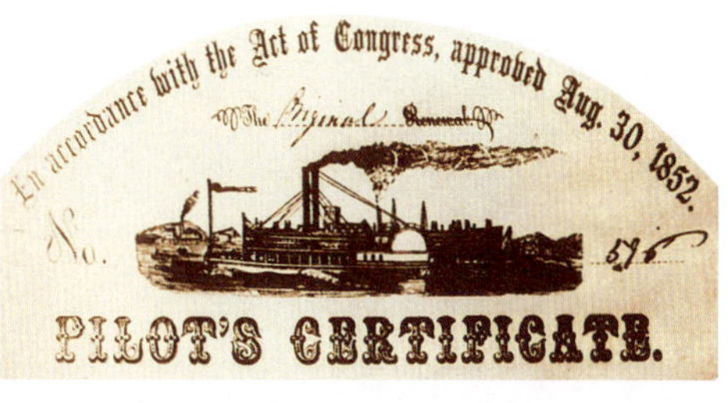

因为成千上万带着所有家当和希望的西部拓荒者都必须仰仗他，一旦船只安全抵港，领水人会受到乘客们英雄式的欢呼，名声亦会传扬千里。

意："不行不行，我想这大概不行，贝恩。你要知道，波莉阿姨对这道围墙是很讲究的，这是当街的地方呀！你明白吧，要是后面的围墙，我不在乎，她也不在乎。可她对这道围墙可是讲究得要命，这一定要很仔细地刷；我想一千个孩子里面，也许两千个还找不出一个，能够把它刷得叫波莉阿姨满意哩！"

"真的吗？噢，不要紧的。让我试试吧！我只试一下子。汤姆，我要是你的话，就会让别人试。"

"贝恩，我倒是愿意的，骗你我不是人；可是波莉阿姨要求很严，吉姆想做，她不叫他做；席德也想做，她也不叫席德做。你看我多么为难啊！要是让你来刷这道围墙，万一出了什么差错……"

"啊，不会有事的，我也会一样小心地刷呀！还是让我试一试吧！嘿！我把苹果核儿给你。"

“每过一会儿就有些男孩子从这儿经过。他们都想来开玩笑，但结果却留下来刷墙。”

“好吧，就……啊，不行，贝恩，算了吧，我怕……”

“我把这个苹果全给你！”

西部拓荒者篷车队停留密西西比河岸边时，玩具制造商喜爱雇用拓荒队的太太们制作洋娃娃的衣饰。

汤姆把刷子让给贝恩，脸上一副不情愿的神色，心里可是快活得很。这下子刚才那艘“大密苏里号”轮船在太阳底下干着活，累得直冒汗，而那位“退休”了的“艺术家”却坐在附近的一个大木桶上，跷着两条腿，大声地嚼着苹果，同时盘算如何宰割其他的小傻子。这种角色倒不缺。每过一会儿就有些男孩子从这儿经过。他们都想来开玩笑，但结果却留下来刷墙。在贝恩累得快不行时，汤姆已经和比利·费舍讲好了买卖，把接替的机会让给他，换来一只风筝；等到他又玩够了的时候，江尼·密拉又拿一只拴着条小绳子可以甩着玩的死老鼠，换得工作特权。就这样，一个又一个地轮流下去，一连几个钟头都没有间断。下午才过了一半，汤姆就已经从早上的一个穷孩子变成了一个道地的“富翁”。除了上面提到的几件东西以外，他还得到了十二颗石弹、一只破口琴、一块可以透视的蓝瓶子玻璃片、一支芦管做的炮、一把什么锁也打不开的钥匙、一截粉笔、一个大酒瓶的玻璃塞子、一个洋铁做的小兵、一对蝌蚪、六个爆竹、一只独眼的小猫、一个门上的铜把手、一根拴狗的项圈（可是没有狗）、一个刀把、四块橘子皮，还有一个坏了的窗户框子。

下图，山姆叔叔造形的风向标。山姆叔叔这个绰号流行的时间约在1810年，缘起可能是当时美国军队的篷车上标记的U(nited) S(tates)Of AM(erica)被路人误认为UncleSam。而有关山姆叔叔特殊的服饰装扮，有一说法为出自著名的英国政治讽刺画家赛巴·史密斯之手。

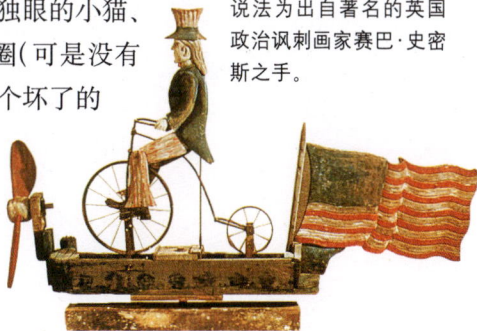

他一直感到称心和安闲，玩伴多得很，围墙上已经刷上了三层灰浆！要不是他的灰浆用完了，全村的孩子恐怕都要被他搞得破产了。

汤姆心想，这世界原来并不是那么空虚啊！他发现了人类行为的一个大法则，自己一直还不知道。那就是，要使一个大人或是一个小孩极想做某样事情，只需要设法把那件事情弄得不易到手就行了。假使他是一个聪明伟大的哲学家，就像这本书的作者一样，他就会理解到“工作”就是一个孩子不得不做的事情，而“玩耍”却是一个孩子不一定要做的事情。这个道理可以帮助他明白：为什么制造假花或是拼命踩机器的踏板就算是工作，而打保龄球或爬勃朗峰就只算是娱乐。英国有些富有的绅士在夏季天天驾着四匹骏马的载客马车，在一条管制行车时限的大路走上二三十里的路，只因为他们为这种特权花了许多钱；可是你如果出工钱叫他们驾车，把这件事情变成了工作，他们可就不干了。

汤姆把他小天地里刚才发生的重大变化沉思了一阵，然后就回到“司令部”报告了。

“在贝恩累得快不行时，汤姆已经和比利·费舍讲好了买卖，把接替的机会让给他，换来一只风筝；等到他又玩够了的时候，江尼·密拉又拿一只拴着条小绳子可以甩着玩的死老鼠，换得工作特权。就这样，一个又一个地轮流下去，一连几个钟头都没有间断。”

3
打仗和恋爱

一位1840年西部拓荒者家里的简陋摆设——一张桌子、一把椅子和一个碗柜，原本用来储存腌肉的圆木桶，现成为储水器，显现出拓荒者踏实坚毅的持家精神。

汤姆出现在波莉阿姨面前时，她正坐在屋后一间兼做寝室、餐厅和书房的舒适房间里，傍着一扇敞开的窗户。夏天爽朗的空气、安闲的幽静、花儿的香气和催眠的蜜蜂的嗡嗡叫声都发生了效果，她手上拿着织物在打盹，因为她除了猫儿之外就没有伴，而猫儿又在她怀里睡着了。她为了眼镜的安全，把它架在灰白的头顶上。她原以为汤姆铁定早就开溜了，所以她一看这孩子居然毫无惧色地出现在她的威慑范围之内，不免觉得奇怪。他说："现在我可以去玩吗，阿姨？"

"怎么，就想去玩？你刷了多少？"

"全都刷完了，阿姨。"

"汤姆，别跟我撒谎吧！我受不了。"

"我没撒谎呀，阿姨！真的通通刷好了。"

波莉阿姨对于这种话是不大相信的。于是她亲自出去查看，只要发现汤姆说的话有百分之二十是真的，她就心满意足了。当她发现整道围墙都刷好了，不但刷过，而且很认真地刷了一层又一层，墙脚还加了一道，她真是惊讶得几乎无法形容。她说："咦，真是怪事！简直鬼使神差，你只要有心做点事情，还真是能干哩，汤姆。"然后她又补了一句，把这句夸奖的话冲淡了一点："可是我不能不说，你有心工作的时候，实在是少得可怜。好了，你去玩吧！可是你得记住，玩上一个星期，也

约翰·布里格斯比马克·吐温大十八个月，他们是童年的朋友及玩伴，《汤姆历险记》里的乔伊·哈波很有可能就是他的化身。他俩分别时才十四岁，后来约翰·布里格斯投入金矿勘探工作并成为一名商人。他们于1902年在汉尼拔再度相遇，两个人当时都已接近七十岁。

总得有个回来的时候，要不然小心我揍你一顿。”

她因为这孩子了不起的成绩，实在欢喜极了，所以就把他带到厨房，挑了一个最好的苹果给他，同时还给了他一番训话。她说人家的款待如果是由于自己的真心努力换来的，并没有要什么不道德的花招，那就分外有价值、有味道。当她背了《圣经》上一句很漂亮的话做结尾时，汤姆顺手偷了一块油炸饼。

然后他就跳着出去，恰好看见席德正在房子外面通向二楼后面房间的楼梯上往上爬。汤姆手边有的是泥块，方便得很，一眨眼的工夫，泥块就被他丢得满天飞了。他打得席德附近都是泥块，好像下过一阵冰雹似的；波莉阿姨听见席德的大呼小叫，便赶快跑出来解围，却已经有六七块泥土打中了目标，而汤姆早已经翻过围墙，溜之大吉了。围墙原来有大门的，可是他照例总是忙得没有工夫利用。席德引起波莉阿姨注意到他用的黑线，使他吃尽了苦头，现在他已经为这件事情出了气，心里觉得很舒坦了。

汤姆绕过一排房子，来到他阿姨的牛栏后边的一条烂泥巷子中。他马上就安全地溜到抓不着也罚不到他的地方，并且飞快地跑到村庄的公共广场上。按照预先的安排，那儿已经集合了两群孩子的队伍，准备打仗。汤姆是其中一队的将军，他的知心朋友乔伊·哈波是另一队的统帅。这两位大司令是不屑于亲自打仗的，只适合叫些小喽啰去拼。他们同坐在一个高处，叫他们的参谋人员发出命令，指挥战斗。经过一场长时间的打斗之后，汤姆的军队打了一个大胜仗。然后双方清点阵亡人数，交换俘虏，商妥下次交战的条件，并且还约定了作战日期；这一切谈好了之后，双方的人马便整队散开，汤姆也就独自回家了。

当他走过杰夫·萨契尔的住宅时，看见花园里有一个新来的女孩。她有着一双可爱的蓝眼睛，黄头发编成两条长辫子，身上穿着白色的夏季上衣和绣花的宽松长裤。这位刚戴上胜利花冠的英雄一弹不发就投降了。有一位叫艾美·劳伦斯的女孩马上离开他的心房，不见踪影了，连一点叫他怀念的痕迹都没有留下。他原来以为自己爱她爱得发疯，把他的爱情当成深情的爱慕；现在看，这不过是一种渺小可怜、虚幻无常的一时偏爱罢了。他费了好几个月的工夫才获得了她的欢心；她说出心里的话还不过一个星期，他成为世界上最快活、最得意的男孩子还不过短短七天的工夫，可是就在这片刻之间，她就离开了他的心房，好像一个突然拜访、告辞而去的陌生人一般。

罗拉·霍金斯是年轻的塞缪尔·克里门斯最心仪的对象，书中角色蓓琪·萨契尔根本就是在描述她。今天她在汉尼拔的房子已整修复原成1840年当时的模样，被称为蓓琪·萨契尔的家，这个杜撰的名字也刻在她的墓碑上，

他偷偷地望着这个新的天使，心里非常爱慕，后来他看出她已经发现了他，才没有再盯下去；然后他就假装不知道她在眼前，开始耍出各种可笑又孩子气的花样，为的是要引起她的注意。他这种稀奇古怪、傻头傻脑的举动继续了一些时候。过了一会儿，正当他在表演一些更惊险的动作时，把眼睛往旁边瞟了一下，只见这个小女孩正在朝那座房子走去。汤姆跑到围墙边，靠着墙叹气，希望她再停留一阵。她在台阶上站了一会儿，然后又向门口开步。汤姆看见她把脚踏在门槛上，就长叹了一声。可是他脸上立刻又有了喜色，因为她临走开之前的片刻，向围墙外面抛了一朵三色堇。

这孩子转身跑过来，在离这朵花一二尺内的地方站住，然后举手在眼睛上方遮住阳光，顺着街上望过去，好像发现了什么有趣的事情似的。随后他就拾起一根干草，头尽量往后仰，把那根草放在鼻子上，极力保

持身体的平衡。于是他很吃力地左右扭动身子，慢慢地向着那朵三色堇移过去。最后他的光脚踏在花上，灵活地用脚趾抓住了它。他拿起他的宝贝，一转弯就跑掉了。可是他只跑开一会儿——他跑开只是为了把花放到外套里面贴近心房的地方，也许是贴近肚子的地方，反正他对解剖学是不大懂的，也不大注意这些细节。

他马上又回到原处，在那道围墙外晃来晃去；一直到天黑的时候，还是像先前那样耍花样；虽然汤姆总拿着希望安慰自己，但愿这时候她正在一扇窗户附近，知道他这番殷勤的心意，可是女孩再也没有露面。后来他终于很不情愿地飘飘然走回家去，他可怜的脑子里充满了幻想。

吃晚饭的时候，他始终是那么兴高采烈，使得他阿姨觉得很奇怪，不知“这孩子的心里装着什么开心事”。他为了拿泥块打席德，挨了一顿骂，可是好像丝毫也不在意。接着他又当着阿姨面偷糖吃，指节骨上让她敲了一下。他说：“阿姨，席德拿糖，您怎么不打他啊！”

“噢，席德不像你这样气人。我不小心没看住你，你就老是要伸手去拿糖吃。”

随后她便到厨房去了，席德因为得到特许，心里很高兴，他就伸手去拿盛糖的盘子，这是故意向汤姆示威的一种举动，简直令人难堪。可是席德的手指没有拿稳，盘子掉在地上砸碎了。汤姆真是高兴得要命，他甚至高兴得闭住嘴不做声。他暗自想道，即使阿姨来了，他还是一声不响，只悄悄地坐着，等她问起是谁做的好事时他就说出去，然后看这个模范生吃苦头，这真是天下最痛快的事情。他心里的欢喜情绪简直到了极点，因此他一见老太太回来，站在那儿望着地上的破盘子，从眼睛里放射出一阵阵闪电似的怒火时，他几乎按捺不住了。他心里想，这下子轮到席德了！但没想到，接下来是他自己反而趴到了地上！一只有力的巴掌正要举起来再打的时候，汤姆大声叫起来：“住手！您凭什么打我呀？是席德打破的！”

波莉阿姨停住了要打下来的手。她不知怎么办才好。汤姆盼望她会说几句好话哄他一下。可是等她再张嘴说话时，却只是这么说：“噢！不过，你挨这一下也不冤枉，我猜想，说不定我走开的时候，你又做了什么淘气的事呢！”

然后她受到了良心的谴责，很想说两句和气和爱抚的话，可是她断定这么一来，就不免被孩子以为她承认自己错了，这还成何体统。因此她不做声，只顾做她的事情，虽然心里乱得很。汤姆在角落里绷着脸生气，夸大着他的悲哀。他明知阿姨内心正在给他下跪，他也因为有这种感觉，虽是愁眉苦脸，却还是感到很满足。他知道有一种祈求的眼神屡次透过泪眼落到他身上，可是他偏不肯表示他已经看出了这一点。他暗自幻想着自己躺在床上，病得快死了，阿姨俯视着他，恳求他稍稍说一句饶恕的话，可是他偏要转过脸去向着墙，不说一句话就死去。啊，那时候她心里会觉得怎样呢？他又幻想着自己淹死了，被人从河边抬回来，头发浸得透湿，他伤透了的心却得到了安息。她会扑到他身上，眼泪像下雨似的，嘴里不住地祈祷上帝把她的孩子还给她，说她永远永远也不再打他、骂他！可是他却冷冰冰地、惨白地躺在那儿，毫无动静地像一个小小的可怜虫，什么烦恼都结束了。他拼命地拿这些梦想中的悲伤感染自己的情绪，到后来竟不得不吞下泪水，因为他老把嗓子噎住；他的眼睛也让泪水蒙住了，老是视线模糊。他一眨眼

“汤姆看见她把脚踏在门槛上，就长叹了一声。可是他脸上立刻又有了喜色，因为她临走开之前的片刻，向围墙外面抛了一朵三色堇。”

睛，泪水就流出来，顺着鼻尖往下掉。他这样玩弄着他的悲伤，对他简直是一种快乐，所以如果有什么庸俗的愉快或是什么无聊的欢乐来打搅他这种境界，就会叫他无法忍受；因为他这种快乐是非常圣洁的，不应该遭到任何污染。所以等一会儿，当他的表姐玛丽兴奋地蹦蹦跳跳跑进来的时候，他马上避开了她。玛丽到乡下去做客，住了一星期，却觉得像是过了几十年似的；她现在再看到自己的家，真是快活得精神百倍。可是正当她把歌声和阳光从一扇门里带进来的时候，汤姆却反而站起来，在阴霾的暗影中从另外一扇门里溜了出去。

伐木工人采伐大片的松木、橡木林和其他的树种，然后把原木堆成漂浮在水上的原木列车，从威斯康星可航行的密西西比河河段开始运送。

他远离孩子们平日常到的所在，专找一些适合他现在心情的僻静地方游荡。河里有一艘木筏吸引了他，他就在它靠岸的一边坐下，打量着一片凄凉的、茫茫的流水，只想自己忽然一下子不知不觉地淹死了，而不经过老天所安排的一段难受过程，然后他又想起他那朵花。他把它拿出来，一看已经皱成一团，而且枯萎了，这个宝贝大大地增加了他那种凄凉中的幸福情调。他暗自问自己，她要是知道了，是否会对他表示同情呢？她会不会哭？会不会希望抱住他的脖子来安慰他呢？或者，她会不会像这个空虚的世界一样，漠不关心地掉头不管呢？这幅画面为他带来了一股苦乐交融的情绪，深深地在他脑海里萦绕着，他把它一遍又一遍地在心中描绘，用各种不同的角度来看它，一直把它弄到索然无味的地步才肯罢休。后来他终于叹息着站起来，在黑暗中走开了。

大约在九点半或是十点的时候，他顺着那条没有行人的大街走着，那位不认识的意中人，就住在那儿。他

在围墙外站了一会儿，倾听一阵，没有听见什么声音。一束微暗的烛光，射在二楼的一扇窗帘上。那个圣洁的人儿是否在那里呢？他爬过围墙，在花草当中偷偷地往里面走过去，一直走到窗户底下才站住。他抬头望了很久，心中充满了热情，然后在窗户底下仰卧在地上，双手合在胸前，捧着他那朵可怜的、萎谢了的花。他情愿就这样死去，孤零零地，在这冷酷无情的人间。当死神降临的时候，他这漂泊无依的人，头上毫无遮盖，没有亲友的手从他额上揩去临死的汗珠，也没有慈爱的面孔在他身上对他表示惋惜。就这样，她在明天晴朗的早晨往外一看，一定会看见他。啊！她会不会在他这可怜的、没有气息的躯体上掉一滴小小的眼泪呢？她看见一个前途无量的青年的生命，这样无情地被摧折且过早地被抹杀了，会不会发出一声轻微的叹息呢？

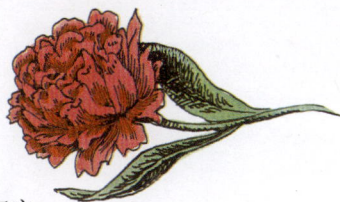

“然后他又想起他那朵花。他把它拿出来，一看已经皱成一团，而且枯萎了。”

窗户打开，有个女仆的嘈杂声音玷污了圣洁的寂静，随即就是一股洪水哗啦哗啦地泼下来，把这位殉情者躺在地上的遗体浇得湿透！

这位被水冲得透不过气来的英雄立即跳起来，用力擤他的鼻子，以减轻难受的滋味。空中有个什么东西“嗖”的一声飞了过去，混杂着低声的咒骂，随即就是一阵类似玻璃的碎响，然后一个小小又模糊的人影翻过围墙，在朦胧的夜色中急奔如箭。

不久之后，汤姆脱光了衣服上床睡觉，正当他在烛光下检查他湿透的衣服时，席德醒过来了；即使他心里隐隐约约地稍有幸灾乐祸的意思，想要“指桑骂槐”地说两句俏皮话，但终还是改变了主意，仍旧没有做声，因为汤姆眼睛里含有一股杀气。

汤姆省去麻烦的祷告，就钻到被窝里去了，席德暗自把他这次怠慢的行为记了一笔。

4
在主日学校大出风头

太阳在平静的世界上升起，万道金光射下来，照耀在这沉寂的村庄上，好像是上天的祝福一般。波莉阿姨吃过早饭之后，就举行了家庭祈祷。开始的一篇祷词从头到尾都在堆砌着一段又一段引自《圣经》里的话，其中只夹杂着一两句别出心裁的新鲜意思，勉强把它们组合起来。这个堆砌工作做到顶点的时候，她就像是在西奈山顶上似的，宣布了严酷的一段“摩西律”。

根据《圣经》记载，摩西从西奈山下来之后，带给他的犹太族人们一块石碑，“十诫”就刻在上面。小孩子们在上主日学校时都必须背诵十诫。

然后，汤姆强振作起精神，一本正经地在念他要背诵的一节一节的《圣经》。席德早在好几天以前就把他的功课预备好了。汤姆把全部精力用来背诵五节《圣

经》，他选择了基督《登山宝训》的一部分，因为他再也找不出更短的经文了。过了半小时之后，汤姆对他的功课有了一个模糊的印象，可是也不过如此而已，因为他的心灵游走了人类思想的所有领域，两只手也在忙着搞一些分散注意力的把戏。玛丽把他的书拿起来，要听他的背诵，他就勉强在云雾中摸索着前进：

“虚心的人……呃呃——”

“有——”

“是呀，有；虚心的人有……有……呃——”

“有福了——”

“有福了；虚心的人有福了，因为他们……他们……”

“天国——”

“因为天国——虚心的人有福了，因为天国是他们的。哀恸的人有福了，因为……因为……”

“他们——”

“因为他们……呃——”

“必——”

“因为他们必……啊，我不记得是怎么说的了！”

“必得！”

“啊，必得！因为他们必得……必得哀恸……呃呃——有福的人必得……必得……呃——必得哀恸的人，因为他们……呃……必得什么呀？你为什么不告诉

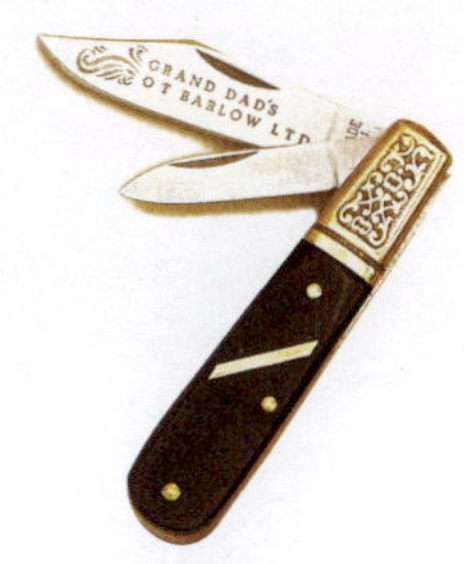

巴洛刀在1800年相当受欢迎，刀柄有钢片加强，刀把则为黄铜铸成。

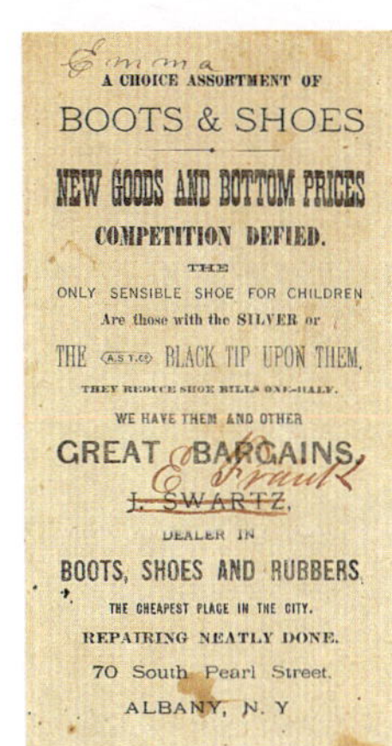

上图这则广告正面是鞋商推销鞋子的广告语，反面（左图）则是画了几个小孩正在挠一位熟睡中的小孩穿着鞋子的脚，想要吵醒他，鞋商借此强调小孩脚上那双精致的鞋。当时商店里都会散发这类彩色传单，一些学校也采用类似的彩画页当做学生的嘉奖积点券。

我，玛丽?你干吗要这样小气呀?”

“啊，汤姆，你这可怜的笨蛋，我并不是拿你来开玩笑，我不会故意逗你。你还得再去念几遍。别丧气吧!汤姆，你好歹把它念熟，只要你念熟了，我就给你一个顶好玩的东西。哎，对了，这才是个好孩子哪!”

“好吧!是什么东西呢，玛丽?告诉我是什么吧?”

“你别着急嘛!汤姆。你知道我说好玩，就一定是好玩的呀!”

“你可得包好噢，玛丽。好吧，我再去好好念一会儿吧!”

他果然是“好好念”了，在好奇心和得奖品的双重鼓舞下，他精神百倍地背了一阵，结果居然获得了辉煌的成绩。玛丽给了他一把值一毛二分半的崭新“巴洛牌”大折刀。一阵狂喜传透全身，使他从头顶到脚跟都震动了。当然，这把刀已经割不动什么东西了，可是它毕竟是一把货真价实的“巴洛牌”折刀，这可意味着一种非凡的光彩——西部的牛仔不知怎会想到要仿冒这样的武器，以至于损害它的名誉；这确实是个了不起的谜，也许永远也没有人猜得透。汤姆设法拿这把刀在碗柜上乱划了一阵，后来他正打算再往梳妆台上动手时，却被叫去换衣服，准备上主日学校。

玛丽给他一盆水和一块肥皂，他把水端到门外去，把盆子放在一张小凳子上；然后把肥皂放到盆里沾点水，又把它搁下。他卷起袖子，轻轻地把水泼在地上，然后跑到厨房里，在门背后挂着的一条毛巾上用力地擦脸。可是玛丽把毛巾拿开，说道：“嘿，你不害臊吗，汤姆!你别这么坏，水不会把你洗出毛病来的。”

汤姆有点不好意思。盆里又盛满了水，这回他对着这盆水弯着腰站了一会儿下定决心；他深深地吸了一口气，就开始洗起来。随后他走进厨房去，闭上眼睛伸出一双手去找毛巾，这时候脸上的肥皂水直往下流，算是他老老实实洗过脸的证明。可是当他拿毛巾擦了一阵，露出脸来的时候，还是不能叫人满意，因为干净的地方刚刚到下巴就和脖子有了分明的界线，好像一个假面具似的；在这条界线以下和两旁，还有很大一片没有沾过水的黑黝黝的地方，绕着脖子一直往下和往后伸展着。于是玛丽又来帮他收拾。她把他弄好了之后，他才像个人，是她的弟弟，既没有肤色的不同，湿透了的头发也梳得整整齐齐，短短的鬈发还梳成了好看匀称的样式。(他费了很大的力气，偷偷地把那些鬈发按平了，叫他的头发紧紧地贴着头；因为他认为鬈发有些女人气，天生的鬈发使他的生活充满了苦恼。）然后玛丽把他的一套衣服拿出来，这套衣服已经穿了两年，只有星期天才穿，干脆就叫它“那套衣服”——我们由此可知他共有多少套衣服了。他自己穿好衣服之后，玛丽又帮他“整理”了一下。她把他那件整洁的上衣的纽扣通通扣上，一直扣到下巴底下，又把他那个宽大的衬衫领子往下一卷，卷到两边肩膀上，再给他把衣服刷得干干净净，戴上那顶有斑点的草帽。这下子他显得英俊多了，同时也非常不舒服。他心里的难受和他外表显出的难受样子完全一样；因为穿上整套的衣服和保持清洁，就得受到拘束，这使他很心烦。他希望玛丽会忘记叫他穿鞋，可是希望落空了；她按照当时的习惯，把他的鞋涂满了蜡，然后拿出来。他简直忍不住了，埋怨人家老是叫他做他不愿意做的事情，可是玛丽温柔地劝他说：“听话嘛，汤姆，这才是个好孩子呢！”

新教（Protestantism）是美国最古老、散播最广的宗教，有许多的教派，每个教派皆有其做礼拜的地方。上图为汉尼拔的第一座教堂，属于长老教派，建造于1839年。下图是卫理公会教派的教堂，兴建年代较晚，图中可见教堂的钟塔。

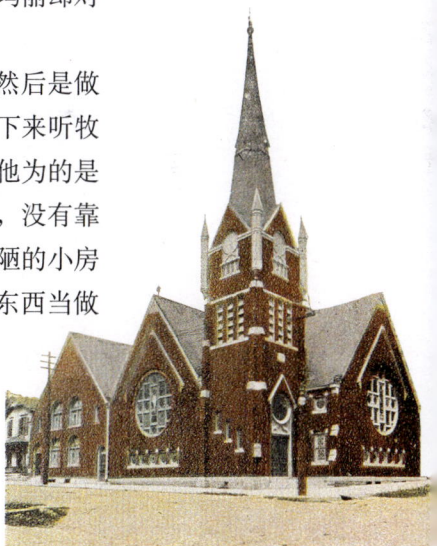

于是他一面嘟囔着一些厌烦的话，一面穿上鞋。玛丽也马上准备好了，三个孩子就一齐动身上主日学校去。这地方也是汤姆深恶痛绝的，可是席德和玛丽却对它颇有好感。

主日学校上课的时间是九点到十点半，然后是做礼拜。这三个孩子当中，有两个每次都自愿留下来听牧师讲道，另外那一个也是每次都留下，不过，他为的是一个更重大的原因。教堂里的座位椅背很高，没有靠垫，总共可以坐三百人；教堂的建筑是一所简陋的小房子，屋顶上安了一个松木板子做的匣子似的东西当做尖塔。汤姆在门口故意落后一步，和一个穿着星期天服装的同伴打招呼：“喂，比利，你有黄签条吗？”

“有呀！”

“你要什么东西才肯换呢？”

“你打算拿什么换?”

“一块干草糖和一个钓鱼钩。”

“让我瞧瞧。”

汤姆拿出来了。比利看了这两样东西很中意,双方的财物就换了主。然后汤姆又用两个白石弹子换了三张红签条,再拿一些杂七杂八的小玩意儿换了两张蓝的。其他孩子过来的时候,他也把他们拦截下来收买各种颜色的签条儿,持续了十几分钟的工夫。终于他和一群穿得干干净净的、吵吵闹闹的男孩和女孩进了教堂,但当他走到他的座位上,马上又和一个坐在近处的孩子吵起架来。老师是个庄严且上了年纪的人,立刻喝阻了他们,然而就在他转过背去一会儿,汤姆又揪了一下前排一个孩子的头发,孩子回转身来,汤姆却一副专心用功的样子;接着他又用别针戳了另外一个孩子一下,为的是要听他叫一声“哎哟!”,结果又让老师骂了一顿。汤姆这班都是一模一样的家伙,吵吵闹闹,捣蛋不休。他们背书的时候,没有一个把功课记熟,老是一面背,一面要有人给他提醒才行。然而他们还是勉为其难地背下去,最后个个都得了奖品——蓝色的小条儿,每张上面印着一段《圣经》上的话;每张蓝条儿是背两节《圣经》的代价。十张蓝条儿等于一张红的;十张红条儿等于一张黄的;有了十张黄条儿,校长就奖赏这个学生一本平装本的《圣经》(在当初那种日子好过的时候,只值四毛钱)。要是叫我的读者们背熟两千节《圣经》,哪怕是可以换一本多莱版的《圣经》,又有多少人肯用功、卖力呢?可是玛丽就是用这个方法获得了两本《圣经》,花了两年之久的苦工夫的代价。还有一个德国血统的男孩得到了四五本。有一次他一直不停地背了三千节《圣经》,可是由于用脑过度,从此以后,他简直就变成了一个白痴,这是学校的一个重大不幸,因为

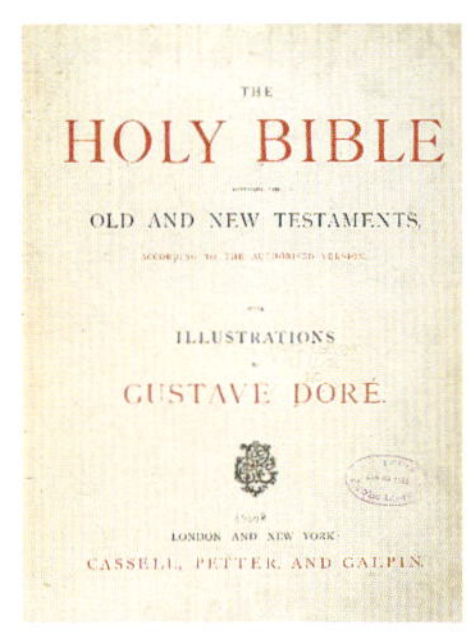
THE

HOLY BIBLE

OLD AND NEW TESTAMENTS

ILLUSTRATIONS

GUSTAVE DORÉ

LONDON AND NEW YORK

CASSELL, PETTER, AND GALPIN.

在《汤姆历险记》时代里,学校和主日学校是许多小孩生活的两大重心。主日学校一星期举行一次,通常在做完礼拜之后举行。上图是一部圣经的首页,由法人古斯塔·多雷(Gustave Dore,1832—1883)所设计,古氏在美国是家喻户晓的人物。

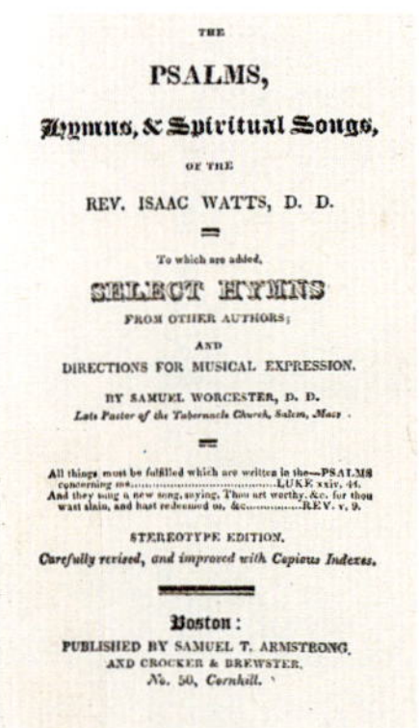
THE

PSALMS,

Hymns, & Spiritual Songs,

OF THE

REV. ISAAC WATTS, D. D.

To which are added,

SELECT HYMNS

FROM OTHER AUTHORS;

AND

DIRECTIONS FOR MUSICAL EXPRESSION.

BY SAMUEL WORCESTER, D. D.

Late Pastor of the Tabernacle Church, Salem, Mass.

All things must be fulfilled which are written in the—PSALMS concerning me..........LUKE xxiv. 44.
And they sung a new song, saying, Thou art worthy, &c. for thou wast slain, and hast redeemed us, &c..........REV. v. 9.

STEREOTYPE EDITION.

Carefully revised, and improved with Copious Indexes.

Boston:

PUBLISHED BY SAMUEL T. ARMSTRONG,
AND CROCKER & BREWSTER,
No. 50, Cornhill.

图为写有歌词和乐谱供做礼拜者使用的赞美诗集。新教徒的礼拜仪式包含了牧师的讲道和齐唱咏圣歌及圣诗。

每逢盛大的场合，在许多来宾面前，（据汤姆的说法）校长总是叫这个学生出来“装点门面”。只有那些年龄较大的学生才会注意保存他们的条儿，坚持讨厌的背书功夫，直到换得一本《圣经》为止，所以每次发给这种奖品都是一件稀罕和了不起的大事；得奖的学生在这天显得非常光荣，非常出色，以至于每个学生心里当场都燃起了一阵新的野心，每每维持一两个星期之久。汤姆心里也许从来没有认真渴求过这种奖品，可是毫无疑问，他非常希望得到由这种奖品带来的荣誉和光彩。

“玛丽也马上准备好了，三个孩子就一齐动身上主日学校去。这地方汤姆深恶痛绝，可是席德和玛丽却对它颇有好感。”

到了适当的时候，校长在讲台前面站起来了，他手里拿着一本合着的圣诗，手指夹在书页中间，叫大家安静听讲。一个主日学校的校长在照例说几句简单的开场白的时候，手里非拿着一本圣诗不可，就好像一个歌唱家开音乐会的时候，从台上走到前面去独唱，非把歌单拿在手里不可一样，虽然谁也不知道是为什么。因为在台上受罪的那

1800 年当时家庭成员的出生日期皆记载于《圣经》当中，有时《圣经》也是家里拥有的唯一一本书。

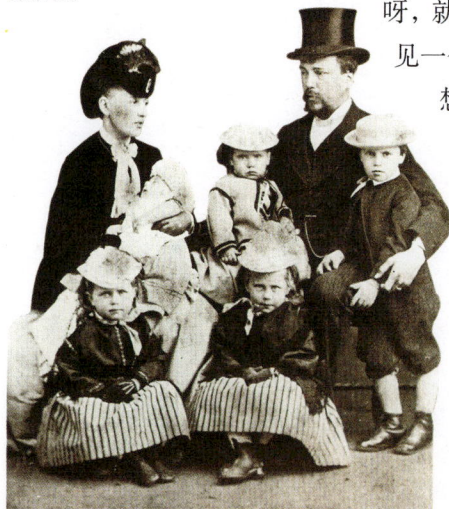

个人，从来都不见得用得着那本圣诗或是那张歌单。这位校长是个三十五岁的瘦子，留着淡黄色的山羊胡子和淡黄色的短头发；他戴着一条笔挺的硬领，上边几乎顶到他的耳朵，两个尖角一直往前面弯过来，齐着他的嘴角，好像一道围墙似的，逼着他只能一直往前看。每逢他要往旁边看的时候就不得不把全身转过来，他的下巴托在一条宽大的领结上面，这个领结像一张钞票那样宽和长，两头还带着穗子的边。他靴子的尖头是笔直向上翘的，这是当时时兴的样式，好像雪车底下翘起来的滑刀一样，这种时兴样式是青年们耐心、费劲地一连几个钟头把脚趾拼命顶墙坐着的成果。华尔特先生的态度是很严肃的，心地是很诚恳和真实的，他对宗教上的事情和场所非常尊敬，把它们和世俗的一切分得非常清楚，所以他不知不觉地把在主日学校说话的声音，养成了一种特别的腔调，这种腔调他在平日是完全不用的。他的话是这样起头：

1839年法人路易斯－雅克斯－曼德·达盖尔(Louis-Jacques-Mande Daguerre)发明了达盖尔式照相法，这是一种使用镀银铜版的照相法，几年后此种照相法在美国渐渐普遍。如下图的这帧全家福照片在当时特别流行。照片中这个家庭的成员很有可能都穿上了家里最好的衣服，在此重要的时刻，盛装被认为是合适的服装。

“孩子们，现在我要你们端端正正地坐起来，尽量地坐得好好的，集中全副精神听我讲一两分钟的话。对呀，就是这样，好孩子们就应该这样。我看见一个小女孩在望窗户外面哩，恐怕她是想着自己在外面什么地方，也许是在树上给小鸟儿讲话吧（满场都是表示喝彩的嘻嘻低笑声）。我要告诉你们，我看见这么多聪明又干净的小脸聚集在这个地方，大家都来学习正当的行为和优良的品行，这叫我心里多么快活。”还有诸如此类的话，我也不必把他的演说通通记下来。反正是些千篇一律的话，所以都是我们大家听惯了的。这篇演

说最后的三分之一遭到了一些打搅，因为坏孩子当中又有人打架和搞别的玩意儿，扭动身子和悄悄耳语更是满场都有，甚至连席德和玛丽这种屹立的、不能摧毁的“中流砥柱”也不由得受到影响了。可是后来华尔特先生声音平息下来的时候，一切声音又都突然停止了；演说的结束受到了一阵无声的感激。

耳语的一大部分原因是由于一件比较稀有的事情引起的，就是几个客人的入场：萨契尔律师，由一个非常瘦弱的老人陪伴着；一位文雅的、肥胖的、有着铁灰色头发的中年绅士；还有一位庄严的阔太太，她显然是位绅士的妻子。这位太太还牵着一个小孩。汤姆这半天里老是感到不安，心里充满了烦躁和懊恼，而且还受着良心的谴责，他不敢和艾美·劳伦斯对视，她含情的注目简直使他受不了。可是他一见这个新来的小客人，他的心灵里马上就燃起了幸福的火焰。他立刻就拼命地出风头，打别的孩子的耳光、揪人家的头发、做鬼脸。总而言之，凡是似乎足以博得一个女孩子欢心和赞赏的一切手段，他都用尽了。他兴高采烈的劲头只有一点煞风景的小事夹杂在里面，就是他在这个小天使的花园里那件晦气的回忆，不过好像是沙滩上留下的痕迹似的，现在有这一阵阵幸福的浪潮往上面冲刷，也就很快地冲得无影无踪了。

《汤姆历险记》里的萨契尔先生是郡法官，美国每一个州都有许多的郡，郡法官审理较轻微的案件，而州法院或联邦法院则负责重大犯罪。下图为位于圣路易的密苏里州法院，建于1847年，背景是州会议厅的圆顶，也是州政府的所在地。

几位贵宾被请上了最高的荣誉席位，华尔特先生的演说刚刚完毕，他就介绍他们和全校师生见面。那位中年人原来是一个不平凡的大人物，竟是郡里的法官——他简直是这些孩子从来没有见过的最威严的角色。他们猜不透上帝究竟是用什么材料把他做成的。他们一方面想听听他发出吼声，一方面又有点害怕他吼。他是康士坦丁堡镇的人，离这

上图为一间法庭，类似马克·吐温的父亲行使保安官职权、处理轻微刑案的法庭。审理犯罪案件时，陪审团必须宣读他们认为被告人有罪或无罪的理由，再由首席法官宣判。

儿有十二里远，所以他是出过远门、见过世面的，他双眼曾经见过郡里的法庭，据说那所房子的屋顶是洋铁皮的。这些念头所引起的敬畏，从意味深长的沉默和一排一排瞪大的眼睛就可以看得出来。这就是萨契尔大法官，是他们镇上的律师的哥哥。杰夫·萨契尔立即走上前去，和这位大人物亲近，并且让全校羡慕。他要是听得见大家悄悄说的话，就会像听见音乐一样叫他心里舒服："吉姆，你瞧他！他往台上去耶。嘿瞧！他要跟他握手，他真的在跟他握手哩！哎呀，你想不想当杰夫？"

华尔特先生开始"卖弄"了，他照例做着各种忙乱的事情和活动，东一处、西一处地发号施令，表示意见，给予指示，凡是他找得到目标的地方，他都要唠叨几句。图书管理员也"卖弄"一番——他到各处跑来跑去，手里抱着许多书，嘴里老是咕哝着，忙个不停，他这种举动和声音，是那位权威人物所喜欢的。年轻的女教师们也"卖弄"一番弯着腰亲密地望着刚被打过耳光的学生，举起漂亮的手指警告那些坏孩子，温柔地拍拍那些好孩子。年轻的男教师们也"卖弄"一番，他们小声地骂一骂学生，还用别的方式表现他们的权威和他们对校规的重视——男男女女的教师们都上讲台旁的图书室做事；这种事情，他们往往不得不反复做两三次(外表装出很着急的样子)。小女孩们也用各种方式"卖弄"，男孩子们更是"卖弄"得劲头十足，所以空中到处都是纸团在乱飞，还有互相扭打的声音。尤其重要的是，那位大人物坐在台上含着庄严而有智慧的微笑，喜气洋洋地望着全场，他的光荣好像太阳似的把自己晒得很温暖——因为他也在炫耀自己哩！

这时候如果再有一件事情，就足以使华尔特先生狂喜到极点——他很想有个机会发一部作为奖品的《圣经》给一个学生，展现出一番不平凡的盛况。好几个学生都有几张黄条儿，可是谁也不齐全——他到那些出色的学生当中转了一圈，探听消息。假如这时候谁能叫那个德国孩子脑筋健全起来，他真是无论什么代价都情愿付出。

正在这时候，眼看着毫无希望了，汤姆·索亚却拿着九张黄条儿、九张红条儿和十张蓝条儿走上去，请求换一本《圣经》。这真是晴天霹雳。十年以来，华尔特都不会料到这个家伙竟会提出这种申请，可是这又无法推托——条子都不假，都是有效的。因此汤姆就被叫到法官和其他贵宾跟前，和他们坐在一起。这个重大的消息由校长宣布了。这是十年来难得的最了不起的惊人之事，全场更是大为轰动，以至于把这位新英雄的地位抬得和大法官相等了，这下子学校里的人们可以瞪着眼睛看两位了不起的人物，而不止一位了。男孩子们都嫉妒得要命——可是最懊恼的，还是拿条子给汤姆交换刷墙特权，因而对今天这种场面有所贡献的那些孩子。汤姆靠出卖这种专利而积下许多财宝，他们都给他帮了大忙，使他现在获得这种可恨的荣誉。可是等到现在才发现，悔之晚矣。这些孩子现在才明白他们的对手是个诡计多端的骗子，是一条藏在草丛里咬人的蛇，而他们自己却是上了当的大傻瓜，因此他们都看不起自己。

校长把奖品发给汤姆时，尽量鼓足气，发表了一大篇表扬的演说来应景；可是他的话好像不大有出自本心的热诚，因为这位可怜的先生的本能告诉他，这里面

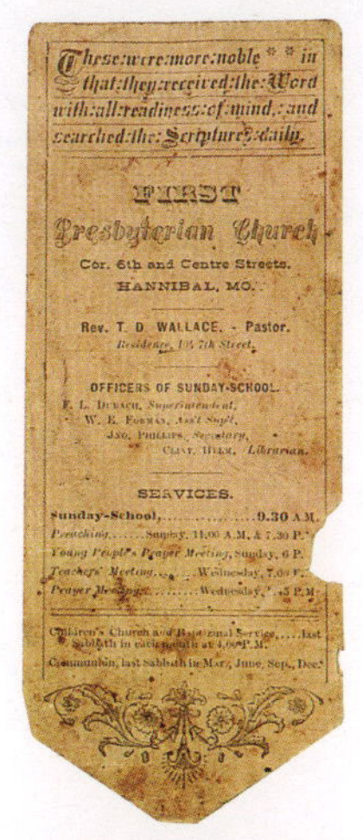

主日学校嘉奖券用来发给背诵《圣经》的孩子，有些会印有《圣经》的诗篇或者是有关礼拜或课程的信息。

一定有什么见不得人的奥秘。要说这孩子居然能在他的脑子里储存两千个《圣经》里面的智囊，真是笑人的事情——不用说，十几个他都容纳不下。

艾美·劳伦斯很得意，也很欢喜。她一直想要让汤姆在她脸上看出这种神气来——可是他根本就不望她一眼。她不知道这是怎么一回事，接着她有点儿慌张；接着又隐隐约约地有点儿怀疑——这种怀疑一会儿消失了，一会儿又发生了。她定睛望着他，直到发现他偷偷地瞟了新来的女孩子一眼，这才使她恍然大悟了。于是她的心碎了，她觉得又吃醋又冒火，眼泪也流出来了，她简直对所有的人都怀恨，最恨的是汤姆。

校长介绍汤姆和大法官见了面，可是汤姆的舌头打了结，气也换不过来，心也直跳—— 一半是由于这位大人物的威严，一半是因为他是她的父亲。要是在黑暗中，他简直就要跪下去膜拜他。法官把手按在汤姆头上，称他是了不起的好孩子，问他叫什么名字。这孩子结结巴巴，透不过气来，勉强答应了一声："汤姆。"

"啊，不对，不是汤姆——应该是……"

"汤玛斯。"

"哈，这才对。我想应该还有另一半吧，也许。这总算不错。可是我准知道你还有姓哩，你告诉我吧，好不好？"

"汤玛斯，把你的姓告诉法官先生吧！"华尔特说，"还得说一声先生，你可别忘记了礼貌呀！"

"汤玛斯·索亚——先生。"

"这才对哪。真是个好孩子。了不起，真是个了不起、有出息的好孩子。两千节《圣经》可实在是够多的了。你费了那么多脑筋把这些经文背熟，一辈子也不会后悔的。古谚说：'万般皆下品，唯有读书高。'有了学问，才可以成为大人物，才可以成好人。汤玛斯，将来

“汤姆·索亚却拿着九张黄条儿、九张红条儿和十张蓝条儿走上去，请求换一本《圣经》。”

你迟早有一天会成为大人物，成为好人，那时候你回想起来就会说，一切都多亏我小时候在主日学校里上了那些宝贵的课。这都得归功于当初教我的那些亲爱的老师，都得归功于那位好校长，是他鼓励我、督促我，还给了我一本漂亮的《圣经》。一本漂亮极了的《圣经》，让我永远保存下来，我这一辈子全是仗着老师们教养有方！你将来就会这么说，汤玛斯，你这本两千节换来的《圣经》，无论人家出多少钱，你也不肯卖吧，我想你一定不愿意。现在请你把你学到的东西拿点出来，说给我和这位太太听听，我想你该不在乎的。不会的，我准知道你不会这么小气，我们对于用功的小学生是觉得很光荣的。那么，不用说，十二门徒的名字你通通知道吧！你把耶稣最初选定的两个门徒的名字告诉我们，好不好？”

汤姆捏住一个纽扣眼使劲地拉，样子显得很害臊。他一下子脸红了，眼睛一直往下望。华尔特先生心里着急得要命。他暗自想道，这孩子连最简单的问题都答不上，法官为什么偏要问他呢？可是他又不得不开口说：“你回答法官先生吧，汤玛斯，别害怕。”

汤姆仍旧不肯开口。

“好吧，我知道你会告诉我，”那位太太说，“最初两个门徒的名字是……”

“大卫和哥利亚……”

我们还是发点慈悲，就此闭幕吧！这出戏不必再往下看了。

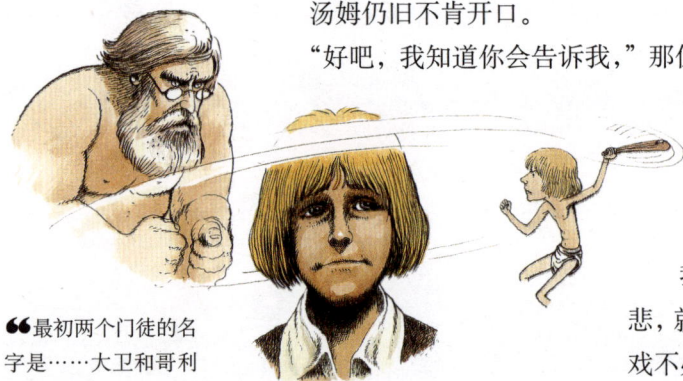

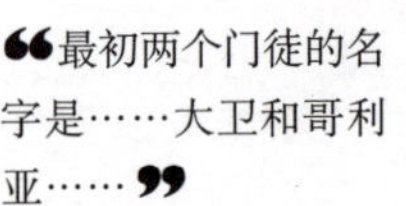

“最初两个门徒的名字是……大卫和哥利亚……”

5
老虎钳甲虫和它作弄的对象

大约在十点半的时候，小教堂的破钟响起来了，随即大家都聚集起来听早晨的布道。主日学校的孩子们分散在教堂里，和父母坐在一起，为的是好受他们的监督。波莉阿姨来了，汤姆、席德和玛丽都挨着她坐下来，汤姆被安排在紧靠着走道的位子上，尽量让他跟敞开的窗户和外面诱人的夏日景物离得远一些。人群顺着走道往里面走，其中有年老而贫苦的邮政局长，他是曾经过过好日子的；镇长和他的太太——这地方有许多用不着的陈设，镇长就是其中之一；治安法官；道格拉斯寡妇，她是个漂亮、精明的人，四十来岁，又慷慨、又善良，境况也还算宽裕，她那山上的大住宅是这镇上唯一讲究的房子，是圣彼得堡镇最好客的，而且花钱也比谁都多的一位；还有驼背的、年高德劭的华德少校和他的夫人；还有李维尔逊律师，他是一位远处来的新贵客；再其次就是镇上的美人，后面跟着一大队穿上等细麻布衣服、扎着缎带子的、叫人害单相思病的年轻少女；她们后面跟着全镇所有的年轻店员和职员们，大家一齐拥进去。因为他们原来都站在门廊里，吮着自己的甘蔗，他们是一群如痴如醉的爱慕者，围在那儿站成一道墙似的，一直到最后一个少女走出了他们的包围为止；最后来到的是那个模范儿童威利·莫弗逊，他对他的母亲

“牧师让他把会众齐唱的颂主诗歌翻出来告诉大家，他津津有味地念了一遍，他那特别的音调在那一带是很受人称赞的。”

照顾得非常仔细，就好像她是一件雕花玻璃器皿一般。他老是领着他的母亲到教堂来，所有结过婚的女人都把他当成个宝贝。男孩们都恨他，因为他太规矩了。况且他常被人夸奖，叫他们难堪。他的白手巾挂在屁股口袋的外面，星期天照例是这样，故意装作偶然的。汤姆没有手巾，他认为有手巾的孩子都是在故意摆架子。

这时候听道的人都到齐了，大钟又响了一遍，为的是提醒迟到的和在外面乱跑的人。然后一阵庄严的寂静降临教堂，只有特别席上的歌咏队里有些低声嬉笑和耳语声音，打破这种沉寂。布道的时候，歌咏队里从头到尾总有人低声窃笑和耳语。从前曾经有过一个歌咏队不像这样没有教养，可是现在我记不起那是在什么地方了。反正是多年以前的事，我几乎什么也想不起了，不过我想大概是在外国的事情。

牧师先带头起了个调，然后把颂主诗歌津津有味地念了一遍，他那特别的音调在那一带是很受人称赞的。他的声音由中级音阶开始，一步步往上升，念到最高音的一个字那儿，特别着重一些，然后突然降低，好像由跳板上跳下来一般：

别人苦战要得荣耀，血汗遍沙场；
我岂可以安坐花坛，盼望抬进天堂？

人家认为他是一个了不起的朗诵家。在教堂里的“联欢会”上，他老是被人请来朗诵诗歌；他念完之后，妇女们就要举起双手，然后软绵绵地把手垂下来，放在膝上，睁大着眼睛，一面摇头，好像是说：“真是无法形容，实在太美了，这样美的声音，在这平凡的人间简直是太难得了。”

唱完颂主诗歌之后，牧师史普拉格先生就变成了

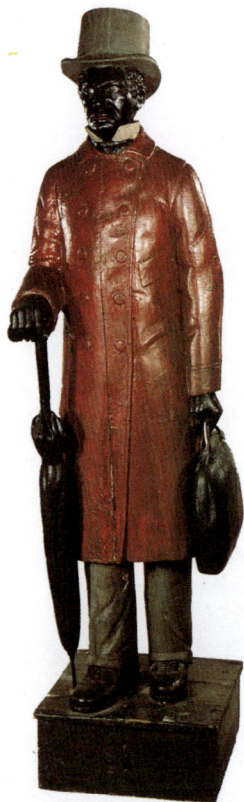

教会对团体的影响力，让牧师在美国的城镇中扮演着一个重要的角色。这是一个十九世纪的牧师雕像，他似乎正在前往布道或访问教友的路上。

THE HANNIBAL GAZETTE.

Devoted to Literature, Morals, Amusement, Health, Agriculture, News, The Markets, and the Advocacy of Democratic Measures.

H. D LA. COSSITT — "Measures—Not Men." EDITOR & PROPRIETOR

$2 00 IN ADVANCE. CITY OF HANNIBAL, MO.; DECEMBER 16, 1847. VOL. 2. NO. 6

MISSOURI COURIER.

JOSEPH P. AMENT. EDITOR & PROPRIETOR

$2 00 IN ADVANCE. CITY OF HANNIBAL, MO.; JUNE 28, 1849. THIRD SERIES—VOL. 2, NO 9.

《汉尼拔报》(Hannibal Gazette)和《密苏里快报》(Missouri Courier)是马克·吐温从学徒、排字员当到记者的报社。副标题上写着"文学、修身、娱乐、健康、农业、新闻、财经及鼓吹民主措施"。那个时代的报纸每个领域都会涉足一些，除了《圣经》，它们通常是每个家庭资讯和娱乐的来源。

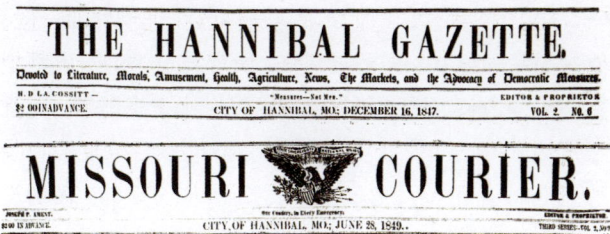

一块布告牌，宣布一些集会和团体的通告等等。他一直说个不停，简直就像是他所要宣布的事情要继续说到世界末日霹雳声响的时候为止似的——这是一种很奇怪的习惯，至今在美国还保持着，即使在这报纸充斥的时代，连城市里也都是这样。一种传统的习惯每每是越没有存在的理由，反而越不容易去掉它。

后来牧师就做祷告了。他替教会向主求福；替教堂里的孩子们求福；替本村别的教堂求福；替全村求福；替全县求福；替全州求福；替州里的官员们求福；替美国求福；替美国各教会求福；替国会求福；替总统求福；替政府的官员们求福；替漂泊在狂风暴雨海洋上的可怜的水手们求福；替呻吟在欧洲的君主制度和东方的专制制度铁蹄下的数百万被压迫者求福；替那些获得了救世主的光和福音而视若无睹、充耳不闻的教徒们求福；替远在海外岛上的那些异教徒求福；最后牧师祈求天主让他所要说的话能够获得主的恩宠，成为播种在肥沃的地里的种子一样，到时候开花结果，造福无穷。阿门。

全场的衣服沙沙地响了一阵，站着的会众都坐下了。汤姆并不欣赏这篇祈祷，他只是忍受着——也许连忍受都还说不上。他在祈祷的时间内，一直都在淘气；他计算着祷词内容的项目，但只是无意识地这么做，因为他并没有听，只不过是熟悉牧师先生讲道的范围和用惯的说教方法

这个门是典型的美国民俗文化产品，上面画有条纹及星星。1777年6月14日在费城，条纹及星星被选为美国国旗的样式，十三条红白条纹代表组成联邦的十三个殖民地，而蓝色背景上的白色星星在当时被排列成圆圈状，代表组成联邦的总州数，现今有五十个。

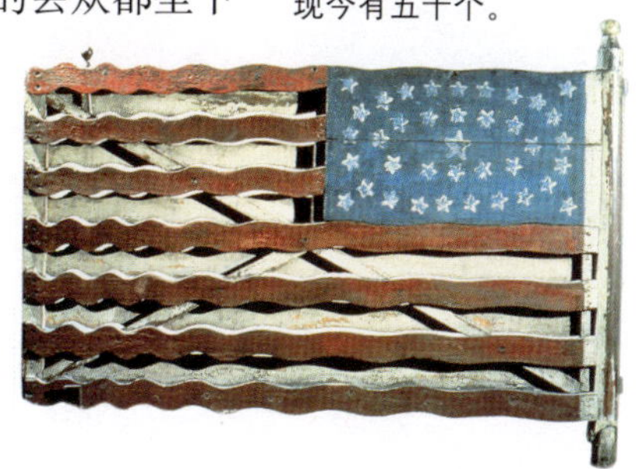

罢了。每逢祷词里加进了一点点新东西，他的耳朵就能察觉得出来，而且他就全副身心恨透了它；他认为增加新材料实在是太不公平，太不光明正大，简直是耍无赖。在祷告做到一半的时候，有一只苍蝇落在他前面的座椅靠背上；它从从容容地搓着双手，伸出胳臂来抱着头，拼命用力地磨擦，以至于它的头几乎好像是要和身子分家，像一根细线似的脖子显露出来，可以看得清清楚楚；它又用后腿拨弄翅膀，使翅膀平顺地贴在身上，好像那是礼服的后摆。它逍遥自在地老在那儿做着这全套梳妆打扮，似乎是明知自己绝对安全无事一般；汤姆眼看着这一切，精神上就像是受罪似的。那东西也实在是安全的，因为汤姆虽然手痒得要命，一直想去抓它，却又不敢。他相信如果正在祷告的时候做这种事情，他的灵魂立刻就会遭到毁灭。可是祷告到最后一句的时候，他的手也就开始偷偷地伸过去；"阿门"刚说出口，苍蝇就当了俘虏。他阿姨发觉了，便叫他把它放掉了。

牧师宣布了他的布道词所根据的《圣经》章节，随即就用单调而低沉的声音说了一番非常枯燥无味的道理，因此许多人渐渐低下头去打瞌睡。他的布道词里讲了地狱里无穷无尽的刑罚，并且说得使人感觉到，够资格让上帝选去升天的只剩下极少的几个人，简直不值得去拯救。汤姆数清了布道词的页数；做完礼拜之后，他总是知道牧师讲的经文有多少页，可是牧师讲的话，他却很少知道是什么内容。不过这一次，他可有一会儿工夫真正感到兴趣了。牧师把千年至福时期全世界各族人民团聚在一起的情景作了一番伟大而动人的描绘，说是那时候狮子和羔羊会在一起躺下，由一个小孩子领着它们。可是这个伟大场面的感动力以及它的教训和意义对汤姆并没有起什么作用，他所想到的只是那里面的主要角色在旁观的各族人民面前所显出的惹人注目的神气；他暗自想着，如果那个狮子是驯服的，他就很愿意自己是那个孩子。

牧师再把他那篇枯燥的道理往下讲的时候，汤姆又陷入痛苦的情绪中了。随即他就想起了他有一个宝贝，赶快把它拿出来。那是一只下巴骨长得很可怕的大黑甲虫，他把它叫做——"老虎钳甲虫"。这只甲虫在一只装雷管的盒子里放着。他把它一放出来，它的第一个动作就是咬住他的手指。汤姆很自然地弹了一下手指，那甲虫就滚到走道里，仰落在地上，汤姆那只被咬痛了的手指马上就伸到他嘴里去了。甲虫躺在那儿，无可奈何地动弹着它那几条腿，翻不了身。汤姆眼巴巴地望着它，很想把它抓回来；可是它却在他够不

大颚像是公鹿角的夹子虫，也就是大家熟知的锹形虫。

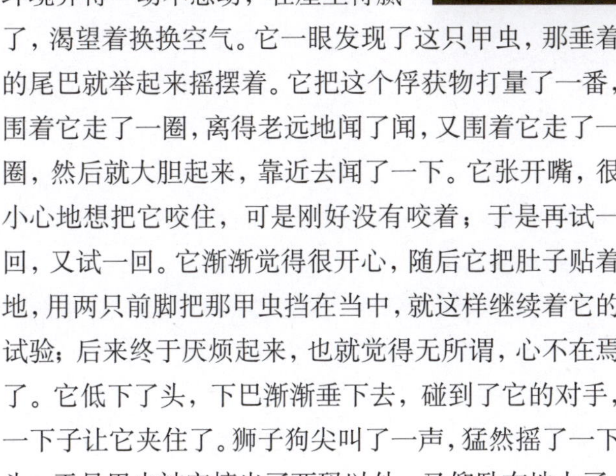

着的地方，安然无恙。其他对牧师讲道不感兴趣的人也拿这只甲虫来解闷，他们也仔细望向它。随即有一只游荡的狮子狗懒洋洋地走过来。它心里很闷，被夏天那平静安闲的环境弄得一动不想动，在屋里待腻了，渴望着换换空气。它一眼发现了这只甲虫，那垂着的尾巴就举起来摇摆着。它把这个俘获物打量了一番，围着它走了一圈，离得老远地闻了闻，又围着它走了一圈，然后就大胆起来，靠近去闻了一下。它张开嘴，很小心地想把它咬住，可是刚好没有咬着；于是再试一回，又试一回。它渐渐觉得很开心，随后它把肚子贴着地，用两只前脚把那甲虫挡在当中，就这样继续着它的试验；后来终于厌烦起来，也就觉得无所谓，心不在焉了。它低下了头，下巴渐渐垂下去，碰到了它的对手，一下子让它夹住了。狮子狗尖叫了一声，猛然摇了一下头，于是甲虫被它摔出了两码以外，又仰卧在地上了。邻近的观众心里感到一种轻松的愉快，笑得前仰后合，有些人拿扇子和手巾遮住了脸笑，汤姆简直快活极了。那只狗显出一副可笑的神气，也许它也觉得可笑吧，可是它心里也有些怀恨，很想报复。于是它又跑到甲虫那儿，小心翼翼地开始再向它进攻；它从每个角度向它跳过去，落地的时候把前爪落在离甲虫一寸以内的地方，再用牙齿靠近过去咬

下图的男孩正透过放大镜观察昆虫。

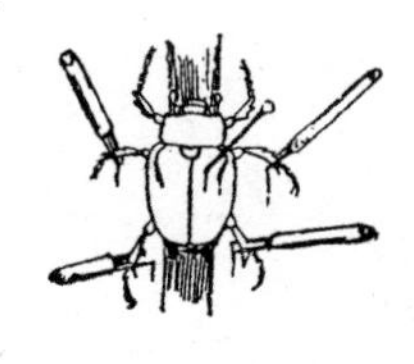

昆虫的种类估计有一百万种以上，昆虫学家根据翅膀的形状及数目将它们分为七种基本类别。蝴蝶的翅膀布满许多细微的鳞片，被归类为鳞翅类。

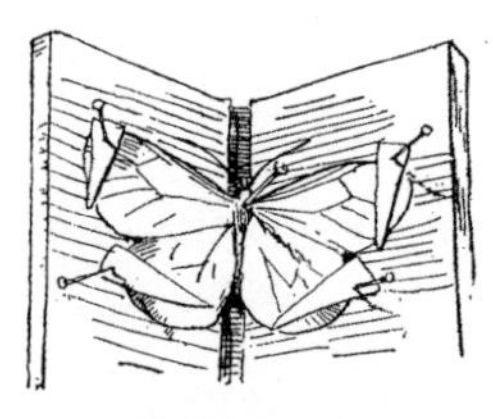

昆虫收集者将甲虫和蝴蝶用别针钉起来，有时注射酒精，在昆虫干燥硬化前撑开其脚和翅膀，保存于有盖玻璃瓶内的昆虫可防腐数十年。

它，并且连忙摆动着头，把耳朵垂下来。可是过了一会儿，它又觉得玩腻了；于是又打算和一只苍蝇寻开心，可是并不能解闷。然后它就跟着一只蚂蚁到处走，鼻子离地很近，不久又厌烦了；它打个哈欠，叹口气，根本把那只甲虫忘记了，结果就一屁股坐在它上面。于是这狮子狗痛得尖叫起来，在走道上一直往前飞跑，叫声不止，也跑个不停。它从圣坛前面横过讲堂；又顺着另外那边的走道飞跑；它由大门那儿跑过；跑上最后的一段跑道；它越往前跑，越加痛得难受，后来简直就形成了一个毛茸茸的彗星似的，发着亮光，以光速在它的轨道上前进。最后这个痛得发疯的倒霉蛋越出了它的跑道，跳到它主人的怀里。但这位主人却把它使劲往窗户外面扔了出去，那阵痛苦的叫声很快就微弱下来，终于在远处消失了。

到了这时候，教堂里的人个个都憋住笑声，涨得满脸通红、透不过气来，布道词也停顿了。牧师随即又继续往下讲，可是讲得很不顺利，有些吞吞吐吐，无论如何也不能再引人注意了；即使他说出最庄严的意思，听众也要一次又一次地躲在离得远的座位背后；发出一阵憋住的笑声来，发泄他们那种有欠恭敬的愉快，好像这位可怜的牧师先生说了什么非常滑稽的话一般。后来大家的受难结束了，牧师给他们祝福的时候，全场都感到满心欢喜的解脱。

汤姆·索亚很愉快地回家去了，他心里想着，要是做礼拜的时候加上一点别的花样，倒是有几分乐趣的。只有一个念头叫他不大满意，他虽然很愿意让那只狗和甲虫玩耍，可是他觉得它居然带着甲虫跑掉，未免太不老实了。

6
汤姆和蓓琪相识

星期一早晨，汤姆·索亚心里很不痛快。他一到星期一早晨总是这样——因为那又是一个星期在学校里慢慢受罪的开始。那一天清早，他心里照例想着，不如没有前一天放假的日子还好些，因为有了那一天，就使他感觉到学校里去宛如坐牢。

除了黑板、桌子和取暖用的铸铁炉这些基本的学校器具外，教室通常会挂有一面星条旗，南部州在1861和1865年间则是挂南方邦联旗。

汤姆躺在床上遐想。他忽然起了一个念头，希望自己有病，那样他就可以待在家里不去上学了。这个主意倒是隐隐约约有点可能性。他把周身检查了一遍，并没有发现什么毛病，于是又检查了一遍。他以为这次可以找出肚子痛的症状，而且怀着不小的希望想要鼓励这种症状发作。可是这种症状不久就让他泄了气，而且随即念头便消失了，于是他又继续想。忽然他发现了一点毛病，他的上排前牙有一颗松了。这总算走运，他正想开始呻吟，照他的说法，这是作为“引子”。可是他又想到，假如他在出庭受审的时候，提出这个理由来应付，他阿姨就会给他拔掉这颗牙，那可是很痛的，所以他就觉

1840年美国边界城镇的小孩通常上的学校皆是私立学校，因为公立学校非常少，因此政府并未硬性规定义务教育。但是大部分的小孩仍会就学至十二岁，离开学校后，他们之中有大部分加入家庭事业或在农场帮忙，其他人则去当木工、会计或铁匠学徒等。

得还不如暂时把这颗牙齿留着做准备，再另打主意的好。过了一会儿，他还是没有想到别的招数，就想起医生曾经说过有一种什么毛病叫病人躺了两三个星期，而且几乎烂掉他一只手指，所以这孩子就很热切地把他那只肿了的脚趾从被窝里伸出来，举起来仔细查看，可是他并不知道那种毛病应该有些什么症状，不过他似乎不妨试一下，所以就提起精神呻吟起来。

可是席德始终睡得很死。

汤姆呻吟的声音越来越大，他幻想着他那只脚趾当真痛起来了。

席德还是没有反应。

这时候汤姆因为呻吟得太用力，竟累得喘起气来了。他歇了一会儿，然后又打起精神，发出一连串绝妙的呻吟声。

席德还是继续打鼾。

汤姆很冒火，他叫道："席德，席德！"还推了他几下。这一招终于生效了，于是汤姆又呻吟起来。席德打了个哈欠，伸了伸懒腰，然后喷了一下鼻息，用胳臂肘支起身子，瞪着眼睛望向汤姆。汤姆继续呻吟。

席德说："汤姆！嘿，汤姆！"(没有应声。)"怎么了，汤姆！汤姆！什么毛病呀，汤姆！"于是他推了汤姆两下，很着急地望着汤姆的脸。

汤姆哼着声说："啊，别这样，席德，别推我。"

"怎么了，到底是什么毛病，汤姆。我得去叫阿姨来才行。"

"不用……不要紧的。我也许一会儿就好了，用不着叫谁来。"

"可是我非叫不可！别这么哼哼吧，汤姆，真吓死人，你难受多久了？"

"好几个钟头了。哎哟！你别这么动吧，席德，真要我的命呀！"

"汤姆，你怎么不早点把我叫醒呢？啊，汤姆，别哼哼！我听见你这么哼哼，浑身都吓得起鸡皮疙瘩。汤姆，到底是什么毛病呀？"

"席德，我什么事都原谅你。你对我所做的一切的事情，我都不怪你。我死了以后……"

"啊，汤姆，你不会死，怎么会呀？别这么说，汤姆啊，别这么说吧！也许……"

"不管是谁我都原谅他，席德。请你告诉他们吧，席德。还有呢，席德，你把我那个窗户框子和那只独眼猫都拿给那个新来的女孩吧！你跟她说……"可是席德已经拿起衣服跑出去了。这时候汤姆当真感觉到痛苦了，因为他的想像起了很大的作用，所以他的呻吟声就显得活像真有那么回事一般。

席德飞跑到楼下去，说道："啊，波莉阿姨，快来吧！汤姆快死了！"

"快死了！"

"是呀，阿姨。别耽搁——快来！"

"胡说！我不信！"

可是她还是连忙跑上楼去，席德和玛丽跟在她后面。她脸色发白，嘴唇直抖。她走到床边的时候，喘着气说："你怎么了，汤姆！汤姆，你害什么毛病呀？"

"啊，阿姨，我……"

"你害什么毛病？到底是怎么回事呀，孩子？"

"啊，阿姨，我那只肿了的脚趾烂成疮了！"

老太太往椅子上坐下去，笑了一会儿，又哭了一会儿，后来又连哭带笑。这总算使她恢复了常态，于是她说："汤姆，你可真把我吓坏了，不许再那么胡说八道，快起床吧！"

呻吟的声音停止了，脚趾也不再痛了。这孩子觉得有点难为情，他说："波莉阿姨，我那脚趾好像是灌了脓，简直痛得我把牙齿的事全忘了。"

"你的牙齿，怪事！牙齿又出了什么毛病？"

"有一颗牙松了，简直痛得要命！"

"哎呀，哎呀，你可别再哼哼了。张开嘴来，不错，你的牙齿的确是松了，可是这绝不会把你痛死。玛丽，拿根丝线给我，到厨房里弄一块烧红的火炭来。"

汤姆说："啊，阿姨，请您别给我拔牙吧！现在已经不痛了。要是再痛，我也绝不闹，请您别拔呀，阿姨。我不待在家里逃学了。"

"啊，你不逃学了，是吗？原来你这么大叫大闹，为的就是可以待在家里不上学，还可以出去钓鱼呀？汤

宗教及慈善团体常寄发这些画有好学生和失学少年完全不同未来的卡片给家长，鼓励他们送小孩上学。

姆，汤姆，我非常爱你，可是你好像老是在设法给我捣蛋，偏要叫我伤心，把我这条老命送掉。”这时候拔牙的工具已经拿来了。老太太把丝线的一头打了个活结，拴在汤姆那颗牙齿上，另外那一头拴在床柱上。然后她拿起那块烧红的火炭，突然向汤姆面前伸过去，几乎快碰到他的脸上。这下子那一颗牙齿就摇来晃去地吊在床柱上了。

可是一切灾难都是有些好处作为代价的，汤姆吃完早餐上学去的时候，他在路上遇见的孩子们个个都羡慕他，因为他上面那排牙齿的缺口使他能够用一种妙透了的新法子啐唾沫。一大群的孩子跟在他后面，对他这种表演很感兴趣；另外有个割破了手指头的孩子，本来一直是大家喜欢和尊敬的中心，现在却忽然没有人追随他，因此失去了光彩。他心情很沉重，带着鄙视的神气说，像汤姆那样啐唾沫，算不了什么稀奇，可是他心里并不是这么想。另外有个孩子就说：“酸葡萄！”于是他就成了一位落魄英雄，只好扫兴地避开了。

不久汤姆就碰见这村子里的野孩子哈克贝利·费恩，他是一个酒鬼的儿子。哈克贝利是全镇的母亲们所痛恨和畏惧的角色，因为他游手好闲、无法无天、又下流、又没有教养——还因为所有的孩子都非常羡慕他。人人不许他们和他接近，他们却偏爱和他来往，而且还希望自己也敢于学他的样。汤姆也和其他的体面孩子一样，很羡慕哈克贝利那种逍遥自在的流浪儿生活，并且也受过大人的严厉嘱咐，不许和他玩耍。所以他每逢有机会就偏要和他玩。

哈克贝利经常穿着大人丢掉不要的破衣服，满身都是一年四季在开花，破布条老是在空中飘动。他的破帽子很大，边上有一块很宽的新月形的帽边子挂着；他要是穿着上装的时候，那上装差不多就拖到了脚跟，背

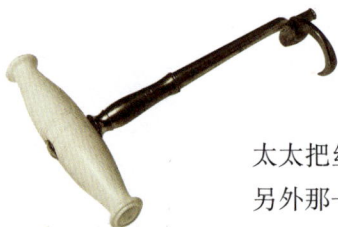

以今日的标准而言，十九世纪中叶的牙齿卫生保健工作非常没有成效，经常可见小男生或小女生几乎满口无牙。牙医师处理蛀牙的方式通常就是拔牙，上图就是拔牙的工具，卷曲的尖端用来套紧蛀牙，然后如同使用拔盖器般地旋转把手将牙拔出，这种拔牙方式有时连牙龈组织都会一起拉出。

汤姆·布兰肯史普一家人就住在这栋破旧的大房子里，他也是那位未来将成为小说家的邻居。哈克贝利·费恩这个角色应该就是他的化身。

后并排的纽扣一直到背部底下；裤子只有一边吊着背带；裤裆像个口袋似的垂得很低，里面空荡荡的；裤腿没有卷起的时候，毛了边的下半截就在灰尘里拖着。

哈克贝利自由自在地来来去去。天晴的时候，他就在人家台阶上睡觉；下起雨来，他就到大空桶里去睡。他不必上学，也不用到教堂去，他不用叫谁做老师，也不要听谁的话；不管什么时候，随便爱上哪儿去钓鱼或是游泳，都可以去，并且爱待多久就待多久，谁也管不着他和别人打架。到了晚上，他爱坐到什么时候就坐到什么时候。春天他照例是第一个光着脚的，秋天穿鞋他也穿得最晚；他永远不用洗脸，也不用穿干净衣服；他骂起人来，简直骂得妙不可言。总而言之，凡是足以使生活痛快的事情，这孩子都享受到了。圣彼得堡镇的那些受折磨、受拘束的体面孩子个个都是这么想。

汤姆招呼那个浪漫的流浪儿："喂，哈克贝利，你好呀！"

"你也好呀，你瞧这玩意儿怎么样？"

"你那是什么？"

"死猫。"

"让我瞧瞧，哈克。咦，这家伙倒是硬僵僵的。你从哪儿弄来的？"

"从一个孩子那儿买来的。"

"你给他什么呢？"

"我给他一张蓝条儿，还有我从屠宰房那儿弄来的一个可充气的囊袋。"

"你那张蓝条儿是哪儿弄来的？"

"前两个星期拿一根推铁环的棍子跟贝恩·罗杰换来的。"

"嘿——死猫有什么用呀，哈克？"

"有什么用？可以治赘疣。"

"不行！你说能治吗？我知道有个更好的治法。"

"我敢说你不知道，那是个什么法子？"

"噢，就是仙水。"

"仙水！我看仙水一个屁钱也不值。"

"你说它一钱不值，是不是？你试过没有？"

"没试过，可是波斯·丹纳试过。"

"谁跟你说的？"

“哦，他告诉杰夫·萨契尔，杰夫告诉强尼·贝克，强尼告诉吉姆·荷利斯，吉姆告诉贝恩·罗杰，贝恩告诉一个黑人，那黑人告诉了我。瞧，你这还有什么话好说的！”

“哼，那又怎么样？他们都会撒谎的。那个黑人我不认识。至少是除他以外，谁都会撒谎，可是我也从来没见过一个不爱撒谎的黑人。呸！现在你给我说说，波斯·丹纳是怎么办的吧，哈克。”

“‘你把蚕豆拿来切开，再把赘疣也割破，让它出点血，然后你把血弄在半边蚕豆上，趁半夜在月亮底下阴影地方找个岔路口，挖个坑把这半边蚕豆埋到地下，再把另外那半边蚕豆烧掉。’”

“哦，他就是把手伸到一个老树桩的坑里蘸点那里面的雨水。”

“在白天吗？”

“当然喽。”

“脸对着树桩吗？”

“是呀！至少我猜是朝着的。”

“他念什么咒没有？”

“我猜他没念！我不知道。”

“哎呀！原来是想要用这种糊涂蛋的办法去拿仙水治赘疣呀！噢，那可是一点用处也没有。你非得一个人去，一直走到树林当中，到了有仙水的树桩那儿，还得正在半夜的时候，转过身去对着树桩，再把

手塞进去，一面嘴里念着：

每年10月31日的万圣节来临时，小孩子们会将南瓜挖空雕成一张人脸的南瓜灯。晚上的化装游行开始后，他们会带着袋子或篮子去敲邻居们的门索讨糖果，直到袋子和篮子装得满满的。

大麦大麦，还有玉米麸，
仙水仙水，给我治赘疣。

念完就闭上眼睛赶快走十一步，离开那里，然后转三圈，就回家去，和谁也别说话。因为你一说话，那符咒就不灵了。”

“哦，这个办法倒像是不错；可是波斯·丹纳不是这样试的。”

“哼，伙计，管保他没这么试，因为他是这个镇上赘疣长得最多的孩子；他要是懂得怎么用仙水来治的话，那他身上就一个赘疣也不会有了。我用这个办法治掉了手上不知多少个赘疣了，哈克。我爱玩青蛙，所以我老是长许多赘疣，有时候我就拿蚕豆治它。”

“是呀，蚕豆倒不错，我试过。”

“你试过吗？你是怎么试的？”

“你把蚕豆拿来切开，再把赘疣也割破，让它出点血，然后你把血弄在半边蚕豆上，趁半夜在月亮照不到的地方找个岔路口，挖个坑把这半边蚕豆埋到地下，再把另外那半边蚕豆烧掉。你瞧那半边带血的蚕豆就会老在那儿吸个不停，老想着把另外那半边吸过去，所以这样就帮着那上面的血去吸赘疣，过不多久，赘疣就掉了。”

“是呀，就是这么办，哈克，就是这么办；不过你要是把它埋下去的时候，嘴里念一声‘蚕豆入土，赘疣掉下去；可别再来和我捣蛋！’那就更好了。乔伊·哈波就是这么办的，他可是差点儿到过康维尔那么远的地方，差不多什么地方都去过哩。可是，嘿，你拿死猫又怎么治赘疣呢？”

扁虱是一种吸血的节肢动物，喜欢附着在温血脊椎动物上吸血，是危险的传染病媒介。

“唉，就是把你的猫拿着，快到半夜的时候溜到坟地里去，找个埋了坏人的地方。一到半夜，就会有个鬼过来，也许有两三个也说不定，可是你看不见它们，只能听见像风一样的声音，也许还听得见它们说话。等到鬼把那个坏人搬走的时候，你就把那只猫往它们后面扔过去，嘴里一面就说：‘鬼跟着尸，猫跟着鬼，赘疣跟着猫，我和你一刀两断！’不管什么赘疣都能治好。”

“这倒像是有道理，你试过吗，哈克?”

“没有，这是霍普金斯老太婆告诉我的。”

“哦，那就不会错，因为人家说她是个巫婆。”

“可不是吗！嘿，汤姆，我就知道她的确是。她对我爸爸施过法术的，爸爸自己说的。有一天他一路走过来，他看见她正要迷他，他就拾起一块大石头，要不是她躲得快，他就打中她了。哎，就在那天晚上，他喝醉了酒躺在一个木棚子顶上，一下子就滚下来，摔断了胳臂。”

“那可真吓人。他怎么会知道她要迷他呢?”

“哎呀，爸可看得出，容易得很。爸说她们要是瞪着眼睛直瞅着你，那就是要迷住你呢。要是她们嘴里还念咒，那就更不用说。因为她们嘴里念起来，就是把主祷文倒过来念。”

“嘿，哈克，你打算什么时候去试试这只猫?”

“今天晚上。我猜那些鬼今晚会去找霍斯·威廉士这老家伙。”

“可是人家是星期六就把他埋了的，他们星期六晚上没有去把他弄走吗?”

“噢，你怎么说这种话！他们的符咒不到半夜怎么能起作用呢？星

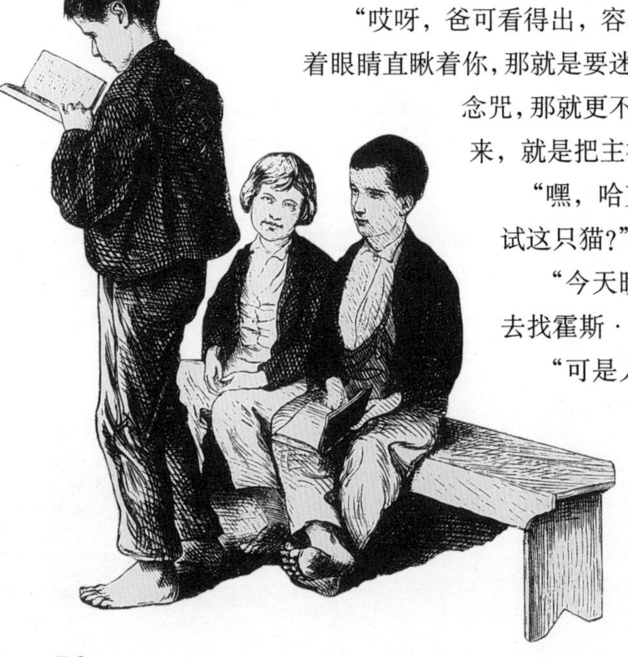

小学生在学校必须学习3R：阅读(reading)、写作(<w>riting)和算术(<a>rithmetic)。

期六晚上一到半夜，就是星期天了。鬼到了星期天就不大敢到处乱跑。”

“我可从来没想到这些，这话不假，让我跟你一道去吧？”

“当然喽——只要你不害怕。”

“害怕！那大概不至于。你叫喵喵好吗？”

“好吧——你只要有机会，就回答一声喵喵。上回你让我一直在那儿喵喵地叫，后来海斯老头儿就对着我扔石头，还说：‘这个可恶的瘟猫！’我就往他窗户里扔了一块砖头——可是你千万别说出去呀！”

“我不会的，那天晚上我不能喵喵，因为阿姨盯住我哩；可是这回我一定喵喵。嘿——那是什么？”

“没什么，是只扁虱。”

“你从哪儿弄来的？”

“树林子里。”

“你要什么才肯换？”

“我不知道，我还不打算卖哩！”

“好吧！我看这只扁虱小得很。”

“啊，不是自己的扁虱，谁也可以说它不好。我可是觉得它怪不错哩！”

“呸，扁虱多得很。我要找的话，一千只也找得到。”

“哼，那你为什么不去找呀？因为你明知找不着嘛！我看这只扁虱出来得特别早。是我今年看见的头一只！”

“嘿，哈克——我拿我的牙齿跟你换吧！”

“拿来瞧瞧。”

汤姆拿出一个小纸包来，很小心地把它打开。哈克贝利渴望地看了一会儿。那牙齿的诱惑很大。后来他说：

《汤姆历险记》时代，大部分的学校都是男女合班，男生坐一边，女生坐一边，全年级学生共用一间教室。

下图为马克·吐温第一部专业漫画作品，他的哥哥奥利恩(Orion Clemens，在担任《汉尼拔纪事报》(Hannibal Journal)主编时，曾将它刊行在该报上。

学校老师会摇一个小钟表示上下课或休息。

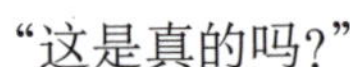

“这是真的吗?”

汤姆翻起嘴唇，把缺口给他看。

“好吧!”哈克贝利说，“买卖成交了。”

汤姆把扁虱装进前几天装过那只甲虫的盒子里，就和哈克分手了，两人都觉得自己比原先阔气些。

汤姆走到那座小小又孤立的木头造的校舍时，他就很轻快地走进去，看他那样子就好像他是老老实实迈着快步来上学似的。他把帽子挂在木钉上，一本正经地连忙到他的座位上坐下。老师高高地坐在他那把软条底的大扶手椅上，听着催眠的读书声，正在打瞌睡，这么一打搅，就惊醒了。

“汤玛斯·索亚!”

汤姆知道老师一叫他的全名，事情就不妙了。

学生通常使用石板作为写作及算术练习，笔记簿是很珍贵的用品，只有在必须用鹅毛笔抄写格言时才使用。

“老师!”

“到这儿来!唉，先生，你怎么又迟到了?”

汤姆正想要撒个谎来渡过难关，偏巧在这时候，他看见两条黄头发长辫子垂在一个女孩的背上，他一看这个背影，就有一股电流似的爱情感觉使他认出了那人是谁；课堂上，女孩子坐的那一边，正好只有她身边空着一个座位。于是他立刻就说：“我碰见哈克贝利·费恩，站住跟他说了几句话!”老师的脉搏都停了，他无可奈何地瞪着眼睛望着，读书的声音也停止了。那些小学生都觉得很奇怪，不知这个憨头憨脑的孩子是否发了神经病。老师说：“你——你干什么去啦?”

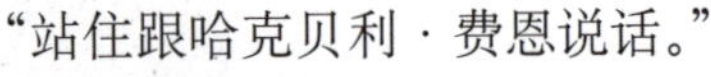

“站住跟哈克贝利·费恩说话。”

话是没有听错。

“汤玛斯·索亚，我从来没听到过谁坦白出这样的事情。你犯了这么大的过错，光只挨打手心是不够的。把上衣脱掉吧!”

老师拼命用力地打，一直打到胳臂都累酸了，他那许多树枝条子也一根根地打断了，眼看着越来越少。然后跟着又是一道命令："好吧，先生，你去跟女生坐在一起！这算是给你一次警告。"

传遍整个教室的窃笑声似乎叫汤姆脸红了，但是实际上使他脸红的更大原因，是他对那位不相识的意中人所怀的崇拜心理，和他的幸运所引起的极大愉快。他在那张松木板凳的一端坐下，那女孩仰了一下头，把身子移得离他远一点。教室里大家用胳臂肘互相推一推，眨眨眼睛，咬咬耳朵，可是汤姆安安静静地坐着，胳臂放在面前那条矮矮的长书桌上，装出看书的样子。

后来大家的注意力渐渐离开了汤姆，学校里一向有的低沉声音又在那沉闷的空气中升起了。汤姆随即就偷偷地用眼睛瞟着那女孩。她看出了这个，便对他"做了个鬼脸"，掉转头背对着他，过了一分钟的工夫，她小心地再把脸转回去的时候，面前就有了一颗桃子，她马上把它推开。汤姆轻轻地把它放了回去。她又把它推开，可是推的时候，反感却减少了。汤姆又耐心地把它放回原处，于是她就让它放在那儿。汤姆在他的石板上写了几个字："请你拿去吃吧——我还有哩！"那女孩望了一下这些字，可是没有什么表示。后来汤姆开始在石板上画图画，一面拿左手遮住他画的东西。过了一阵子，那女孩故意不理会，可是她那人之常情的好奇心终于出现了，她不由得有了叫人看不出的表示。汤姆偏装出不知道的神气，继续作画。那女孩很想要看一看，也装作像是有意又像是无意的样子，可是汤姆还是不动声色，好像他始终没发觉似的。最后她终于屈服了，迟疑地低声说："让我看看吧！"

汤姆把一所房子的一幅暗淡的漫画露出一部分来，房子两头有人字头的墙顶，烟囱里冒出一股弯弯曲曲的烟。于是这女孩的兴趣开始专注在这幅图画上面，她也就把其他一切的事情通通忘记了。汤姆画完以后，她仔细看了一会儿，然后低声说："很好，再画个人吧！"

这位画家在前院里画了一个人，那样子有点像一架起重机。这个人一脚就可以跨过那所房子；可是这女孩并不苛求，她对这个怪物很满意，又低声说："这个人画得很漂亮——再把我画上去，画成走过来的样子吧！"

汤姆画了一个沙漏，顶上加了一轮圆月，再添上草扎似的四肢，又给伸开的手指配上一把大得可怕的扇子。女孩说："真是太好了——我希望我也会画才好。"

“那并不难。”汤姆小声说，“我可以教你。”

“啊，真的吗?什么时候?”

“中午。你回家吃饭吗?”

“你要是在这儿，我就不回去。”

“好，那好极了。你叫什么名字?”

“蓓琪·萨契尔。你呢?啊，我知道。你叫汤玛斯·索亚。”

“他们揍我的时候才叫我这个名字。我守规矩的时候叫做汤姆。你就叫我汤姆，好吗?”

“好。”

这时候汤姆又在石板上写了几个字，可是他拿手挡住不让那女孩看。这一次她可不那么害臊了，她要求汤姆让她看。汤姆说：“啊，没什么好看。”

“不，我要看。”

“真的没什么，你也不爱看这个。”

“啊，我爱看，我真的爱看，请你让我看吧!”

“你会报告老师。”

“不，我绝不出卖你！保证一定不会报告

❝汤姆觉得有人正慢慢地揪住他的耳朵，心里知道事情不妙，随后他就被人揪住耳朵一直提着站起来。❞

老师。”

“你不管跟谁都不说吗？一辈子永远不说吗？”

“不管跟谁，我永远不说，那该让我瞧瞧吧？”

“啊，你不爱看这个！”

“你对我这样，我就非看不行。”于是她把小手儿按在他手上，两人抢了一会儿；汤姆假装着认真不给她看，可是他慢慢地把自己的手移开，最后终于露出了这么三个字：“我爱你。”

“啊，你这坏蛋！”她在他手上用力打了一下，可是她脸红了，却也显得很高兴。

正在这时候，汤姆觉得有人正慢慢地揪住他的耳朵，心里知道事情不妙，随后他就被人揪住耳朵一直提着站起来。他就是这样被揪着牵到课堂的另外那一边去，被安顿在他自己的座位上；同时全班同学不断发出窃笑，向他开火。然后，老师很威严地在他那儿站了几分钟，才一声不响地回到他的宝座上去了。可是，汤姆的耳朵虽然痛，心里却是喜滋滋的。

课堂里平静下来的时候，汤姆打算认真看书，可是他心里却乱成一团糟。后来轮到他去朗诵，结果他念得一塌糊涂；上地理课的时候，他又把湖弄成山，山弄成河，河弄成洲，一直弄得世界又恢复了太初创世前的混沌状态；然后到了拼音课，他也拼不出，连一些最简单的娃娃学的字都使他“碰钉子”，结果他的成绩最坏，只好把他戴着出了好几个月风头的锡蜡奖章交还给老师了。

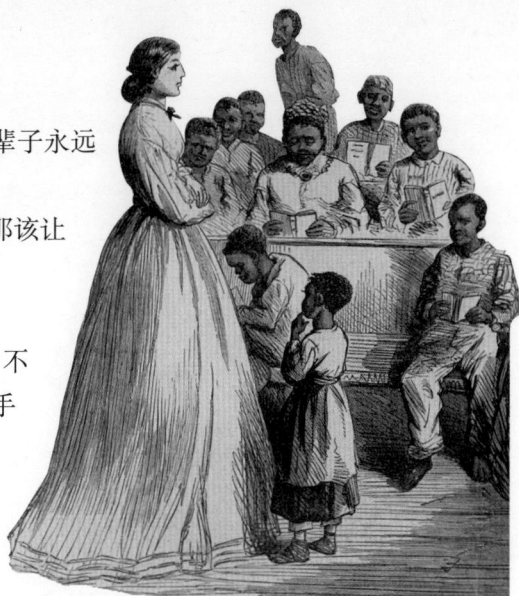

南北战争结束后，北方旋即派人南下向刚解放的各年龄层非裔美人作基础教育。老师及学生们常受到来自三K党和其他反对非裔美人受到平等待遇组织的凌虐。

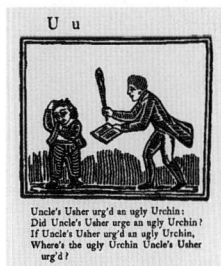

U u
Uncle's Usher urg'd an ugly Urchin:
Did Uncle's Usher urge an ugly Urchin?
If Uncle's Usher urg'd an ugly Urchin,
Where's the ugly Urchin Uncle's Usher urg'd?

这是一本初级教科书中的一页，当时的小孩可能曾经读过。该书名为《简单又完美发音的实用原则》，书中以丑顽童(Uglyurchin)图片配以U的绕口令练习英文字母U的发音。

7
跑扁虱和伤心事

汤姆越是想要专心看书，脑子里越是胡思乱想。所以后来他还是叹了口气，打了个哈欠，干脆把看书的念头打消了。他觉得中午下课的时候好像永远不会来到似的。空气十分沉闷，一点动荡的气息都没有。那是困人的日子里最困人的时刻。二十五个小学生念书的催眠低吟，就像蜜蜂嗡嗡叫的声音，有一股迷人的力量，使人心灵陶醉。外面远处炎热的阳光中，加第夫山透过一层微微闪动的热雾，耸立起平静的青翠山腰，远看起来则带了点紫色的笔触；几只鸟儿在高空展开懒洋洋的翅膀飞翔；除了几条牛以外，再也看不见其他活着的生物，而这些牛，也是睡着的。汤姆心里渴望着自由，否则总要有点什么有趣的事情给他消磨那枯燥的时间。他的手东摸西摸地摸到口袋里去了，虽然他自己还不觉得，脸上却忽然露出欢喜的光彩，好像谢天谢地的神气。然后他悄悄把那只雷管盒子拿出来，把扁虱放出来，放在那个长条的书桌上。这个小东西这时候大概也有谢天谢地的快感，可是未免欢喜得太早了；因为它正怀着感谢的心情想要走开，汤姆却拿别针把它拨了一下，叫它改变一个方向。

汉尼拔位于美国东西交通的要冲，前往西部的拓荒者以及四处旅行的传道士、演艺团体、马戏团皆会在此停留。演艺团体、马戏团来到这些城镇，满足了居民对娱乐的需求。马戏团通常都将各种珍奇动物关在马车栅栏里展览，表演由游行市区揭开序幕，通常这些表演团体都经由水路抵达而非陆路，有些甚至就在船上进行演出。

汤姆的知心朋友就在他旁边坐着。他也和汤姆一样觉得苦闷，这下子他对这个玩意儿马上就表现出很浓厚的兴趣，衷心感激起汤姆。这位知心朋友就是乔伊·哈波。这两个朋友平日是莫逆之交，一到星期六则是对阵的敌人。乔伊从衣领上取下一根别针，帮忙拨动这个小俘虏。这个游戏的趣味时时刻刻都在增长。不久汤姆就说，他们两个人彼此有点碍手碍脚，各自都不能把这只扁虱玩得尽兴。所以他就把乔伊的石板放在书桌上，又在石板正当中由上而下画了一条直线。

他说："好了，它在你那半边的时候，你就可以拨弄它，我不动手；可是你要是让它跑掉了，跑到我这边来，那你就得让我玩，只要我能保住它，不叫它爬过去，你就不许动手。"

"好吧，你先。叫它开步走吧！"

扁虱马上就逃出了汤姆那一边，越过了分界线。乔伊把它作弄了一会儿，它又逃掉了，再爬回汤姆这边。这样爬来爬去，不久就要换一次边。一个孩子聚精会神地折磨那只扁虱的时候，另外那一个在旁边看着，也感到同样浓厚的兴趣；两个脑袋靠在一起，埋在石板上，心里把其他一切事情都忘记了。后来乔伊似乎是特别走运。扁虱这边走走，那边走走，再转个圈子，它也和那两个孩子似的，又兴奋，又着急，可是一次又一次，正当它好像是有把握可以获得胜利，汤姆的手指也急着要去拨弄它的时候，乔伊的别针却把它灵巧地拨一下，又叫它转回头，还是留在他这边。后来汤姆终于忍无可忍了。他受不了这种诱惑，于是伸手越过边界，用别针拨了一下，乔伊马上就生气了。他说："汤姆，你别动它。"

"我只稍微动它一下，乔伊。"

"不行，伙计，那是不公平的；你还是别动吧！"

"哼，我又不会老动它。"

"别动它，告诉你。"

"那不行！"

"不行也得行——它在我这半边耶！"

"嘿，乔伊·哈波，这到底是谁的扁虱呀？"

美国早在1848年就有人开始贩卖口香糖，它是由黑松（上图）和红松（下图）的树脂混合而成；成分包括橡胶和大茴香的真正口香糖，直到1869年才申请专利。

“我不管是谁的，只要它在我这边，你就不许动。”

“哼，我就非动不可。它是我的扁虱，我爱拿它怎么办就怎么办，要我的命也得动！”

❝她因为挣扎了一阵，满脸都红了，这时候她抬起头来，顺从了汤姆。汤姆亲了亲她那通红的嘴唇。❞

汤姆双肩被狠狠推了一把，乔伊也同样挨了一记；接下来两分钟的时间，两人的上衣不断地抖出灰尘，全体同学看着都很开心。这两个孩子闹得太专心了，所以老师踮着脚尖走过来，站在他们那儿看了好一会儿，大家也早就停止了念书，课堂里一片鸦雀无声，他们却始终没有察觉。老师欣赏他们的表演好一阵子之后，才给他们又添加了一点新花样。

中午下课的时候，汤姆飞跑到蓓琪·萨契尔那儿，挨近她的耳朵悄悄地说：“戴上帽子，假装回家去；你到拐弯的地方，就躲开别人，走小巷子里绕个弯儿再回来。我另外走一条路，也把他们甩掉。”

于是一个跟着这群同学走了，另一个跟着另一群走了。过了一会儿，这两个孩子就在巷子的尽头相会了。等他们再回到学校的时候，学校就只属于他们两个了。然后他们并排坐下，面前摆一块石板；汤姆把石笔拿给蓓琪，牵着她的手，引着她画，结果又画成了一座了不起的房子。等他们对艺术的兴趣渐渐消退的时候，就开始谈话。汤姆心中充满了幸福。他说：“你喜欢老鼠吗？”

“不喜欢！我讨厌老鼠！”

“是呀，我也讨厌——活老鼠。可是我说的是死的，可以拿根小绸子把它拴上，在头上甩着玩。”

“不行，不管怎么样，我反正是不大喜欢老鼠，我喜欢的是口香糖。”

“啊，我看那倒是不错，可惜我现在没有。”

“是吗?我有一点。我让你嚼一会儿，可是你得还我才行。”

这个办法倒是很好玩，于是他们俩就轮流把那块口香糖嚼来嚼去。他们坐在板凳上踢动着双腿，高兴极了。

这是一幅乘法书上的插图——一个男孩邀朋友观看马戏团车队。下面文字注明着："看"的过去分词(seen)与数字"十六"(sixteen)同韵，以帮助学生记忆乘法方程式。

“你看过马戏吗?”汤姆说。

“看过。我爸说我要是乖，他会带我再去看哩!”

“我看过三四次马戏——很多很多次就是了。教堂里比起马戏团来，真是差劲。演马戏的时候，时时有许多新玩意儿。等我长大了，就到马戏团去当小丑。”

“啊，是吗?那可有趣。小丑满身都是花点，真是好玩极了。”

“是呀，一点也不错。他们赚的钱可多呢——差不多每天能赚一块钱，贝恩·罗杰说的。嘿，蓓琪，你订过婚吗?”

“什么叫订婚?”

“噢，订婚就是将来要结婚的。”

“还没有哩!”

“你愿意订婚吗?”

“大概愿意吧。我不知道啦，订婚是怎么回事?”

“怎么回事?唉，说不上是怎么回事。你只要跟一个男孩子说一声你只跟他好，永远不跟别人好，永远，永远……然后再跟他亲亲嘴，就这样了。谁都可以办得到。”

下图是一张十九世纪的西洋情人节卡片。

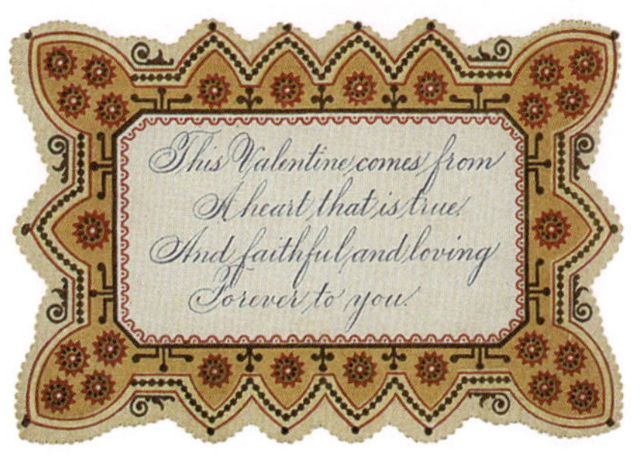

“亲嘴?干吗要亲嘴呀?”

“哦，那就是，你要知道，那就是为了……唉，人家都是那么做的。”

“每个人都一样吗?”

“哦，是呀，恋爱的人个个都是这样。你还记得我在石板上写的那几个字吗?”

“记——记得。”

“几个什么字?”

“我不跟你说。”

“我跟你说好吗?”

“好——好吧——可是等下回再说。”

“不行，现在就要说。”

“不，现在别说——明天再说吧!”

“啊，不行，现在就说。我求你，蓓琪！我轻轻地、轻轻地对着你耳朵说。”

蓓琪还在迟疑，汤姆却认为她不做声，就算是默认了，于是他伸过手去搂住她的腰，把嘴靠近她的耳朵，小声地说了那句话。然后他又补上一句：“现在你悄悄地跟我说吧——照样说一遍就好了。”

她拒绝了一会儿，然后说：“你把脸转过去，别看着我，我就说。可是你千万别跟别人说呀——行不行，汤姆?你真的不说，好吧?”

“不说，我一定一定不说。好了，蓓琪。”

他把脸转到一边。她胆怯地弯过身来，一直到她的呼吸吹动了汤姆的鬈发，才悄悄地说了一声：“我——爱——你！”

她说完就一下子跑开了，汤姆紧追在后面。她绕着桌子和长板凳跑啊跑，最后躲到一个角落里，拿小围裙遮住脸。汤姆紧紧搂住她的脖子求她：“好了，蓓琪，现在什么都做了，就只差亲嘴了。你可别害怕，那根本就不算什么。来吧，蓓琪。”他使劲拉她的围裙和手。

逐渐地，逐渐地，她让步了，两只手垂了下去。因为挣扎而通红的脸庞抬了起来，顺从了汤姆。汤姆吻了她的红唇，说道：“现在通通做完了，蓓琪。从今以后，你知道吧!你可就除了我永远不能再爱别人、再嫁给别人，永远，永远也不能。好不好?”

“好，除了你，我永远也不去爱别人，汤姆，除了你，我永远也不会嫁给

别人——你也就除了我不许再娶别人哪。”

“一定不会。当然啰，一定不会。还有我们上学或是放学的时候，要是没有旁人，你就得和我一道走；舞会的时候，你就跟我跳，我就跟你跳，因为订了婚的人都是这样的。”

啄木鸟用它7.5英寸(20公分)长的喙啄开木头捕食虫子。

“太好玩了！我从来没听说过这种事。”

“是啊，这才有趣呢！我跟艾美·劳伦斯……”

汤姆看着那双大眼睛，知道自己说错了话，于是住嘴，有些慌张。

“汤姆！那么，我不是头一个和你订婚的！”

女孩子哭起来了。

汤姆说：“啊，别哭，蓓琪，我现在已经不爱她了。”

“才不呢，你爱她，汤姆，你自己心里明白。”

汤姆伸手想去搂她的脖子，可是她把他推开，别过脸去朝着墙角，继续哭下去。汤姆又试了一试，嘴里还说了些安慰的话，可是又被拒绝了。于是他的自尊心作祟，跨步走到屋外。他在近处站了一会儿，心里很乱，很着急，不时往门口瞄一眼，希望她会懊悔，出来找他。可是她一直没有出来，于是他就渐渐觉得不对劲，并且担心是他自己不对。这个时候再去告饶，可是要经过一番剧烈的心理斗争的，他想来想去，拿不定主意，但后来还是鼓足了勇气，又进去了。她还是站在后面那个角落里脸朝着墙，抽抽搭搭地哭着。汤姆深深感受到良心的谴责。他走到她身边，站了一会儿，不大知道怎么开口。然后，他犹犹豫豫地说道：“蓓琪，我——我除了你，谁也不爱。”

没有回答，只有低泣的声音。

“蓓琪，”——哀求的声调，“蓓琪，你说句话好不好？”

还是哭。

汤姆把他最重要的一个宝贝拿出来。那是壁炉架上的一个铜把手。他把它伸到她面前，一面说：“我求你，蓓琪，你拿着好吗？”

她把它打落到地上。于是汤姆就迈开大步走出去，发誓要翻过山，走到很远的地方，当天不打算再回学校来了。这个时候，蓓琪开始有了疑虑。她跑到门口，可是没有看见他；她又飞奔到操场上，还是没有找着他。于是她喊道：“汤姆！回来吧，汤姆！”

她仔细聆听，可是没有回答。她没有伴，只觉得寂静和孤独。因此她就坐下再哭起来，骂起自己；这时候同学们又渐渐上学来了，她只好隐藏自己的悲伤，叫她那颗伤透了的心平静下去，受难似的熬过那一个漫长、凄凉而又痛心的下午；在她周围那些像是陌生人当中，没有一个可以和她互相倾吐心中的苦痛。

威廉·哥帝·佛雷迪(1846—1917)是一位传奇的西部英雄，十四岁时他就在以快马送信的小马快递公司表现杰出，而在铁路公司工作时，他又因猎野牛的技巧赢得“水牛比尔”(Buffalo Bill)的称号；后来他将自己的故事以《水牛比尔的蛮荒西部》为名搬上舞台，表演在露天场地进行，以西部生活为主题，非常受欢迎。晚年，他在科罗拉多的丹佛市带着一身债务病逝，享年七十一岁。

8
当个大胆的海盗

汤姆东躲西藏地穿过一些小巷，走了一阵子才完全脱离同学们回学校所走的老路，然后心烦意乱地缓步前进。他在一条小河流上来回跨过两三次，因为当时年轻人有一种流行的迷信观念，认为跨过水流就可以摆脱追赶在后的人。半小时之后，他就遁入加第夫山顶道格拉斯那所大房子后面。他把学校甩在身后老远的山谷里，几乎无从辨认了。汤姆走进茂密的树林，拨开荆棘和乱草，走到树林的中心，在一棵枝叶伸展的橡树底下一处长了青苔的地方坐下。这时候，连一丝微风都没有吹动；中午的闷热甚至使鸟儿都不叫了。大自然在昏睡状态中。除了偶尔从远处传来啄木鸟“嘚嘚嘚”的啄木声以外，再也没有任何声音打破这种昏睡状态。汤姆的心沉浸在凄凉的情绪之中。他的心情和环境正好是很搭调的。他把两肘支在膝上，双手托着下巴，坐了很久，沉思着。他似乎觉得人生至多不过是一场苦恼罢了，因此有些羡慕最近才死去的吉米·荷杰士。他想像如果一个人躺着长眠不醒，永远永远地做着梦，听着风在树林中低声细语地吹过，爱抚着坟上的花草，永远也不会再有什么事来纠缠，叫人烦心，那一定是很安宁的。假如他在主日学校里品行很好，他就会情愿死去，从此一了百了。他又想起那个女孩。他犯了什么错呢？根本没有。他的用意本来是非常好的，可是她却把他当成了一只狗似的对待——简直就像一只狗。她总有一天会后悔的，也许在悔之晚矣的时候什么都已经迟了。唉，他要是能暂时死一下多好！

“他要当海盗去！这才对！这下子他的前途分明摆在面前，发出不可想像的光辉。”

但是青年人的心是生机勃勃的，就算要把

它勉强压缩在一种不自然的状态中，每一次也维持不久的。汤姆随即又不知不觉地开始回过头来想起人间的事情。他现在是不是可以掉头不管，神秘地失踪呢？是不是可以走开，到老远老远的地方，到海外那些没有人知道的地方去，并且从此永远不再回来！那么一来，她又会作何感想？当小丑的念头这时又在他脑子里出现了，不过这徒然使他非常厌恶。因为他的心灵现在已经升华到含有浪漫情调，隐约有些庄严的境界。插科打诨的举动和满身花点的紧身衣这类东西闯进这种心境里，当然就叫人生气了。不行，他要去从军。多年之后，身经百战，声名显赫，再荣归故乡。不，还有更好的办法，他要去和印第安人搞在一起，和他们去打野牛，或是去遥远的西部崇山峻岭中，和没有人迹的大平原上去打仗。将来等自己成了一个大酋长再回来，满头插着羽毛，满身涂着可怕的花纹，在一个令人困倦的夏天早上，神气十足地闯进主日学校，发出令人心惊胆战的呐喊，使他所有的同学都让那抑制不住的羡慕心理像火似的把眼珠都烧焦。可是这还是不行，另外还有比这个更神气的哩。他要当海盗去！这才对！这下子他的前途分明摆在面前，发出不可想像的光辉。他的名字将要怎样地传递全世界，使大家听了发抖！他将要驾着他那又长又低、船身漆黑的快艇"风暴之神"，在那波涛汹涌的海洋上乘风破浪，船头飘着那面可怕的旗子。那该多么威风！到了声名齐天的时候，他就要突如其来地回到这故乡的村镇，昂首阔步地走进教堂，脸色棕黄，一副饱经风霜的神气，身上穿着他那黑绒紧身上衣和宽大短裤，脚上穿着大长统靴，还背着那大红的肩带，腰带上挂满了马枪，身边还有把生了血锈的短剑，他帽檐上插着翎毛，黑旗迎风飘扬，上面还有那骷髅头和交叉白骨的标志。他一进来就兴高采烈地听到人家悄悄地说：

罗宾汉——是否真有其人已无从查考，传说他是一位行侠仗义的义贼，射箭功力极高，也是一群好汉的精神领袖。据推测，罗宾汉可能是英格兰国王狮心王理查(Richard the Lionhearted，1157—1199)时代的人物，当狮心王遭逢内战，王位岌岌可危时，他仍忠心于狮心王。且不论是否真有其人，这位劫富济贫的义贼一直是大众心目中的英雄。

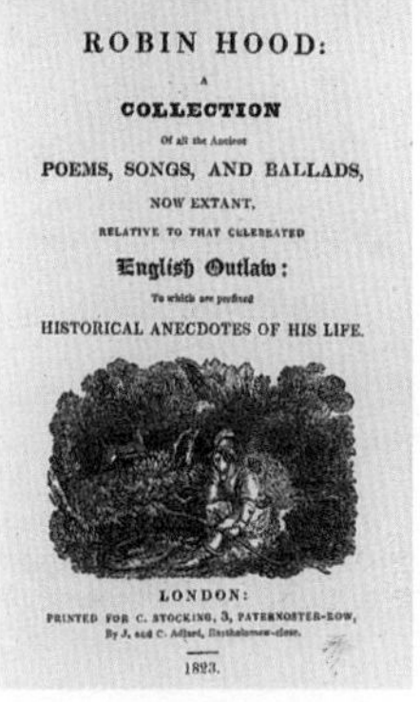
ROBIN HOOD:

A

COLLECTION

Of all the Ancient

POEMS, SONGS, AND BALLADS,

NOW EXTANT,

RELATIVE TO THAT CELEBRATED

English Outlaw:

To which are prefixed

HISTORICAL ANECDOTES OF HIS LIFE.

LONDON:

PRINTED FOR C. STOCKING, 3, PATERNOSTER-ROW,
By J. and C. Adlard, Bartholomew-close.

1823.

“这就是海盗汤姆·索亚！西班牙大海上的黑衣侠盗！”那该多么神气啊！

是呀，就这么决定了，他的终身事业已经确定了。他要从家里逃出去，开始这种生活。第二天早上就打算干起来，所以他现在就必须开始准备。他要把他的财宝收集到一起，于是走到近处一根腐烂的树干那儿，用他那把巴洛牌折刀在那块木头底下挖起来。不久他就碰到了发出空洞响声的木头。他把手按在那儿，一本正经地念出这么一句符咒：“没有来的快来！在这里的不要走开！”

在纽约市立华盛顿广场的马克·吐温（右者），坐在他身边的是罗伯特·路易斯·史蒂文森（1850–1894），著名传奇海盗故事《金银岛》的作者。

然后他把泥土刮掉，底下露出一块松木木瓦。他把它拿开，下面出现了一个有模有样的小藏宝箱。这个藏宝箱的四周和底板也都是木瓦拼成的，中间则放着一颗石弹子。汤姆的吃惊简直无法形容！他满脸纳闷地在头上乱抓，一面说道：“嘿，哪有这种怪事！”

“‘我呀，哼！我乃罗宾汉是也，你这王八蛋马上就会知道我的厉害。’”

于是他很不高兴地扔开那颗石弹子，站着沉思。原来是这么一回事：他和所有的玩伴一向都有一种自以为万无一失的迷信，可是这次却偏不灵验。你要是念几句要紧的咒语，埋下一颗石弹子，让它在那儿待两个星期不去动它，然后念念刚才他所念的那句符咒，打开埋藏的地方，你就会发现你从前遗失的石弹子通通都聚到这一处来了，无论原来分散在多远的地方。可是现在这件事情确实地、毫无疑问地失败了。汤姆的全部信心，归根结底地动摇了。他曾经多次听说过这个办法很灵验，还从没有听说它失败过。他就没有想到自己从前曾经试过好几次，可是后来根本就找不到埋藏的地点。他为这件事情伤了一阵脑筋，最后断定是有一个女巫来捣蛋，破了他的符咒。他想这一点非要查清楚不可，于是在附近找了一阵，终于找到了一个小沙堆，当中有一个漏斗形的凹处。他扑到地上，把嘴紧靠着那个凹处喊道："小甲虫，小甲虫，我想知道这究竟是怎么回事，请你告诉我吧！小甲虫，小甲虫，请你告诉我吧！"

沙子果然动起来了，马上有一只小黑甲虫钻出来，可是只出来一秒钟，又吓得缩回洞里去了。

"它不敢说，可见确实是一个女巫搞的鬼。我准知道。"

他很知道和女巫斗法是没有益处的，所以就很丧气地不作这个打算了。可是他又忽然想起，他刚才丢掉的那颗石弹子何不去拾起来，因此就走过去，耐心地找了一阵。可是他找不着。于是他又走回他那藏宝箱那儿，仔细地站到他起初丢出那颗石弹子时所站的位置；然后他从口袋里另外掏出一颗石弹子来，照样把它丢出去，一面说："兄弟，去找你的兄弟吧！"

他仔细注视石弹子落下的地方，然后走过去看。可是石弹子大概是丢得不是太近就是太远，所以他又试了两次。最后一次总算丢得不错，两颗石弹子相隔不到一尺。

正在这时候，林荫道上隐隐约约地传来一阵洋铁玩具喇叭的吹叫声。汤姆连忙脱掉他的外套和长裤，把吊带改成腰带一束，拨开那块朽木后面的一些矮树，找出一副简单的弓箭、一把木剑和一只洋铁喇叭，片刻之间他就拿着这些东西，光着大腿，飘动着衬衫跳出去。他随即在一棵大榆树底下停住，把喇叭吹了一下，作为回应，然后踮起脚尖，同时还警戒地左右张望。他小心地说："别动，弟兄们！藏起来，且等我吹号再动。"这是对假想的伙伴们说的。

这时候乔伊 · 哈波出现了，他也和汤姆一样打扮得很神气，煞费苦心地配备了武装。汤姆喊道："站住！来者何人，未经许可，竟敢擅入舍芜森林？"

"我乃御林军吉斯朋耶，走遍天下，畅通无阻。你是何人，竟敢……竟敢……"

“出言竟敢如此无礼！”汤姆说——他在给哈波提书，因为他们是凭着记忆，从书里背出这些话的。

“你是何人，出言竟敢如此无礼？”

“我呀，哼！我乃罗宾汉是也，你这王八蛋马上就会知道我的厉害。”

“你果真是那有名的绿林好汉吗？我正想与你较量较量，倒看这林中乐土是谁家天下。看剑！”

他们拿起木剑，把所带的其他东西都扔到地上，两人脚对脚站好斗剑的姿势，一本正经地按照“二上二下”的剑法开始交手。随即汤姆就说：“好，你要是懂得剑法，就痛快地斗一场吧！”

于是他们就“痛痛快快地斗起来了”，两人都斗得直喘气、直淌汗。后来汤姆嚷道：“倒下去！倒下去！你怎么不倒下去呀？”

“我不干！你为什么自己不倒下去？你明明是招架不住了呀！”

“嘿，那可没关系。绝不能叫我倒下呀！书上说的不是这样。书上说，‘然后反手一剑，他就把可怜的吉斯朋耶杀死了。’你应该转过身去，让我在你背上刺中一剑才行。”

乔伊拗不过书上的说法，所以他就转过身去，接受了那厉害的一剑倒在地上了。

接着，乔伊站起来说：“好吧，现在你得让我把你杀死呀！那才公道。”

“那可不行，书上没有那么说。”

“哼，你太小气了——就是这么回事。”

“嘿，你瞧，乔伊，你可以扮达克修士或是磨坊主的儿子马奇，拿一根两头包铁的棍子揍我一顿；要不然我来扮诺廷安的郡长，你扮一会儿罗宾汉，把我杀死也行。”

荨麻因会使人在接触后起疹子而得恶名，然而就营养和医疗上的价值却无其他植物可与其媲美，荨麻富含铁质、钙质和其他矿物质，中古世纪时人们就用它来做汤及药酒，效果非常好。而其恼人的树液可以止血，美国的原住民和当时的配药师及制药师都很了解，配药师及制药师以原药（plain medicine）的原则将其制作成药品。原药就是指由药用植物直接制成的医药，也被称作植物疗法。

上图是汉尼拔的古老墓地。在当时往西部去的路上的许多乡镇都可发现这样无人管理的墓地，拓荒者将过世的人埋葬在此，无人留下来看顾，因为他们的日子都还无法安顿下来。繁荣的美国城镇会建造他们的墓地，绿草如茵、摇曳的丝柏通常是这类墓园的特色，成排擦得光亮的大理石墓碑迎接着来此安息的灵魂。

这个办法倒不错，于是他们就这么办了。然后汤姆又回头再当一次罗宾汉，让那个居心不良的修女把他害了，因为伤口没有照顾得好，流血太多，以至于把精力完全消耗掉了。后来乔伊扮演着一整帮哭泣的绿林好汉，悲伤地拖着他走，把他的弓交到他那双软弱无力的手里。

于是汤姆就说："这支箭落在哪儿，就把可怜的罗宾汉埋在哪儿。"他把箭射出去，身子往后面倒下。本该是就这么死了，可是他偏巧倒在有刺的草上，一下子就跳起来，那快活的样子简直不像一具尸体。

两个孩子穿起衣服，把他们的行头藏起来就走开了；他们很惋惜现在已经没有绿林豪侠，心里有些纳闷，不知近代文明究竟有些什么好处，足以弥补这个缺陷。他们说宁可在荒芜森林当一年绿林好汉，也不愿意当一辈子美国的总统。

9
坟场上的惨剧

位于汉尼拔奥立佛山墓园的一座壮丽坟墓。

那天晚上九点半钟，汤姆和席德又照常被大人吩咐着上床睡觉去了。他们做了祷告，席德很快就睡着了。汤姆睁开眼睛躺在床上等着，等得心里直着急。他好像觉得一定是将近天亮的时候，却听见时钟才敲了十响！这可真叫人失望。他很想顺从他神经的要求，翻一翻身，动弹动弹，可是他唯恐惊醒席德。因此他就规规矩矩躺着，在黑暗中直瞪着眼睛。一切都毫无动静，更显得阴森可怕。

后来从那一片寂静之中，渐渐有一些小小的、几乎听不见的声音越来越清楚了。钟摆滴答滴答的响声渐渐引人注意起来。那些老屋梁神秘地发出裂开似的响声。楼梯也隐隐约约、吱吱嘎嘎地响，分明是鬼怪在活动了。波莉阿姨房里传来一阵匀称的、闷住的鼾声。一只蟋蟀开始发出令人心烦的唧唧叫声。这种声音，无论什么人也不能凭他的机智听出来自什么地方。其次床头的墙里又有一只报死虫发出可怕的咔哒咔哒声，把汤姆吓得直发抖——这是表示有人的寿命快要完结了。然后远

位于密西西比河三角洲上的新奥尔良(New Orleans)经常遭受水患之苦，为防止墓园遭洪水冲走，墓园结构都经过特别的强化，包括放置棺木的棺木台。

处有一只狗嗥叫起来，这叫声在夜间的空中震荡着，更远的地方另有一阵更模糊的狗叫声在响应，汤姆简直难受到了极点。后来他终于认定时间已经终止，永恒已经开始，于是不由自主地打起瞌睡来。时钟敲了十一响，可是他没有听见，然后在他那似梦非梦的睡眠状态中，夹杂着一阵非常凄惨的猫儿叫春的声音，邻居打开一个窗户的声音把他惊动了，接着一声——“嘘！你这鬼东西！”的叫骂，和一只空瓶子打到他阿姨木棚背后的破碎声，使他完全清醒过来了。

只过了一分钟的工夫，他就穿好衣服，爬出了窗户，在厢房顶上连手带脚地往外爬。

他一面爬过去，一面小心地“喵喵”了一两次；然后他跳到木棚顶上，再由那儿跳到地上。哈克贝利·费恩拿着他那只死猫，在那儿等他。两个孩子就一同走开，在黑暗中消失了。过了半个钟头之后，他们就走在坟场的深草之中了。

烛台、煤灯、杯子和各式各样的箱子：十九世纪中叶，锡广泛地被用于制作这些用品，取代了白铁、木头和铜，是一种便宜且容易取得的材料。

那是一个西部的老式坟场，在一座小山上，离村庄大约有一里半。坟场周围有一道歪歪倒倒的木板围墙，有些地方往里面斜，其余的地方往外面斜，没有一处是笔直的。整个墓地到处都长满了杂草，所有的旧坟都塌下去了，连一块墓碑也没有；圆顶的、虫蛀了的木牌子歪歪斜斜地插在那些坟墓上，想要有所依靠，可是一点依靠也没有。“某某之墓”这些字原来是用油漆写在这些木牌子上面的，可是现在即使有光线的时候，大多数也已经再也认不出来了。一阵微风在树木当中发出哀怨的声音，汤姆恐怕那是死人的阴魂抱怨他们不该来打搅。这两个孩子很少说话，要说也只敢悄悄地说，因为当时的时间和地点以及那一片阴森和寂静都压住了他们的心灵。他们找到了他们所要找的那一个隆起的新坟堆。新坟的几尺之外，有三棵大榆树长在一起，他们就在这儿的荫护之下找个地方隐藏起来。他们在静默中等待了似乎很长一段时间。只有远处猫头鹰的声音在搅动那死一般的沉寂。汤姆的心思渐渐紧张起来。他不得不勉强说说话，所以就悄悄地说："哈克，你想死人会不会高兴我们上这儿来？"

哈克贝利低声说："我要是知道才好哩。这儿阴沉沉的，真是可怕，是不是？"

"可不是吗？"

他们停了好一阵没有声音，每人都在心里盘算着这件事情。然后汤姆又悄悄地说："嘿，哈克——你说霍斯·威廉士会不会听见我们说话？"

"当然听得见，至少他的阴魂是听得见的。"

汤姆停了一会儿说："我刚才该说威廉士先生才

Chief Black Hawk
MA-KA-TAI-ME-SHE-KIA-KIAK
1767 - 1838

印江·乔(Injun Joe)，《汤姆历险记》中重要的人物之一。当时一般人对选择留在移民社区生活，而未随其族人被迫迁徙的原住民大都怀有刻板印象。书中的印江·乔就是这一种刻板印象的典型化身，十九世纪的白人文学将这种印象传播出去，直到二十世纪仍不散。然而，当马克·吐温写这部小说时，他很清楚白人拓荒者屠杀美国原住民抢夺他们土地的史实。其中一个屠杀的例子发生在密歇根贝德爱斯(Bad Axe)这个地方：1832 年一艘炮艇扫射一群数目有好几百人的撒克族(Sac)印第安人，他们在黑鹰(Black Hawk)酋长的领导下要回到他们的土地，当时黑鹰手举的白旗并未被美军看到。

“有几个模糊的影子从黑暗中走过来了，手里摆动一只老式的洋铁灯笼，灯光在地上照出无数的斑斑点点。”

好，可是我并没有什么恶意。大家都是叫他霍斯的。”

这句话是叫人扫兴的，于是他们的谈话又中断了。过了一会儿，汤姆揪住哈克的胳臂说：“嘘！”

“怎么啦。汤姆？”他们俩紧紧靠拢，心里直跳。

“嘘！又来了！你没听见吗？”

“我……”

“听！现在你听见了吧！”

“老天爷，他们来了，汤姆，他们来了，准是。我们该怎么办？”

“我不知道，你说他们会看见我们吗？”

“啊，汤姆，他们能在漆黑的地方看见人，跟猫一样，我真后悔，不该来。”

“啊，别害怕。我可不信他们会给我们找麻烦，我们又没惹他们。我们只要不做声，也许他们根本就不会注意我们。”

“我尽量不声不响吧！汤姆，可是老天，我简直浑身都在发抖。”

“你听！”

两个孩子低下头来靠在一起，几乎停止了呼吸。坟场里老远的那一边传来了一阵压低了的声音。

“瞧！你瞧那儿！”汤姆悄悄地说，“那是什么？”

“那是鬼火。啊，汤姆，这真是可怕。”

有几个模糊的影子从黑暗中走过来了，手里摆动一只老式的洋铁灯笼，灯光在地上照出无数的斑斑点点。随后哈克贝利打了个冷战，悄悄地说：“那就是鬼，准没错。一共三个！老天爷呀，我们完蛋了，汤姆！你还能祷告吗？”

“我来试试看吧，可是你千万别害怕，他们是不会伤害我们的。‘现在我躺下来睡觉，我……’”

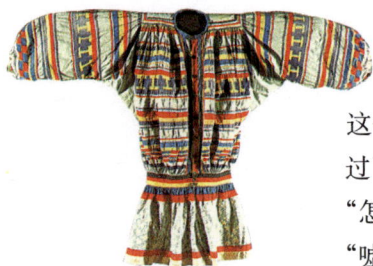

美国原住民的手工艺品种类繁多且令人赞叹。上图是由一位撒来诺族(Seminole)印第安人所编织的衬衫。

撒利史族(Salish)所制作的背心。

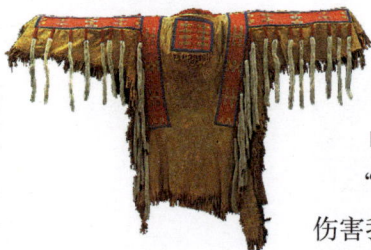

拉古达族(Lakota)制作的加穗饰雄鹿皮衬衫。

“于是他搜去尸体身上的东西，然后把那行凶的刀子放在波特那只摊开的右手里，坐在那个撬开了的棺材上。”

几世纪以来，威士忌酒在苏格兰都是用谷物以蒸馏法制造，这项技术由苏格兰移民带到美国，谷物则由玉米取代。当时在欧洲地区玉米才刚刚落地生根，而在美洲大陆，玉米则是美洲原住民几千年来种植的作物，移民们亦开始栽种。美国威士忌的名字波旁（bourbon）来自肯塔基的波旁郡，这种酒第一次被蒸馏出来就在此地。上图是一幅广告，宣称波旁酒对支气管炎、感冒、消化不良、肝病具有疗效。

“嘘！”

“怎么啦，哈克？”

“他们是人呀！反正至少有一个是人。有一个是老莫夫·波特的声音。”

“不——不对吧，是真的吗？”

“我担保没听错。你可千万别动弹，他没有那么机灵，不会看见我们的。大概又是跟平常一样，喝得烂醉，这个该死的老废物！”

“好吧，我一定不做声。现在他们又站住了。他们找不着。这下又来了。这会儿他们又接近目标了。又泄气了。又有希望了！这回他们可找对了方向。嘿，哈克，我又听出他们一个的声音来了，那是印江·乔。”

“不错，这个杀人不眨眼的坏蛋！我情愿他们都是鬼还好得多。他们来这里干什么呢？”

后来他们的耳语完全终止了，因为那三个人已经走到新坟那儿，就在这两个孩子隐藏的地方几尺以内的地方站住。

“就在这儿。”其中第三个人的声音说。说这话的人把灯笼举起来，照出了他的面孔，原来他就是年轻的鲁宾逊医生。

波特和印江·乔推着一个手推车，上面放着一根绳子和两把铁锹。他们把车上的东西卸下来，开始挖那座坟墓。医生把灯笼放在坟墓的当头，背靠着一棵榆树坐下。他坐得很近，这两个孩子简直可以摸着他。

“赶快吧，伙计们！”他低声说，“月亮说不定什么时候就会出来哩。”

他们粗声粗气地答应了一声，继续挖掘着。有一段时间，除了铲子抛开一铲一铲的泥土和石子所发出嚓嚓的响声以外，什么声音也没有，那是非常单调的。后来有一把铲子碰着了棺材，发出了低沉的木头声音，又过了一两分钟，那两个人已经把棺材抬出来放在地上了。他们拿铲子把棺盖撬掉，把尸体抬出来，很粗暴地摔到地上。月亮从云后钻出来，照出尸体苍白的面孔。手推车准备好了，尸体被放在车上，盖上了毯子，并且还拿绳子捆住了。波特掏出一把大折刀来，割掉车上垂着的一截绳子，然后说："现在这该死的东西弄好了，医生，你得再拿出五块钱来才行，要不然就让它在这儿待着。"

"对!对！"印江·乔说。

"你瞧，这是怎么说的！"医生说，"你们叫我先给钱，我已经给过了。"

"是呀，你还不单只给过钱呢?"这时候医生已经站起来了，印江·乔走到他面前说。

"五年前，有天晚上我到你父亲的厨房里去要点吃的东西，你把我撵出来，说我上那儿没安好心眼；等我

美军与印第安人对立期间，一万两千名查拉几族人(Cherokees)因反抗美军被赶离他们的家园，1838年12月正值隆冬，他们被迫穿越密苏里，有四分之一的族人死于这次1200英里(1920公里)的迁徙，这段路程后来被称为泪水之路(The Trail Of Tears)。

发誓非跟你算账不可，哪怕要花一百年的工夫，你父亲就把我当做游民关了起来。你以为我会忘记吗？印第安人的血不是白流在我身上的。现在你总算落到我手里了，非跟你算账不可，你要知道！”

这时候，他把拳头伸到医生面前，威胁他。医生突然一拳把这个坏蛋打倒在地上。波特扔下他的刀，大声喊道：“嘿，你可别打我的伙伴呀！”他马上就和医生扭打起来，两人拼命地打斗，地上的草和泥土都被踩得飞扬起来。印江·乔飞快地站起来，眼睛里燃烧着怒火。他拾起波特那把折刀，悄悄地像只猫儿似的，弯着腰围着这两个打架的人转来转去，想找个机会下手。后来医生猛然摔开了对方，并抓起威廉士坟上那块很重的木牌，一下子把波特打倒在地上。正在这时候，混血儿印江·乔找到了好机会，把刀子插进了那年轻人的胸膛，及柄而没。医生摇晃了两下倒下，身子一歪倒在波特身上。他的血流得波特满身都是。乌云马上遮住了这个惨

“波特起初还慢慢地跑，很快就变为快步跑了。那混血种站在那儿，望着他的背影。”

象，那两个吓坏了的孩子就在黑暗中连忙跑开了。

随后月亮又出来的时候，印江·乔弯着腰在那两个人身边站着，仔细打量他们。医生模模糊糊地低声说了什么话，长喘了一两声，然后就安静下去了。印江·乔咕哝着说："那笔账总算结清了——你这该死的东西。"

于是他搜去尸体身上的东西，然后把那行凶的刀子放在波特摊开的右手里，坐在那个撬开了的棺材上。四五分钟过去了，后来波特就开始动弹，并且哼叫起来。他的手里抓着那把刀，举起来瞟了它一眼，就吓得打了一个冷战，撒手掉在地上。过了一会儿，他坐起来，把尸体从身上推开，然后瞪着眼睛望着它，又朝周围望了望，心里直发麻。他碰到了乔的目光。

"老天爷，这是怎么回事呀，乔？"他说。

"这事儿真糟糕，"乔动也不动地说，"你干吗要来这一手？"

"我！这可不是我干的！"

"你瞧！这么说是赖不掉的。"

波特吓得直发抖，脸色变得惨白。

"我还以为我的酒会醒呢。今晚我本不该喝酒，可是这会儿脑子里还有酒劲——比咱们上这儿来的时候还厉害。我简直是昏昏沉沉：这事儿一点也想不起，简直是。告诉我吧，乔，说正经话，老伙计——是我干的吗？乔，我绝没打算来这一手。天地良心，我绝没打算来这一手，乔。你告诉我是怎么回事吧！乔。啊，真可怕！他还这么年轻，很有作为呢！"

"噢，你们俩扭打在一起，他拿木牌揍了你一下，你就倒在地上。后来你又爬起来，摇摇晃晃地站不稳，就这样，你就拿起那把刀，一下子插到他身上。这时候他又拼命揍了你一下，你就在这儿躺着，像块木头似的不省人事，一直躺到现在。"

"啊，我根本不知道自己干了些什么。我要是知道，我情愿马上死掉。反正是因为喝多了酒，又赶在气头上，我看是。我一辈子还没用过凶器哪，乔。我也打过架，可是从来没动过刀，这是大家知道的。乔，你可别跟人家说呀！你说你不告诉别人吧，乔，这才是好朋友哩。我向来喜欢你，乔，我还老是帮你说话哪。你不记得吗？你不会跟别人说吧，是不是，乔？"这可怜的家伙在这狠心的凶手面前跪下来，合着手央求他。

"我不会说，你向来对我公公道道，莫夫·波特，我绝不会对不起你。怎么样，我的话只能说得这么干脆了。”

“啊，乔，你真是个好人。我得了你这份恩情，一辈子永远替你祝福。”

波特哭起来了。

“算了，别再说这些话吧，这不是哭丧脸的时候。你往那边走，我往这边走。快走吧，可别留下脚印呀！”

波特起初还慢慢地跑，很快就变为快步跑了。那混血儿站在那儿，望着他的背影，悄悄嘟哝着：“瞧他那样子！他挨了那一下，把头打晕了，酒劲还没醒，他一下子不会想起这把刀，等到走得太远再想起来，他一个人又不会有胆子回到这种地方来，这胆小鬼！”

两三分钟之后，那个被谋杀的人、那个毯子盖着的尸体、那个没有盖子的棺材，还有那座挖开的坟墓，除了月亮照着以外，再也没有谁看着他们了。一切又完全恢复沉寂了。

绞刑在当时是很普遍的刑罚，也是爱看热闹的民众的重要“盛会”。死刑犯头戴面罩，脖子围绕着绳索，站在绞刑台的活板门上准备受刑。

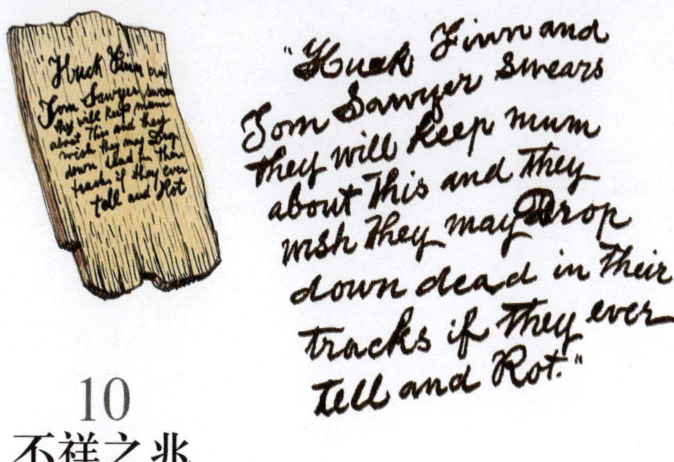

"Huck Finn and Tom Sawyer swears they will keep mum about This and they wish they may Drop down dead in their tracks if they ever tell and Rot."

10
不祥之兆

那两个孩子一直朝着村庄上飞跑，吓得说不出话来。他们提心吊胆地随时回过头去往后望，好像是害怕有人追赶似的。他们在路上碰到的树桩，一个个都像是敌人，把他们吓得连气都不敢出；他们跑过村庄附近的几处农舍的时候，被惊动的看家狗汪汪地叫起来，好像使他们脚上添了翅膀一般。

“只要撑得住，能够跑到老硝皮厂那儿就好了！”汤姆喘着气断断续续地说，“我撑不了多久了。”

哈克贝利也喘得要命，他的喘声是唯一的回答；这两个孩子就把眼睛盯住他们希望中的目的地，一心一意拼命往那儿跑。他们一步一步跑近了，后来两人胸靠胸，一下子就钻进那敞开的门，在可以掩蔽的阴影里倒在地上。这下安心了，身体却疲乏透了。他们的脉搏渐渐缓下来。于是汤姆低声说：“哈克贝利，你猜这件事情会怎么了结？”

“要是鲁宾逊大夫死了，我看凶手要处绞刑。”

“你准知道吗？”

“噢，我知道，汤姆。”

汤姆想了一会儿，然后说：“谁去告发呢？我们吗？”

“‘哈克贝利和汤姆·索亚发誓对此事严守秘密，如有违背，愿当场跌死。’”

“你说的什么话？要是出了什么意外的事，印江·乔不处绞刑呢？哼，那他就迟早会要我们的命，那是准逃不掉的。”

“我也正在这么想哩，哈克。”

“谁要告就去吧，还是叫莫夫·波特去告吧！只要他有这股傻劲。他老是喝得醉醺醺的，也许做得出。”

汤姆不声不响，只是继续在想。

随后他低声说：“哈克，莫夫·波特不知道呀！他哪能告发？”

“为什么他会不知道？”

“因为印江·乔下手的时候，他刚刚挨了那一下重击。你想他还能看得见什么吗？你想他会知道什么吗？”

“哎呀，的确是这样，汤姆！”

“还有哩，你瞧，说不定那一下把他也揍死了！”

“不，大概不会有这种事，汤姆。他喝醉了，我看得出；他常常是喝醉的。哼，我爸要是把酒灌饱了，你哪怕是搬一座教堂扔到他头上，也惊动不了他。他自个儿那样说的。莫夫·波特当然也是这样，可是一个人要是一点儿酒也没喝，我想那一下说不定就能把他干掉，我不知道会怎么样。”

汤姆又停止说话，想了一会儿，然后说：“哈克，你能担保不说出去吗？”

“汤姆，我们非守秘密不行呀！你也知道。要是我们走漏了消息，结果那印第安鬼子又没处绞刑，那他要把我们淹死，简直就像淹一对猫儿似的，一点也不费力。喂，汤姆，咱俩互相发誓吧！非这么不行，发誓保守秘密。”

“我赞成，这个办法好极了。你举起手来好吗？发誓说我们……”

“啊，不行，这件事情可不能如此简单。平常鸡毛蒜皮的事情，倒是可以这么办。特别是和女孩们发誓，因为她们一下子冒火了，就不管三七二十一地不跟你讲信用，把事情说出去——可是像这种大事情，就应该写出来才行，并且还得用血写才行。”

汤姆对这个主意佩服之至，简直是五体投地。这个办法又深沉、又神秘、又严肃；那个时候、那个情景、那个环境，都适合这个办法。他在月光地上拾起一块干净的松木瓦片，从口袋里掏出一小块红赭石，借着月光写起来；他很吃力地画上了下面这一行字，凡是直的笔画都写得又慢又重，还把舌头夹在牙齿当中一咬一咬地帮着用力，写横的笔画的时候就松一松劲。

哈克贝利·费恩和汤姆·索亚发誓对此事严守秘密，如有违背，愿当场跌死。

哈克贝利觉得汤姆写得很流利，词句也编得很有气魄，心里非常羡慕。他马上从衣领上取下一根别针来，正要戳他的肉，汤姆说："别动，那可不行。别针是铜的，说不定那上面有铜锈。"

"什么叫铜锈?"

"那是有毒的。就是这么回事，你只要吞下去一点儿试试……那你就明白了。"

于是汤姆取下一根他的缝衣针，解掉针头的线，两个孩子各自在大拇指头上戳了一下，挤出一滴血来。后来一连挤了好几次，汤姆把他的大拇指头当做笔，总算勉强把他名字的简称字母签上了。然后他又教哈克贝利怎么写名字，誓词就完成了。他们把那块木瓦埋在紧靠墙脚的地方，一面还举行了一番阴沉的仪式，念了一些符咒，于是他们就认为封住他们唇舌的锁链已经上了锁，钥匙也扔掉了。

❝于是汤姆把他的缝衣针取下一根来，解掉那上面的线，两个孩子各自在大拇指头上戳了一下，挤出一滴血来。❞

这只与实体大小一样的金属狗是汉尼拔铸造厂的作品之一，该厂为威廉·奎力(William Quealy)所建，他是爱尔兰移民，1848年移民该地。

这时候有一个人影悄悄地从这所破房子另外那一头的一个缺口里溜进来了，可是他们没有看到。

“汤姆，”哈克贝利低声说，“这就能叫我们保住永远不说了吗？永远永远不说？”

“当然能够。不管往后的情形怎么样，我们反正非保守秘密不可。要不然我们就会跌在地上死掉，难道你不知道吗？”

“是呀，我想是这样的。”

他们又悄悄地说了一会儿话。忽然外面有一只狗嗥叫起来，声音又长又凄惨，就在离他们不过十尺远的地方。两个孩子吓得要命，突然搂在一起了。

“它这是给我俩哪一个报死呢？”哈克贝利喘着气说。

“我不知道，从那个洞里往外瞧瞧吧！快点！”

“不行，你去瞧，汤姆！”

“我可不行，我不能去瞧，哈克！”

“请你去瞧瞧嘛，汤姆。又叫起来了！”

“啊，老天，谢天谢地！”汤姆悄悄说，“我听得出他的声音。原来是布尔·哈宾生的声音。”

“啊，那可好了，说老实话，汤姆，我差点儿吓死了，我还以为那真是一只野狗哩。”

那只狗又嗥叫了，两个孩子吓破了胆。

“哎，糟糕！那并不是布尔·哈宾生！”哈克贝利悄悄说，“请你去瞧瞧嘛，汤姆！”

汤姆吓得直哆嗦，可是他还是顺从了哈克的话，把眼睛从裂缝里往外望。后来他悄悄说话的时候，那声音几乎听不见：“啊，哈克，那果然是只野狗！”

“快，汤姆，快！它到底是给谁报死呢？”

“哈克，它准是给我俩报死，我俩是连在一起的呀！”

“啊，汤姆，我看我们完蛋了。我知道我死了得上哪儿去，我的罪太重了。”

“糟糕透了！这是因为逃学和不让我做的事情我偏要做，才有这个报应。我要是听话，本来可以做个好孩子，就像席德那样——可是不行，我当然不干。这回我要是过了这一关，我发誓往后再上主日学校，准会很专心！”汤姆哼着鼻子有点儿想哭了。

“你还算坏吗？”哈克贝利也哼着鼻子要哭，“见鬼，汤姆·索亚，跟我比起来，你简直是呱呱叫。啊，天哪，天哪，天哪，我只要有你一半的运气就好了。”

汤姆压住了哭声，悄悄说：“你瞧，哈克，你瞧！它把背冲着我们哩！”

哈克看了一下，心里很快活。

“咦，真的，一点不错！原来就是这样吗？”

“是呀，原来就是。可是我傻头傻脑，根本就没想一想。啊，这可好极了，你要知道。现在它到底是在给谁报死呢？”

狗叫停止了。汤姆歪着耳朵注意听。

“嘘！那是什么声音？”他悄悄说。

“好像是……好像是猪儿哼叫的声音。不对，这是有人睡觉了，在打呼噜哩，汤姆。”

“的确是！在什么地方呢，哈克？”

“我想是在这个屋子的那一头。反正听上去很像是。我爸从前有时候睡在那儿，和猪儿在一起，可是……哎呀哈，他一打起呼噜来，简直就闹得天翻地覆。还有呢，我猜他再也不会回到这个小镇上来了。”

两个孩子心里重新有了冒险的精神。

“哈克，我在前面领头，你敢过去吗？”

“我不大想去。汤姆，假如是印江·乔怎么办？”

汤姆也有点畏缩了。可是诱惑的作用马上又大起来，于是两个孩子同意尝试一下，他们预先约定，鼾声

三声夜莺是夜莺家族的一员，这一族的鸟类体型中等，皆有着短喙、短脚和柔软的杂色羽毛三样特征，飞行时搜猎昆虫为食，一再重复的叫声是三声夜莺(whippoorwill)这个英文名字的由来。

一停，马上就逃跑。他们俩踮着脚尖偷偷地走过去，一个在前，一个在后。他们走到离那个打鼾的人五步以内的时候，汤姆踩到一根树枝子，把它踩断了，发出清脆的响声。那个人呻吟了一声！又翻了个身，他的面孔就转到月亮光里，原来是莫夫·波特。这个人翻身的时候，两个孩子吓得愣住了，满以为没有逃命的希望，可是现在他们的恐惧又过去了。他们踮着脚尖从破掉的挡风雨的木板墙那儿溜出去，走出一小段路才站住，互相说了句道别的话。这时那只狗的凄惨的长声嗥叫又在夜空中传过来了！他们转过身，看见那只陌生的狗在离波特躺着的地方几尺以内站着，脸向着波特，鼻子朝着天上。

“啊，原来是给他报死呀！”两个孩子齐声惊喊。

“嘿，汤姆——他们说两个星期以前，半夜里有只野狗围着江尼·密拉家里嗥叫，就在那天晚上，还有一只夜莺飞过来，落在栏杆上叫；可是直到现在还没死人哩！”

“哦，我知道。就算还没死人又怎么样？格雷西·密拉不是就在那下一个星期六倒在厨房的火里烧伤了吗？”

“是呀，可是她还没死哪！不但没死，她还快好了哩！”

“好吧，你等着瞧。她算完蛋了，就跟莫夫·波特一样没救了。黑人都是这么说，这些事情他们是知道得很清楚的，哈克。”

随后他们就心里各自盘算着分手了。汤姆从他卧室窗户里爬进去的时候，这一夜差不多已经过完了。他非常小心地脱了衣服，心里因为这次偷跑出去没有人知道，就很庆幸地睡着了。他没有发觉低声打鼾的席德是醒着的，并且已经醒了一个钟头了。

汤姆醒来的时候，席德已经穿好衣服走了。从卧室里的光线看来时间好像已经不早，汤姆周围的气氛也有这种意味。他大吃一惊。为什么没有人把他叫醒，照平常那么折磨他，非到他起床才算完呢？这个疑团使他心里充满了不祥的预感。不到五分钟，他就穿起衣服，下楼去了，浑身觉得酸痛和困倦。家里的人还在餐桌那儿坐着，可是他们已经吃完早餐。并没有人说什么责备的话，可是大家都别过眼睛不去看他，那沉默和严肃的气氛给他心里泼了一瓢冷水。他坐下来，故意要装出快活的样子，可是却很吃力；他的企图没有引起笑容，也没有引起什么反应，于是他只好转入沉默，让他的心情沉重到极点。

吃完饭，他阿姨把他领到一边，汤姆想着无非又是要挨一顿鞭子，心里几乎因这种希望而高兴起来，可是结果并不是这样。阿姨对他哭起来，问他怎么会这么胡闹，偏要伤透她这老人的心。后来她又叫他继续胡闹，自暴自弃，给她的晚年添些苦恼，干脆送掉她这条老命，因为反正她再想挽救他也是枉费心机。这比挨一千顿鞭子还要难受。这时候汤姆心里比他身上更加酸痛了。他哭了一场，央求着饶恕，并且一遍又一遍地答应改过，然后他阿姨才放了他，他觉得只获得了部分的饶恕，只建立了一种不牢靠的信任。

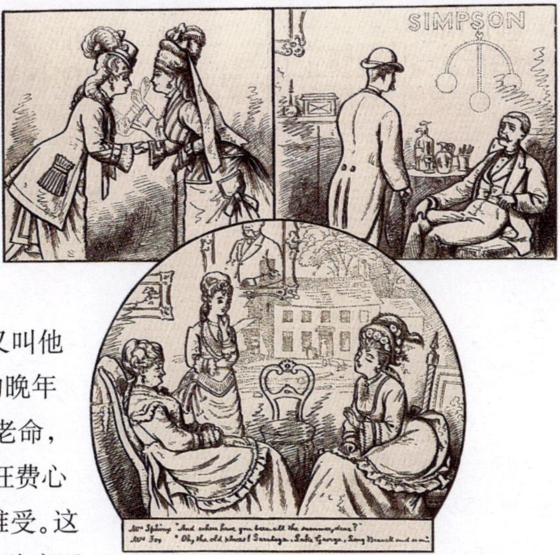

上图描绘的是南方殖民地上层社会的一种传统：社交场合女士们穿着精致服饰聚会，而男士则相约前往附近的沙龙啜饮威士忌和苏打水。

他从阿姨那儿走开的时候，觉得非常难受，连报复席德的心思都没有了。所以席德马上从后门逃出去，实在是大可不必。汤姆垂头丧气地上学，心里又闷又恼。为了前一天逃学的事，他和乔伊·哈波一起挨了一顿鞭子，但是他心里只顾想着更大的伤心事，对于小事完全不在意，所以挨打的时候就显出满不在乎的神气。然后他到座位上去坐下，把两肘撑在书桌上，双手托着下巴，眼睛盯着墙上。他那痴呆的眼神表现出极端的、无以复加的痛苦。他有一只胳臂肘压在一件什么硬东西上面。过了很久，他才慢慢地、痛心地换了换姿势，叹息一声，拿起这件东西。那是个用纸包着的东西。他马上把它打开。随即他又深深地叹了一大口气，拖得很长。这下子他的心都碎了。原来是他那只壁炉架上的铜把手！

这根最后的羽毛终于把骆驼背压坏。

11
良心的谴责

THE FORTY-FIRST PAGE.

Blake	Blame	Bland
brake	flame	brand
drake	frame	stand
flake	prame	Chant
quake	shame	shant

Avoid gambling with cards as the first step to ruin!

A yel-low is a blake. A pump arm is a brake. A male duck is a drake. To peel off is to flake. To cen-sure is to blame. A blaze is a flame. To plan is to frame. To mock at is to shame. Mild and soft is bland. A sword is a brand. To sing is to chant. You should not say, shant.

Blank	Blare	Blaze
clank	flare	braze
crank	glare	craze
drank	scare	glaze
flank	share	graze

See! the boys are caught while in the act of stealing.

An empty spot is a blank. A chain will clank. The milk he drank. Like an el-bow is a crank. A loud roar is a blare. To glit-ter is to flare. To fright-en is to scare. A por-tion is a share. To flame is to blaze. To hard-en is to braze. To fit in glass is to glaze. See the cows graze.

THE FORTY-SECOND PAGE.

Bleak	Blear	Bleat
creak	clear	cheat
freak	drear	cleat
sneak	shear	treat
speak	spear	wheat

It is a crime to steal, and punishment is the penalty!

It was very cold and bleak. A door will creak. A frol-ic is a freak. To steal away is to sneak. Weak eyes are blear. Pure and free is clear. Dark and dis-mal is drear. A lance is a spear. A sheep's cry is a bleat. To trick is to cheat. A nar-row strip is a cleat. A feast is a treat.

Bleed	Blend	Bless
breed	spend	chess
creed	Blent	cress
speed	scent	dress
steed	spent	press

A sad scene in a prison, or punishment for stealing!

To lose blood is to bleed. To hatch is to breed. A rap-id pace is speed. A war-horse is a steed. To min-gle is to blend. To waste is to spend. To smell is to scent. Drawn off empty is spent. To make hap-py is to bless. A game of chess. To ad-just is to dress. To em-brace is to press.

这本初级教科书内容讲述的是严峻刑罚，目的在吓阻犯罪：一位被警察逮捕的年轻现行犯被关进监牢；十九世纪的法官对于偷窃量刑极重，即使犯罪者是个小孩子，学校和主日学校皆教导学生界线分明的对与错，处罚常采用体罚，例如打大板或用戒尺打耳光。

将近中午的时候，全镇忽然传遍了那个可怕的新闻，大为惊骇。用不着当时还没有梦想到的电报，这个新闻一传十、十传百，这家传到那家，简直比电报慢不了多少。校长当然在那天下午放了假；他要是不这么做，镇上的人不免要认为他莫名其妙！

被害者身边发现了一把带血的刀，有人认出了这把刀是莫夫·波特的——这是传闻的消息。另外还有人说深夜两三点钟的时候，有一位晚归的市民碰到波特在小河里洗澡。

波特马上就溜掉了，这都是可疑的罪证，尤其是他在小河里洗澡这件事可疑，因为波特向来没有这种习惯。还有人说，为了缉拿这个“凶手”，镇上已经各处都搜遍了(对于调查罪证和判定罪行这些事情，大家是并不迟缓的。)，可是找不着他。镇上还派了一些骑手四面八方顺着所有的路去追寻，执法官“深信”天黑以前一定可以把他捉回来。

全镇的人都像流水似的朝着那坟场拥过去。汤姆的伤心事也无影无踪了。他跟着人群一起走，这并不是因为他不情愿到别的地方去，而是有一种可怕的、莫名其妙的魔力吸引着他跟人家走。他到了那可怕的地方，就把他那小小的身子从人群中往里面钻，后来就看见那凄惨的情景了。他好像是觉得他头一天晚上到这里来过之后，已经过了多少年似的。有人在他胳臂上捏了一下。他转身一看，和哈克贝利彼此使了个眼色。于是两人都连忙望向别的地方，唯恐有人由他们彼此交换的眼神看出其中的秘密。可是大家都在交谈，一心注意着眼前那个凄惨的场面。

“可怜的人呀！”“可怜的青年人呀！”“这总该可以给那位盗墓的人一个教训吧！”“要是抓到莫夫·波特，就要给他处绞刑！”大家的意见大致就是这样。牧师说：“这是天意。是上帝的安排。”

汤姆从头顶到脚跟都发抖了，因为他的眼睛瞟见了印江·乔那副冷冰冰的面孔。正在这时候，人群开始动摇和拥挤，有些声音嚷道：“就是他！就是他！他自动跑来了！”

“谁呀？谁呀？”二十个人的声音问道。

“莫夫·波特！”

“喂，他怎么站住了。当心哪，他往回转了！可别让他溜掉呀！”

爬在汤姆头上的树枝上那些人说，他并不打算逃跑，他只是显得有些迟疑和慌张。

“好大的狗胆！”有一个旁观者说，“想来悄悄地瞧瞧他干的好事，我猜是他想不到会有许多人在这儿。”

这时候人群往两边让路，执法官得意洋洋地揪着波特的胳臂，从当中走过来。这可怜的角色面容憔悴，眼睛里显露出恐惧的神色。他在被害人前面站着的时候，好像中了风似的直发抖。他双手蒙着脸，突然哭起来了。

“不是我干的，朋友们！”他哭着说，“我赌咒，实在没干这件事情。”

“谁怪你来了？”有人大声吼道。

这一枪似乎是打中了要害。波特抬起头来，向周围张望，眼睛里

“印江·乔又发过誓把他刚才说的话重述了一遍，还是那么从从容容的。”

含着可怜又无可奈何的神情。他看见了印江·乔，于是大声喊道：

"啊，印江·乔，你答应了绝不……"

"这是你的刀吗?"执法官把那把刀伸到他面前。

要不是有人赶紧扶着波特，叫他慢慢坐到地上，他简直要晕倒了。随后他说："我本来就想到了，要是不回来拿走……"他哆嗦着，然后摆动他那毫无气力的手，做出一个丧气透顶的姿势说道，"跟他们说吧，乔，跟他们说吧，反正再也瞒不住了。"

于是哈克贝利和汤姆目瞪口呆地站在那儿，听着这个铁石心肠的骗子滔滔不绝地说了一大篇从从容容的谎话。他们时时刻刻都盼望着会有一阵晴天霹雳，把上帝的惩罚加到他头上，简直不明白这阵雷为什么总不打下来。这两个孩子本来有一种摇摆不定的愿望，想要违背誓言去救那个被陷害的可怜的犯人一命，可是看印江·乔说完话还活着，安然无恙，于是他们那一时的冲动就泄了气，烟消云散了，因为这个坏蛋显然是投靠了撒旦。他有了这么大的本领，想管他的闲事是要闯出大祸来的。

"你为什么不跑掉呢?你上这儿来干吗?"有人问。

"我不来不行呀，我不来不行呀。"波特悲叹地说，"我本想跑掉，可是我好像除了这儿就什么地方也去不成。"于是他又抽抽搭搭地哭起来了。

几分钟之后，在验尸的时候，印江·乔又发过誓把他刚才说的话重述了一遍，还是那么从从容容的。这两个孩子一看雷还是没有打下来，就更加坚信乔是投靠了魔鬼。这下子这个角色在他们心目中就成了从来没有见过的最害人而又吸引人的一个怪物，他们那入了迷的眼睛老盯住他的脸，简直就舍不得往别处望一望。

他们暗自打定主意，等有机会的时候，要在夜里去仔细看他一下，希望能看到他那可怕的真面目。

印江·乔帮忙把被害者的尸体抬起来，放在一辆大车上准备运走。在吓得直打哆嗦的人群中，大家悄悄地传说，伤口又出了一点血!这两个孩子觉得幸好有这种情形，也许可以使大家的怀疑转移到正确的方向。可是他们失望了，因为有好几个本村的人说："尸体流血的时候，离莫夫·波特还不到三尺!"

从此之后，汤姆那可怕的秘密和良心的苦痛搅扰着他的睡眠，长达一星期之久。有一天吃早餐的时候，席德说："汤姆，你夜里翻来覆去，老说梦话，

“在这些不幸的日子里，每一两天内汤姆总要找个机会，到那装着铁栅栏的小窗户那儿去，把他所能弄到手的一些小小慰劳品偷偷地递进去，送给那个‘凶手’。”

简直弄得我有一半的时候都睡不成觉。”

汤姆脸色发白，眼睛也直往下望。

“这可不是个好兆头，”波莉阿姨严肃地说，“你有什么心事呢，汤姆？”

“没什么，我不知道有什么事。”可是这孩子的手直发抖，结果把咖啡都洒出来了。

“可是你的确是一直说那些怪话，”席德说，“昨天晚上你说：‘那是血，那是血，一点也没错……’你一连说了好几遍。你还说：‘别这么折磨我呀，我说出来好了！’说出什么呢？你有什么话要说出来呢？”

汤姆觉得眼前的世界都漂浮起来。这下子可真说不定要出什么事。可是幸好波莉阿姨脸上担心的神情消除了。她给汤姆解了围，自己还不知道哩。

她说：“嗨！准是那个吓人的杀人案子。我自己就差不多天天晚上都梦见这件事，有时候我还梦见那是我自己干的哩！”

玛丽说她也受了这件事情的影响，情形大致相似。席德听了这些话，好像是满意了。汤姆借着托词赶快跑

汉尼拔警察局大门。一般而言各城镇都各自雇用警长和警员，警长可自行雇用副警长，甚至招募一支军队以围捕杀人犯或盗匪。和圣彼得堡监狱不同的一点是，马克·吐温为了故事情节需要将其安排在村落的边境。实际上，监狱的位址都在警长室的隔壁。

开。从此以后，他有一个星期假装牙痛，每天晚上都把下巴颏捆上。他根本不知道席德每天夜里老在监视着他，并且常常把他捆着的绷带解开，然后用手托着头，一连听很久，听完之后再把绷带照样捆上。汤姆的痛苦心事渐渐淡下去了，牙痛也就显得麻烦，所以他就不再装痛了。席德听了汤姆那些东一句西一句的梦话，如果真能拼凑出什么道理来，他也只是藏在自己心里。

汤姆觉得同学们好像老爱玩给死猫验尸的把戏，简直百玩不厌，因此他的心事也老去不掉。席德注意到：汤姆从前虽然是向来对于一切新花样都爱领头，现在他却在验尸的时候从来不当验尸官；他还注意到汤姆也从来不当见证人了，也是很奇怪的；还有一点席德也没有忽略，那就是汤姆对这些验尸的游戏甚至很明显地表示厌恶，只要能避开就避开。席德觉得很奇怪，可是没有做声。后来验尸的游戏终于不再流行，也就不再折磨汤姆的良心了。

在这些不幸的日子里，每一两天内汤姆总要找个机会，到那装着铁栅栏的小窗户那儿去，把他所能弄到手的一些小慰劳品偷偷地递进去，送给那个“凶手”。这个监狱是个小得不成样子的砖砌地牢，在村子边上一片低洼之处。地方上并没有派人看守。事实上这儿很少关犯人。汤姆给“犯人”送来这些东西，使他良心大大地得到了一些安慰。

村里的人都有一种强烈的愿望，很想给印江·乔涂上柏油、贴上羽毛，拿一根棍子抬着游街示众，惩罚他盗墓的罪行。可是他的性格太可怕了，因此大家找不出一个愿意领头做这件事的人，结果就只好作罢。印江·乔在验尸的时候，两次作证都很小心地从打架说起，并没有供出打架以前盗墓的事，所以大家就认为暂时不在法庭上审这个案子是最聪明的办法。

12
猫和除烦解痛药

1840年的汉尼拔随处可以见到这样的药房，里面有一个柜台，摆着一些瓶瓶罐罐和药丸的隔板及配药的研钵和杵。但是药剂师面对着那些口若悬河的“江湖郎中”所带来的竞争，这些“江湖郎中”常会制造一些假奇迹，以说服群众购买他们所谓能治百病的万灵丹。

汤姆心中已经摆脱了他的隐痛，原因之一就是他发现了一件叫他关心的新鲜且重大的事件。蓓琪·萨契尔近来都没有上学。汤姆和他的自尊心斗争了几天，老想“把她忘到九霄云外”，可是办不到。他渐渐在夜里到她父亲的住宅附近转来转去，心里觉得很难受。她病了，万一她死了可怎么是好！这个念头真令人心乱如麻。他对打仗的游戏再也不感兴趣了，连当海盗都不想干。生活的魔力消失了，剩下的除了凄凉苦闷以外，什么也没有。他收起了他的铁环，球棒也放到一边，这些东西再也不能叫人快活了。他阿姨很担心，试着用各种药来医治他。她是个对成药信得入迷的人，一切增进健康和恢复健康的新奇方法，她也最爱采用。这些玩意儿，她是老爱试验试验的。每逢这方面出现了什么新花样，她马上就像疯了似的要试一试；并不是拿她自己来试，因为她是从来不害病的，要是谁方便，就拿谁来试验。所有的《医药卫生》杂志和那些骗人的骨相学刊物，她都订阅了，那里面的一本正经的妄论正是她的命根子。书籍里所说的关于空气流通、怎样睡觉、怎样起床和应该吃什么、喝什么以及应该有多少运动，应该保持怎样的心情，穿些什么衣服这种种“鬼话”，在她心目中通通是至理名言。她从来没有发现她那些《医药卫生》杂志照例是把前一期里所提倡的一切完全推翻了。她是个道地的心地单

纯、老老实实的人，所以最容易上当。她把那些骗人的刊物和狗皮膏药式的药品搜集起来，带着死亡的配备，骑着她那匹灰白色的马东冲西闯(用比喻的说法)，“地狱就跟在她背后”。可是她从来没有想过自己对于那些害病的邻居们并不是治病的天使，也不是万应灵药的化身。

当时冷浴疗法还很新鲜，汤姆那种精神不振的病情正好给她一个喜出望外的试验机会。每天清早天一亮，她就叫他起来，让他站在木棚里，给他猛浇一阵冷水；然后她用毛巾像锉刀般在他身上用力地擦，使他恢复精神，然后她拿一条湿被单把他包起来，给他盖上几层毯子，直到使他浑身出大汗，把他的心灵洗得干干净净，“让那上面卑鄙的污点都从毛孔里钻出来为止”——这是汤姆的说法。

“她让汤姆喝了一茶匙，非常关切地忙细看着效果怎么样。”

可是费了这么老大的劲，这孩子却反而越来越忧郁，越来越苍白，越来越无精打采。她又给他添了热水浴、坐浴、淋浴和全身水浴这些办法。这孩子还是像灵柩车似的死气沉沉。于是她除了沐浴疗法以外，又用一种稀薄的麦片粥和起泡膏来帮忙。她把他当成药罐子。估算着他的容量，每天拿各种百宝丹之类的江湖假药给他灌个饱。

这时候汤姆对于阿姨的折磨已经满不在乎了，这种情形使老太太心里充满了惊恐，深感这种冷淡的表现必须不顾一切地铲除才行。碰巧她第一次听说有一种除烦解痛药，她马上就买了一大批来。她尝了一下，高兴得谢天谢地，那简直就是液体的火。于是她放弃了沐浴疗法和其他的一切，把全部信心寄托在这种除烦解痛药上。她让汤姆喝了一茶匙，非常关切地忙细看着效果怎么样。她的焦虑立刻消失了，她心里又平静下来，因为汤姆那种“冷淡”的表情让她撵跑了，即使她在这孩子屁股底下烧了一把火，他乱跳乱蹦起来也不能比这一下子的劲头更大了。

汤姆觉得他已经到了应该醒一醒的时候了。他在这不如意的情况之下，这种生活本是很有浪漫情调的，可是现在却渐渐显得这里面感情作用太少，而叫人心烦意乱的花样却太多了。所以他就考虑过各种不同的解脱方法，最后终于灵机一动，想到了假装喜欢除烦解痛药这一妙计。他常常向他阿姨要这种东西吃，弄得她到了讨厌他的程度，后来她就干脆叫他自己去拿来吃，不必再麻烦她了。假使那是席德，她尽可以高高兴兴，不必担心；可是因为是汤姆，她就秘密地查看药瓶究竟怎样。她发现瓶里的药确实是渐渐减少，可是她怎么也想不到这孩子是把药拿去给起居室的地板上一条裂缝治病去了。

有一天，汤姆正在给那条裂缝灌药，恰巧他阿姨的黄猫过来了；它打着呼噜低声叫着，贪婪地望着茶匙，央求着让它尝一尝。

汤姆说：“你要是用不着吃，就别吃吧！彼得。”

可是彼得却表示它的确要吃。

“你最好是拿定主意吧！”

彼得是拿定了主意的。

“你是自己要吃的，那我就给你吃吧，因为我是一点也不小气的，可是你要是吃

当时，肥胖并不被视为是个问题，反而被认为是财富及健康的象征。

MAKES
CHILDREN
AND ADULTS
AS FAT AS
PIGS.
NO CURE NO PAY
Price 50 Cents
GROVE'S
TASTELESS CHILL TONIC

了觉得不好，那可千万别埋怨别人，只好怪你自己。”

彼得并无异议。于是汤姆就撬开它的嘴，把除烦解痛药灌了下去。彼得一下子往空中跳上几尺高，然后发出一阵狂叫，在屋子里乱闯起来，砰砰地猛撞家具，碰翻花盆，闹得天翻地覆。然后它用后脚站起，欢天喜地地飞跃，高高地抬着头，发出抑制不住的快乐的声音。随即它又在屋子里乱蹦乱撞，凡是它经过的地方都弄得一塌糊涂，毁了许多东西。波莉阿姨进来的时候，恰好看见它翻了两个筋斗，发出最后一阵高声的欢呼，再从敞开的窗户里跳出去，又把其余的花盆撞到外面去了。老太太大吃一惊站在那里发呆，由眼镜上方探视着。汤姆躺在地板上笑得要命。

一位化名摩塔·布鲁皮(Mortar Bluepill)的业务员所推销的华纳安全风湿药，它是由一种名叫撒尔沙(sarsaparilla)的植物所制成的风湿糖浆，另一种药则名为爱格华·沙格蒙神奇油。

“汤姆，猫儿到底是怎么了？”

“我不知道，阿姨。”这孩子喘着气说。

“咦，我从来没见过这种事情。到底是什么事弄得它这么胡闹呀？”

“我真的不知道，波莉阿姨；猫儿高兴起来的时候，总有这种举动。”

“总有这种举动，是吗？”阿姨的语气不大对劲，这使汤姆有点担心。

“是呀，阿姨。我是说，我认为是这样。”

“你当真觉得是这样的吗？”

“是呀，阿姨。”

老太太把腰往下弯，汤姆仔细看着，非常着急地关心着她的动作。他看出她的“意向”的时候，已经来不及了。那只露出马脚的茶匙柄，可以看得见就在床帷底下。波莉阿姨把它拾起来，高高地拿在手里。汤姆畏缩了一下，就把眼睛低下去了。波莉阿姨揪住她一向揪惯了的那个把手——他的耳朵，把他提起来，用她的顶针在他头上敲得嘎啦嘎啦地响。

“请问你，小祖宗，你为什么要这么对付那个可怜的小畜生呢?”

“我是为了可怜它才这么做的，因为它没有阿姨呀……”

“没有阿姨?你这傻东西。那和吃药有什么关系呢?”

“关系多得很。因为它要是有个阿姨，她就会亲自来灌药给它吃，烘焦它的肠肚心肝，把它当成个人似的，一点也不可怜它呀!”

波莉阿姨忽然感觉到一阵懊悔的痛苦。这样一来她对这件事情有了一种新的体会，对一只猫残忍的事情，对一个孩子也可能是残忍的。

“我原是一番好意，汤姆。并且，汤姆呀，其实这对你还是的确有好处哩!”

“我知道您是一番好心，阿姨，可是我对彼得也是一样呀!并且那对它也是有好处的。我好久没看见它那么活泼了，自从……”

“啊，汤姆，可别再逗我生气了。做个乖孩子，以后你也不用再吃什么药了。”

这间药房看起来比前面介绍的那间药房像样得多，反映了十九世纪末美国的繁荣，它是杂货店的前身。二十世纪的杂货店商品非常多样化，从糖果、文具甚至到餐饮都有，如雨后春笋开始出现在美国各地和欧洲地区的大城市。

听诊器(Stethoscope，源自希腊文stethos，胸和skopein，检查)会扩大心跳和肺呼吸的声音，是一位名为勒内·兰内克(Rene Laennec，1781—1826)的法国医师于1819年所发明，听诊器从此成为主要的诊疗器具之一。

汤姆在上课之前就到学校了。最近大家看出了这件稀奇事情经常发生。现在他又照近来的习惯，在学校的大门口晃来晃去，而不和同学们玩耍。他说他病了，看样子也确实不大好。他故意假装着东张西望，其实真正望的只有一个方向，学校前面那条路。一会儿，杰夫·萨契尔在远处出现了，汤姆脸上就露出了喜色；他凝神看了一会儿，随即就扫兴地转过身来。杰夫来到的时候，汤姆就和他搭话，煞费苦心地想引杰夫谈起蓓琪，可是这个轻浮的小伙子一点也听不出他那别有用意的话头。汤姆望了又望，每逢看见一件轻轻飘动的女孩子衣服过来的时候，他就怀着希望，可是一发现穿着那件衣服的不是他所盼望的人，他就痛恨她。后来再也没有女孩子衣服过来了，他就绝望地转入倒霉的心境，于是他走进空着的教室里，坐下来受罪。然后又有一件女孩子衣服从大门口进来了，汤姆的心便欢喜得大跳起来。

❝她把他当成药罐子，估算着他的容量，每天拿各种百宝丹之类的江湖假药给他灌个饱。❞

他马上就跑出去，像个印第安人似的“登场”：一面叫，一面笑，还追别的孩子，跳过围墙，不顾性命的危险，不怕摔断手脚，还翻筋斗、竖蜻蜓——凡是他能想得出的英勇举动，他都做出来了。同时老是把眼睛偷偷地看着蓓琪·萨契尔是否在注意看他，可是她好像完全没有发觉这一切，根本就不看他一眼。难道她会不知道他在那儿吗?他一直到离她很近的地方去表演他的精彩节目，发出临阵的呐喊跑过来，抢到一个孩子的帽子，把它丢到校舍的房顶上去，又从一群孩子当中冲出去，把他们撞得东倒西歪，他自己也一下子在蓓琪的跟前趴在地上，差一点把她都撞倒了，可是她却鼻子往上一翘，转过身去。他听见她说：“哼！有些人自己觉得了不起——老爱卖弄！”

汤姆的脸上在发烫。他勉强鼓起勇气连忙爬起来，心灰意冷、垂头丧气悄悄地溜走了。

13 海盗帮乘船出发

汤姆现在下定决心了。他心里很忧郁而绝望。他说他自己是个被人抛弃的、没有朋友的孩子，谁也不爱他。那些人发觉自己把他逼到了什么地步的时候，他们也许会懊悔。他本想好好地做人，努力向上，可是人家偏不容他；他们既然非摆脱他不可，那就随它去吧！就让他们为了一切后果去埋怨他吧，他们要这么乱怪人，谁管得着呢？没有朋友的人哪有什么权利抱怨呢？是呀，他们终于逼着他走这条路了。他打算过犯罪的生活，再没有别的出路了。

这时候他已经快把草场巷走完了，学校里上课的钟声在他身边隐隐约约地响着。他想起以后永远永远也不能再听见这个听惯了的声音，就抽抽搭搭地哭起来。这是很叫人难受的，可是人家偏要逼着他离开。他既然被人赶到那冷酷的世界上去，他也只好听天由命，可是他饶恕了他们，然后他又哭得更伤心了。

正在这时候，他遇到他的知心朋友乔伊·哈波。他的眼神呆板，心里显然是有了一个了不起的可怕主意。不用说，他们俩正是一对志同道合的朋友。汤姆用袖子擦了擦眼睛，哭声哭气地诉说他决计要到天南地北去

“这几个小流浪儿的眼皮不知不觉地感到困倦，终于无忧无虑、精疲力竭地睡着了。”

到处游荡，逃脱家里和学校这种死板板的生活和没有同情的环境，永远不回来，最后他说希望乔伊不要忘记他。

可是乔伊原来也正是要向汤姆提出这么一个要求，才特地来找他告别的。他母亲怪他偷喝了一碗乳酪，把他揍了一顿，其实他连尝都没有尝过，也根本还不知道有那么一碗乳酪。她分明是讨厌他，希望他走开。既然她有这种意思，他除了顺从以外，也没有别的办法。但愿她能快活，永不懊悔她把这可怜的儿子赶出去，到那冷酷无情的世界上去受罪而死。

密西西比河经常改变河床冲削河岸，造成陡峭的断崖绝壁，而这些断崖绝壁通常都有着令人印象深刻的名字，如上图的魔鬼塔(Devil′s Tower)及下图的魔鬼火炉(Devil′s Oven)。

这两个孩子一面怪伤心地往前走，一面订出一个新盟约，保证互相帮助，结拜为兄弟，直到死神解脱他们苦恼的时候，永不分离。然后他们就开始拟订计划。乔伊主张去当隐士，到一个老远的岩洞里去住下，吃些面包皮活命，将来就冻死、穷死、饿死，可是他听汤姆说了一番之后，也承认过为非作歹的生活的好处，所以他就同意去当海盗。

在圣彼得堡镇下游三里的地方，密西西比河有一处稍微宽过一里的地方。那儿有一个狭长的、长着树林的岛，前面有一个很浅的沙洲，这可以算是一个很好的秘密聚会之所。岛上没有人住，它离对面的河岸更近，那边的河岸上和它并排的地方还有一座茂密的森林，森林里几乎完全没有人住，于是他们就选定这个杰克逊岛。至于他们的海盗行为究竟以谁为对象，那是他们根本没有想到的。然后他们又找到了哈克贝利·费恩，他马上就加入他们这一帮，因为无论什么生活对他都是一样，他是不在乎的。他们随即就分手了，约定在他们所喜欢的时刻——半夜，到这个市镇上游两里的河边一个僻静的地方聚会。那儿有一个小木筏，他们打算偷来用。各人都要带钓鱼的钩子和钓线，还有各人用最秘密的方法——照强盗的作风所能偷来一些东西。下午还没有过完的时候，他们就散布了一个消息，说这镇上不久就会“有个新闻”。他们干了这一件，觉得心满意足，非常地痛快。凡是得到这个模糊暗示的人，都被他们嘱咐过要“别做声，等着瞧”。

海盗旗上的死神标志正向遭袭的船只预告着死讯，由这面旗可区别真正的海盗船，或者是战时政府授权劫掠敌船的私掠船(privateer)。

大约在半夜，汤姆带着一只煮熟了的火腿和几件小东西，站在一个小悬崖上的矮树密林里，悬崖下面就可以望见他们约定会面的地方。那是星光灿烂的夜里，非常清静。大河平平静静地躺在底下，像一片海洋似的。汤姆听了一会儿，没有听见什么声音打搅这深夜的沉寂。随后他吹了一声低微而清楚的口哨，崖下就有人回应。汤姆又吹了两次；他的信号得到了应声。然后有一个警戒的声音问：“来者何人？”

“西班牙海黑衣侠盗，汤姆。你等姓甚名谁？”

“血手大盗哈克贝利·费恩，海上霸王乔伊·哈波。”这两个头衔是汤姆从小说里找来封他们的。

“好，把口令说出来。”

两个嗓音沙哑的低微喊声同时在那一片寂静的夜空中喊出一个可怕的字：

“血！”

于是汤姆把他那只火腿从悬崖上抛下去，然后自己也跟着往下爬，这下子把皮肤和衣服都剐破了不少。

崖下的岸边本有一条好走又舒服的小路，可是走那条路却缺少一个海盗最喜欢的那股艰难和危险的味道了。

海上霸王带来了一大块咸肉，他把它拿到这儿来，几乎累得筋疲力尽了。血手大盗费恩偷来了一只长柄矮脚的小锅和一些熏得半干的烟叶，另外还带来了几个玉米穗芯，预备拿来做烟斗。可是除了他自己以外，这几个海盗谁也不抽烟，也不嚼烟叶。西班牙海的黑衣侠盗说，要是没有火，那可搞不起来。这是个聪明的想法。可是当时在那一带，火柴几乎还没有人知道。他们看见一百码的上游一个大木筏上有一堆冒烟的火，就偷偷地跑过去，取了一块火种。他们装出那惊险的神气，不时喊一声："嘘！"忽然又把手指按在嘴唇上。他们拿着想像中的刀前进，用可怕的低语声发出命令，说"敌人"如果敢再动一动，就给他来个"白刀子进，红刀子出"，因为"死人才不会泄漏秘密"。他们明知驾木筏的人都到镇上去采办粮食或是喝酒胡闹去了，可是绝不能以此为由，就不照海盗的派头去干这件事情。

城市之间的距离相当遥远，途中又少有可供停留休息的地方，旅者因此很难找到投宿之处，船夫则经常沿河岸扎营过夜。

他们随即就撑着木筏离开了岸，由汤姆担任指挥，哈克划后桨，乔伊划前桨。汤姆站在船中间，皱着眉头，

马克·吐温嗜抽烟斗，他让他笔下的哈克贝利·费恩很早就养成抽烟斗的习惯以自娱。下图是他所收集的两支烟斗，其中一支是玉米穗芯烟斗。烟草产自美洲，哥伦布将它引进欧洲，很快地便大受欢迎，尤其在英格兰地区。为了满足因美洲新大陆的发现而被称为旧世界的欧洲对烟草的日益需求，十七世纪时维吉尼亚的殖民地开始种植烟草，时至今日维吉尼亚仍是美国最大的烟草产地，产量占全国总产量的百分之六十。

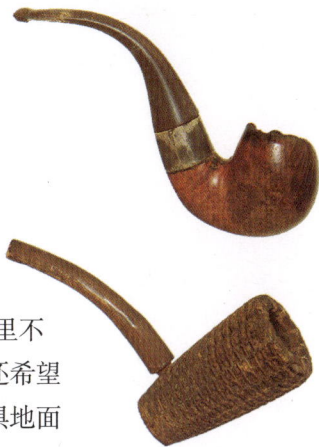

两臂交叉在胸前，用低沉而严厉的小声发着口令：“转过船头，顺风开！”

“是——是，船长！”

“对直开，对直——开！”

“是对直开哪，船长！”

“向外转一点！”

“转过了，船长！”

这几个孩子平平稳稳、始终如一地把木筏划到中流去的时候，这些口令不过是为了显出“气派”，并不是打算表示什么特别的意思，这当然是大家心里都有数的。

“现在扯的是什么帆？”

“大横帆、中桅帆、三角帆，船长。”

“把上桅帆扯起！扯到桅杆顶上，嘿，你们六个人动手吧——扯起前中桅的副帆！拿出精神呀，嘿！”

“是——是，船长！”

“扯开主二接桅帆！拉帆脚索和转帆索！”

“是——是，船长！”

“快起大风了——往左边转舵！风来了就顺风开主二往左转，往左转！对直开！”

“是对直开哪，船长！”

木筏驶过了大河的中流，孩子们把它的前头拨正了，然后用力划桨。河里的水不大，所以流速也不过二三里。以后的三刻钟里，几乎谁也没有说一句话。现在木筏从那离得很远的市镇那儿经过了。两三处一闪一闪的灯光点出了市镇的所在，躺在那闪着星光的茫茫水面的那一边，安安静静地睡着，对于当时正在发生的那件惊人的大事还没有发觉。黑衣侠盗交叉着双臂站在那里不动，望着他从前欢乐和后来苦恼的场所“永别”，还希望“她”现在能看见他在波涛汹涌的大海上，毫无畏惧地面

“他们在树林进去二三十步的阴暗深处，紧靠着一根倒在地上的大树干生了一堆火，然后在油煎锅里弄熟了一点咸肉当晚餐，把他们带来的玉米面包吃掉了一半。”

向着危险和死亡，嘴角上挂着冷冰冰的笑容，走向毁灭。他只稍微运用了一点点想像力，就把杰克逊岛搬到那个村庄的视线以外去了，所以他和那村庄“永别”的时候，虽然有些伤心，同时也觉得痛快。另外那两个海盗也在永别他们的家乡，他们都望了很久，以至于几乎让急流把他们冲到那个岛的范围以外去了。不过他们及时地发现了这个危险，连忙设法挽救过来。大约在深夜两点钟，木筏在离那个岛前面两百码的沙滩上搁浅了，他们就在水里来回跑了几趟，才把他们所载的东西运到岸上。小木筏上原有的东西当中有一个旧帆，他们把它拿到矮树丛里找个隐蔽的地方张开来当做帐篷，保护他们的食物；可是他们自己在晴天的时候还是要睡露天，以便合乎海盗的派头。

他们在树林进去二三十步的阴暗深处，紧靠着一根倒在地上的大树干生了一堆火，然后在油煎锅里弄热了一点咸肉当晚餐，把他们带来的玉米面包吃掉了一半。这样自由自在地远离人们的踪迹，在一个未曾开发的、没有住人的荒岛上的原始森林里吃饭，好像是非常好玩的事，他们说永远也不打算回到文明世界去了。飞腾的火焰照亮了他们的面孔，并且把它那通红的闪光照到他们的林中神殿里那些充做栋梁的树干上，还照到那些上过漆似的树叶上，和那些结着花彩似的青藤上。

最后一块松脆的咸肉和最后的一些玉米面包吃光了的时候，这几个孩子就在草地上心满意足地伸直身子躺下。他们本可以找个比较清凉的地方，可是像这么一个热烘烘的营火，这样的浪漫情调，他们又舍不得放弃。

“我真是喜欢这种生活，”汤姆说，“你也不用清早就起来，也不用上学，也不用洗脸，那些讨厌的事都不用做。你要知道，乔伊，当海盗的上了岸，就什么事也不用做。可是当隐士的，他就得常常祷告，并且开心的

事他还一点也没有，老是那么一个人孤孤单单的。”

“啊，是呀，这话不假。”乔伊说，“可是你要知道，我原先是没有仔细想想。现在我已经试过，当然是宁愿当海盗喽！”

“你知道吧，”汤姆说，“现在人家不大看得起隐士了，不像古时候那样，可是海盗一直是受人重视的。并且隐士还得找个最硬的地方睡觉，头上还得披上粗麻布，抹上灰，站在雨里去淋，还得……”

“干吗要在头上披粗麻布和抹灰呢？”哈克问。

“我不知道，可是他非那样不可，隐士都是这样的。你自己要是个隐士，也得那样才行。”

“我才不做哩！”哈克说。

“哼，那你怎么办呢？”

“我不知道。反正我是不做的。”

“哼，哈克，你非那么办不行呀！你

怎么能摆脱得掉呢?”

“噢，我就是不受那个罪……我会溜之大吉。”

“溜之大吉!哼，那你才是个呱呱叫的地道懒骨头隐士哩!太丢脸了。”

血手大盗忙着做别的事,没有回答。他已经挖空了一根玉米穗芯,在那上面配了一根芦秆做烟斗筒子,再装上烟叶,拿一块火炭按在上面把它点着,然后喷出一股很香的烟来——他真是得意极了。另外那两个海盗羡慕他这种神气十足的坏习惯，暗自下了决心要赶快把它学会。哈克随即说：“海盗应该做什么呢?”

汤姆说：“啊，他们的日子过得可真痛快。把人家的船抢过来烧掉，抢了人家的钱就在他们的岛上那些吓死人的地方埋起来,让鬼怪之类的东西去看守,把船上的人通通弄死——给他们蒙上眼睛，叫他们踩跳板掉到海里去喂鱼。”

“他们还把女人带到岛上去，”乔伊说，“他们是不杀女人的。”

“不杀，”汤姆表示同意地说，“他们不杀女人——他们太了不起了。那些女人也总是很漂亮的。”

“他们穿的衣服不是也顶讲究的吗?啊，还怕不是！全是嵌着金银珠宝的。”乔伊兴头十足地说。

“谁?”哈克问。

“哦，海盗呀！”

哈克丧气地把他自己的衣服看了一眼。

“我看我穿成这个样子,不配当海盗,”他的声音含着懊恼悲伤的情调说,“可是我除了这个就没有别的衣服了。”

新大陆——美国的森林非常茂盛,拓荒者在这些森林里发现了无数珍奇的树种，如：大胡桃树、柿树(黑檀木家族的一员,木质坚硬,颜色黝黑,果实柔软甜美)及碰触会使皮肤产生灼热水泡的毒漆树。马克·吐温写作这部小说到这里时,可能想到了法国作家法兰柯西·奥古斯提·勒内所著的《美国之旅》，此书于1830年出版,书中记录着作者旅行密西西比河沿岸的所见所闻,他赞扬这些地方是人们向往自然的最佳去处。

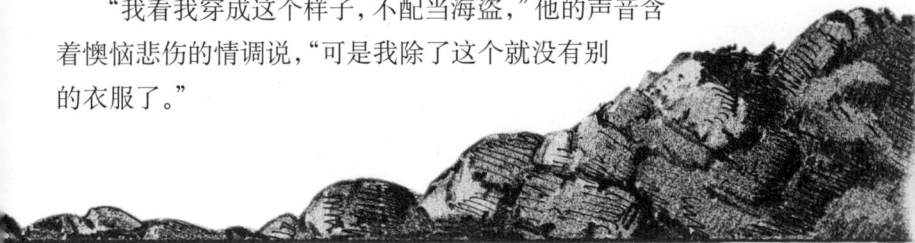

某些配备对旅行者、登山者和金矿探勘者是不可或缺的，如：来福枪(上图为附有安全装置的一款)及在野地炊煮非常实用的三脚架平底煎锅。

可是另外那两个孩子告诉他说，他们只要开始冒险行动，好衣服很快就会到手的。他们让他明白，阔气的海盗虽然照例是一起头就有些讲究的衣服，可是他穿着那身可怜的破衣服也是可以的。

他们的谈话渐渐终止了，这几个小流浪儿的眼皮不知不觉地感到困倦。血手大盗的烟斗从他手里掉到地上，他无忧无虑、精疲力竭地睡着了。海上霸王和西班牙海的黑衣侠盗比较难以入睡。他们只在心里默祷，而且是躺着的，因为那儿没有什么有权威的人叫他们跪着大声祷告；其实他们还打算根本就不做祷告，可是又不敢那么放肆，怕的是惹得老天爷生气，猛然打下特别的响雷来。然后他们马上就到了朦胧入睡的境界，在那儿徘徊，可是这时候偏偏来了一个捣蛋鬼，不肯“甘休”，那就是他们的良心作用。他们开始感觉到一种隐隐约约的恐惧，怕的是他们逃跑出来是做错了；随后他们又想起偷来的肉，这下子可真是受到良心上的折磨了。他们想提醒自己的良心，说是他们从前偷糖果和苹果已经偷过许多次，要拿这个和它说理，叫它不要再纠缠；可是良心偏不听他们这种不充分的理由，还是不依；说到最后，他们似乎觉得实在强不过一个铁一般的事实，那就是他们偷糖果不过是“随便偷偷”，而偷咸肉、火腿和那些贵重东西却干脆就是不折不扣的偷窃行为，《圣经》里面的十诫就有一条是禁止这个的。所以他们暗自下定了决心，只要他们一日干这一行，就一日不能让偷窃的罪行玷污他们的海盗生涯。随后良心就允许他们讲和，这两个稀奇且自相矛盾的海盗也就安心地睡着了。

几位青少年在禁钓区钓鱼，嘲笑前来制止的警察。

14
快活的海盗露营地

汤姆清早一觉睡醒来，觉得很奇怪，不知道自己在什么地方。他坐起来，揉一揉眼睛，向四周张望，然后他就恍然大悟了。那是凉爽而灰暗的黎明时分，树林里遍地深沉的平静之中，有一种甜蜜的安息与和平的意味。叶子一片也不动，没有任何声音打搅大自然的沉思，露珠还留在树叶和草叶上。一层白色的灰盖在那堆火上，一缕淡蓝的烟一直升向天空。乔伊和哈克还在睡着。

毛毛虫成长至一定时间后会羽化成蝶。

后来在树林的远处有一只鸟儿叫起来了，另一只也发出应声，随即又听见了一只啄木鸟啄木的声音。清早凉爽的暗淡晨光渐渐发白，各种声音也随着多起来，一切都显得活跃了。大自然甩脱了睡眠，开始活动，一片奇景便展示在这惊奇的孩子面前了。一条小青虫在一片沾有露水的叶子上爬了过来，它时时把身子的三分之二抬到空中，向四周“闻一闻”，然后继续前进。汤姆说，它是在量尺寸呢，这条虫子自动地爬近他身边的时候，他像一块石头似的坐着不动，心里怀着希望。那虫子继续向他爬过来，又像是打算往别处去，他的希望也就随着一会儿高涨，一会儿降落；后来那虫子把它那弯曲的身体伸在空中，煞费苦心地考虑了一会儿之后，终于决定爬到汤姆腿上来，在他身上到处旅行。于是他满心高兴，因为这就是表示他将要得到一套新衣服，毫无疑问的是一套光彩夺目的海盗式制服。后来又有一大队蚂蚁出现了，不知是从什么地方爬来的，它们开始干它们的工作。其中有一只蚂蚁双手抓着一只比它自己大五倍的死蜘蛛，英勇地拼命前进，一直拖着它硬往树干上爬。一只有棕色斑点的瓢虫爬上一片草叶

蚂蚁如同白蚁和蜜蜂一般会组成阶级制度的社会，每个个体皆有其分工，图为一种食虫蚂蚁的蚁丘。

瓢虫身上散布着黑点，有些分布在头部和翅鞘之间，坚硬的外翅于休息时闭合以便保护脆弱的薄翼。

的绝顶，汤姆低下头去，靠近它说："红娘子，红娘子，快飞回家去吧，你家里失火了，你的孩子们没有人管。"于是它就拍着翅膀飞起来，回家去看看到底怎样。这并不使这孩子惊奇，因为他早就知道这种虫子对于火灾敏感，他拿它的头脑简单已经开过多次玩笑。随后又来了一只金龟子，不屈不挠地用力搬动它那粪球。汤姆碰了一下这个小东西，看看它把腿都缩拢来装死的样子。许多鸟儿这时候便喧闹得相当厉害了。有一只猫鹊，这是北方的一种学舌鸟，在汤姆头上的一棵树上落下来，模仿着它近处别的鸟儿欢天喜地地发出各种叫声。然后又有一只尖声的蓝鸟迅速地飞下来，简直就像一团蓝色火焰似的一闪，飞到一根小树枝上落下，汤姆几乎可以伸手够得着它。它把头歪到一边，好奇得要命似的望着这几位陌生人；还有一只灰色松鼠和一只狐类的大动物急匆匆地跑过来，过一会儿又坐起来查看这几个孩子，并且向他们叫一叫，因为这些野生动物从前也许向来都没有见过人，根本就不知道是不是应该害怕。现在整个自然界都已经苏醒，开始活动起来了。远近都有标枪似的一道道阳光从茂密的树叶子当中投射下来，还有几只蝴蝶拍着翅膀登场了。

负子鼠与浣熊一样是南方奴隶和穷苦白人最喜欢的食物。负子鼠的英文名字源自阿尔根基安语—— 一种美国原住民语，意思是白色的动物。这种动物属于有袋类食肉动物，母鼠会将小鼠带在其肚袋里一起行动，活动范围大都在树上，昼伏夜出觅食。

汤姆把另外那两个海盗弄醒，他们就大吼一声，大家有说有笑地跑开了。过了一两分钟，他们就脱光了衣服，在那白色的沙滩上透明的浅水里互相追逐，抱在一起打滚。他们对于宽阔的河面对岸远远地沉睡着的那个小村镇并不想念。有一股乱闯的急流或是河里稍微上涨的潮水已经把他们的木筏冲走了。可是，突然他们只觉得庆幸，因为没有了它就使他们和那文明世界一刀两断了。

他们玩得兴致淋漓地回到露营的地

方，满心欢喜，肚子也饿得很想吃东西了，不久他们就把营火又弄得旺盛起来。哈克在附近发现了一处清凉的泉水，孩子们就拿宽大的橡树叶或是胡桃树叶做成杯子，他们觉得这儿的泉水有一股森林的甘美，足以代替咖啡。乔伊正在切咸肉做早餐的时候，汤姆和哈克叫他稍等一会儿；他们跑到河边一个湾子里，垂下了钩，几乎立刻就有了收获。还没有到乔伊等得不耐烦的时候，他们就带着几条漂亮的石首鱼、一对鲈鱼和一条小鲇鱼回来了，这些鱼是足够一大家享用的。他们把鱼和咸肉在一起煎来吃，结果喜出望外，因为从来没有吃过这么鲜美的鱼。他们不知道淡水鱼捉上来之后，越是快些拿到火上烧来吃，味道就越好；同时他们也没有想到露天的睡眠、露天的运动、加上洗澡和饥饿就可以配成多么好的作料。

浣熊是北美的一种小型的夜行杂食性动物，有灰色的毛皮及黑白圈相间的尾巴，主要生活区域在树上，靠小动物、水果或坚果为生，被称为有洁癖的动物，因为它们进食前都会将食物浸入水中，好像要清洗一般。

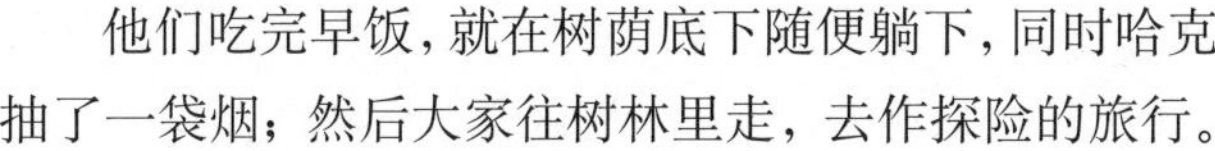

他们吃完早饭，就在树荫底下随便躺下，同时哈克抽了一袋烟；然后大家往树林里走，去作探险的旅行。

他们看到了许许多多可喜的东西，可是并没有什么令人惊奇的。他们发现这个岛大约有三里长，四分之一里宽，离河岸最近的地方只隔着一条狭窄的水道，也许还不到两百码宽。他们差不多每个钟头游一回水，所以他们到下午快过完一半的时候才回到他们露营的地方。他们饿得很厉害，顾不得停下来捉鱼，他们吃冷火腿也吃得很痛快，吃完了就在阴凉的地方躺下来谈话。可是他们谈着谈着就泄了气，后来索性停止了。周围的寂静、森林中笼罩着的严肃气氛和他们的寂寞感，都对这几个孩子的情绪渐渐起了作用。他们陷入了沉思之中。有一种说不出名目的渴望使他们心里发痒。随即这种感觉就渐渐明确起来了，原来是正在萌芽的思乡病。连血手大盗费恩都在梦想他从前睡觉的那些门口的台阶和那些空木桶。可是他们个个都觉得自己的软弱很

可耻，因此就没有一个人有胆量把心事说出来。这时候这几个孩子模模糊糊地感觉到远处有一种奇怪的声音，声音响了一阵子，就像一个人有时候对于他所不大注意的钟摆滴答的声音发生的感觉一样。可是后来这个神秘的声音越来越大了，使他们不能不弄清楚。孩子们怔了一下，互相瞄了一眼，然后各自装出倾听的样子。过了很久没有声音，始终保持着深长又不断的沉寂，然后远处传来一阵深沉的轰隆声响。

钓鱼在美国是历久不衰的运动，密西西比河产太阳鱼(下图)、鲤鱼、巴斯鲈，流域里的河流和池塘则产鳟鱼和鲇鱼。

“那是什么声音?”乔伊小声地惊喊。

“我哪儿知道。”汤姆悄悄地说。

“那不是打雷。”哈克贝利说，他的声调里带点恐惧的意味，“因为雷……”

“听！”汤姆说，“听着——别说话。”

他们等了一会儿，好像是等了许多年似的，然后又是那么一阵轰隆声打破了那严肃的寂静。

“我们去瞧瞧吧！”

他们一下子跳起来，赶快往朝着镇上那方的岸边跑。他们撩开河边的矮树，偷偷地往水面上望过去。做渡船的小汽艇大约在村镇下游一里的地方，随着河水往下漂。它那宽大的甲板上似乎是站满了人；另外有许多小船在渡船附近划动着，或是随着流水漂浮着，可是这几个孩子弄不清楚那些船上的人究竟在干什么。随后有一大片白烟从那渡船的一边冒了出来，这阵烟一面像一团悠闲的云似的展开又上升的时候，那种震动的低沉声音又传到这几个听着的人耳朵里来了。

“做渡船的小汽艇大约在村镇下游一里的地方，随着河水往下漂。”

“现在我明白了！”汤姆喊道，“有人淹死了！”

“不错！”哈克说，“去年夏天毕尔·特纳淹死了，

属枫树家族的法国梧桐树皮会一片片剥落，有一点像筱悬木，这正是为什么有时法国梧桐会被称为“假筱树”的原因。

他们就是这么做：他们往水面上放炮，这就可以叫他浮到上面来。是呀，他们还拿一根长条的面包，里面灌上水银，丢到水里去浮着，要是碰到淹死了人的地方，面包就会一直往那儿浮过去，停在那儿不动。”

“是呀，我听说过这件事情，”乔伊说，“不知道是什么玩意儿叫那面包这么灵。”

“啊，大概不是面包有这种本事吧！”汤姆说，“我猜多半是他们先对面包念过符咒，再把它丢到水里去，才有那么灵。”

“可是他们什么也不念，”哈克说，“我看见过的，他们并不念什么符咒。”

“噢，那才怪哩，”汤姆说，“可是也许他们只在心里念。当然是要念，谁都想得到的。”

另外那两个孩子同意汤姆说的话，因为一块无知无识的面包，要是不念个咒教它一下，就派它去做这么重大的差事，绝不可能做得那么灵巧。

“哎呀，现在我要是在那儿就好哩。”乔伊说。

“我也那么想，”哈克说，“谁要是让我知道那是什么人，我情愿把天大的家当都给他。”

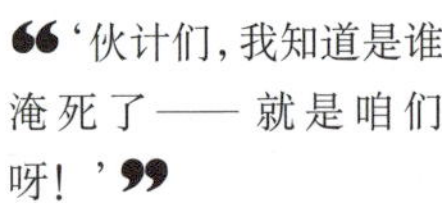

“‘伙计们，我知道是谁淹死了——就是咱们呀！’”

这几个孩子还在那听着看着。忽然汤姆心里恍然大悟，他大声说："伙计们，我知道是谁淹死了——就是咱们呀！"

他们立刻就感觉到自己好像成了英雄。这可是了不起的胜利。足见是有人想念他们，有人哀悼他们，有人为了他们伤心得要命，有人在流眼泪，那些人想起从前对这几个可怜的失踪了的孩子怎么不好，良心上就受到责备，拼命转些悔恨的念头，也是枉然。最妙的是这几个死者一定是全镇上都在谈论的对象，别的孩子们一想到他们这种了不起的名声，一定会羡慕他们。这可是不错，归根结底，当个海盗还是值得的。

天色渐晚的时候，渡船就回去担任它经常的工作，那些小船也不见了。这几个海盗也回到露营的地方。他们对于自己那种新的光荣和他们给人家找的那种了不起的麻烦，简直欢喜若狂。他们捉了些鱼，做了晚饭吃了，然后就来猜想村里的人对他们作何感想，说些什么话。他们揣想着大家为了他们伤心着急的情形，心里觉得很满意，照他们这方面的想法。可是到了苍茫夜色笼罩着他们的时候，他们就渐渐停止谈话，坐在那里瞪着火瞧，心里显然是在胡思乱想。现在兴奋的情绪消失，汤姆和乔伊禁不住要想起家里的某些人，知道他们对这个绝妙的玩笑绝不会像自己这么觉得有趣。于是他们难受起来了。他们渐渐觉得烦恼和不安，而不知不觉地叹了一两口气。后来乔伊胆怯地拐弯抹角试探另外那两个孩子的意思，看他们对于回到文明世界去这件事抱着什么态度，不是说马上就回去，而是……汤姆嘲笑了他一番，给他当头一棒！哈克还没有供出实话，就附和着汤姆，于是那个动摇分子很快就替自己"解释"了。他极力使自己身上少沾染一些想家的污点，很快便摆脱了窘境。这个海盗帮里的叛变总算暂时镇压下去了。

夜里时间渐晚，哈克就打起瞌睡来，随即就打鼾了。乔伊也跟着入了梦乡。汤姆用胳臂肘支着头，过了一些时候没有动，只定睛望着他们俩。后来他终于爬起来，跪在地上，在草地里和营火射出的闪光中搜寻。他拾起一棵洋梧桐的几块半圆形的白色薄皮，仔细看了一下子，最后选定了合意的两块。然后他在火堆旁边跪下，吃力地用他那块红赭石在这两块树皮上都写上了一些字。他把一块卷起来，放在上衣口袋里，另外那一块他就放在乔伊的帽子里，还把帽子拿得离它的主人稍远一点。另外他还在这顶帽子里放下了一些小学生几乎当做无价之宝的珍贵东西——其中有一支粉笔、一颗橡皮球、三个钓鱼钩和一颗叫做“道地水晶球”的那种石弹子。然后他就踮着脚尖很小心地从那些树丛当中悄悄走出去，直到后来他觉得人家已经听不见他，就马上飞快地往沙洲那边跑过去了。

15 汤姆偷偷地回家探望

几分钟以后，汤姆就到了沙洲的浅水滩上，在水里向伊利诺伊州那边的河岸走过去。河水还没有齐腰，他游走到了河中间。这时候河里的急流不容许他再涉水了，所以他就很有信心地游起来，决定游过其余那一百码。他向着上游游，可是河水还是把他冲着往下走，比他预料的速度要快一些。不过他终于靠了岸，水流还是冲得他站不稳，后来他发现了一处较低的地方，就爬上来了。他伸手摸了摸上衣口袋，发觉那块树皮还好好地在那儿，然后就钻进树林里，顺着河边走，衣服还是湿淋淋的。快到十点钟的时候，他到了村镇对岸一块开阔的地方，看见渡船停在树影下，高高的河岸边上。在闪耀的星光底下，一切都很平静。他睁开眼睛注意看着，爬下河岸去，溜到水里，划了三四下，就爬到船尾那只当“跟班”的小艇上。他在坐板下面躺下，气喘吁吁地等着。

随后船上的破钟敲响了，有一个人的声音发出了开船的命令。一两分钟之后，小艇的船头被渡船鼓起的浪冲得竖立起来，航行就开始了。汤姆达到了目的，心里很高兴，因为他知道那是这天晚上的最后一次过渡。好容易熬过了几十分钟，轮机停止了，汤姆就从小艇上

每一年都有上千艘的蒸汽船停泊过汉尼拔。上图是一艘蒸汽轮桨船，这种船通常有三层甲板，有时甚至四或五层，有些船长度超过350英尺（105米），轮桨体积极大，装置在船尾，航道深浅的限制比螺旋桨浅，很适合常常发生淤积的密西西比河流域，这也是航行于此的蒸汽船普遍采用轮桨的原因。

溜下去，在黑暗中向岸边游，避开被过路人看见的危险，在下游五十码的地方上了岸。

他飞快地穿过一些冷落的小巷，不久就到了他阿姨家的后围墙下。他翻过围墙，走近侧房，从起居室的窗户往里面望，因为那儿还有亮光。屋里坐着波莉阿姨、席德、玛丽和乔伊·哈波的母亲，大家聚在一起谈话。他们靠近床边坐着，床铺摆在他们和门口之间。汤姆走到门口，悄悄地拨起门闩；然后他轻轻地把门推开了一条缝；他再小心地继续推，每次门响一声，他都吓得发抖，后来他觉得可以爬着挤进去了，就把头先伸进去，提心吊胆地往里爬。

"蜡烛怎么会吹得摇摆不定呢?"波莉阿姨说。于是汤姆赶紧往前爬。"咦，那扇门是开着的，我想。哦，的确是开着嘛！现在真是怪事多得很。快去把它关上，席德。"

汤姆幸好来得及到床底下藏起身来了。他在那儿待着，把呼吸缓和过来，歇了一会儿，再爬过去，爬到他几乎可以摸到他阿姨的脚的地方。

"可是我刚才说过，"波莉阿姨说，"他并不算坏，可以这么说吧，就是太淘气。不过有点轻浮，有点冒失，你知道吧！他还不过是个小毛头，不能怪他。他可从来没有安什么坏心眼，从来还没见过，这么好心肠的一个

乔治·卡立伯·宾厄姆(George Caleb Bingham, 1811—1879)是十九世纪美国绘画黄金时期最受欢迎的画家之一,他于费城研究了几位名家的绘画后,由密苏里的法兰克林开始成为一名四处云游的肖像艺术家,1845年他第一次展出名为《密苏里河上的皮毛商》的作品(本页上图),也叫做《皮毛商》,隔年他的另一作品《打牌的筏运工》(本页下图)被美国艺术联盟(American Art Union)大量翻印散布,此举使他声名大噪。左页的《木船》是他1850年的作品。宾厄姆的画都取材自大河上人们的单纯生活,如船夫、拓荒者、毛皮猎人、商人和伐木人,这些人是他认为最可以代表美国精神的族群,如同惠特曼(Walt Whitman)所写的诗或马克·吐温小说中的人物;这些粗犷的人们常打着赤脚,却又衣着整齐干净,纵横在充满活力和野性的西部地带,与大自然合一,类似这种逃避生活真实黑暗面的画风一直持续到十九世纪末叶。

“哈波太太抽抽搭搭地哭起来了，好像整颗心都要碎了似的。”

孩子哩。”她哭起来了。

“我的乔伊也正是这样，老是淘气得要命，什么顽皮的事都做得出，可是他一点也不自私，脾气也不错，简直不能再好了。我的天哪，想起来多么难受啊，我冤枉他偷吃了乳酪，还揍了他一顿，简直不记得原来是因为乳酪酸了，我自己把它倒掉的，现在我可是一辈子也不能在人间看到他了，永远……永远……永远看不到了，可怜活受冤枉的孩子！”于是哈波太太抽抽搭搭地哭起来了，好像整颗心都要碎了似的。

“我希望汤姆在现在待的那个世界更舒服些，”席德说，“不过他从前有些地方要是不那么顽皮……”

“席德！”汤姆虽然看不见老太太的眼睛，却感觉到她向席德瞪眼的神情，“现在我的汤姆死了，不许说他的坏话！上帝会照顾他……用不着你来操心，先生！啊，哈波太太，我把他丢了真不知如何是好！我把他丢了真不知如何是好呀！他从前虽然常折磨我，差不多把我的心都挖去，可是多少也给了我安慰。”

“上帝把孩子送给我们，又收回去……感谢上帝！可是这实在太叫人难受了……唉，实在太难受了！就在上星期六，我的乔伊正对着我面前放了一个爆竹，我就把他打得在地上爬。谁知道……要是再来一次，我会搂着他，说他放得好！”

“是呀，是呀，是呀，我很知道你心里的滋味，哈波太太，我完全体会你心里的滋味。昨天中午，我的汤姆抓住猫儿给它灌了许多解痛药，我知道这家伙会闹得满屋天翻地覆。上帝饶了我吧，我拿顶针在汤姆头上用力敲了几下，可怜的孩子，可怜的短命孩子，可是现在他的委屈也完了，我最后听见他说的话就是责备我……”

他继续听下去，从那些东一句西一句的话里听出人家起初猜想他们那几个孩子是在游泳的时候淹死了，然后又发现那个小木筏不见了，再往后又有些孩子说，那几个失踪的孩子曾经预先给他们说过，村庄上不久就会“有新闻了”。那些自以为聪明的人们把各种消息拼凑起来推测，曾经断定那几个孩子一定是划着那个木筏跑掉了，不久就会在下游的一个市镇上出现。可是将近中午的时候，那个木筏被发现在圣彼得堡镇下游五六里的地方靠着密苏里那边河岸停着。于是大家就绝望了，孩子们一定是淹死了，否则最迟到天黑的时候，他们熬不住饥饿，就会回家。大家相信打捞尸体之所以没有结果，只是因为孩子们一定是在河当中淹死的，要不然，像他们那么长于游泳，早就游到岸上来了。这是星期三晚上。要是直到星期天始终找不到尸体，大家就不会再存任何希望，那天上午就要在教堂里举行丧礼，汤姆听得直发抖。

哈波太太带着哭声道了晚安告别，转身要走。然后这两个遭了丧子之痛的女人同时生起了一阵感情的激动，互相拥抱着，痛痛快快地大哭了一场，借此获得安慰，随后就分手了。波莉阿姨对席德和玛丽道晚安的时候，比平日温柔得多。席德吸着鼻子发出了一点低泣似的声音，玛丽却伤心透顶地大哭着走开了。

波莉阿姨跪下来替汤姆祈祷，她祈祷得非常动人、非常恳切，她的祷词和她那老年的颤动声音表示出无限的慈爱，以至于她还没有祷告完毕，汤姆早就泪流满面了。

他不得不在她上床睡觉之后的很长一段时间里始终不声不响，因为她老是随时发出伤心的叫喊，心神不安地在床上翻来覆去地打滚。可是后来她终于安静下来了，只在梦中还有点呻吟。这时候汤姆就偷偷地钻出来，在床边慢慢站起，把手遮住蜡烛的光，站在阿姨身边望着她，他心里对她充满了怜悯。他把那写着字的一卷洋梧桐树皮拿出来，放在蜡烛旁边。可是他心里忽然起了一个念头，于是他又迟疑了起来。他终于作好一个决定，脸上因此露出喜色；他连忙把那块树皮放回衣袋里。然后他弯下腰去，吻了吻那憔悴的嘴唇，转身偷偷溜了出去，还不忘把门闩上。

他穿过街头巷尾，回到了渡船码头，一看那儿没有

密西西比河岸边的纳奇兹，该市因附近曾为美国原住民纳奇兹族所居住而得名，纳奇兹族于十八世纪初被法国移民驱离。距新奥尔良西北方155英里（250公里），位居密西西比河下段河道，开始时只是一个守备军驻扎的城镇，后来由于棉花贸易快速地成长，很快成为一个商业中心，港边净是一排排的仓库、浮动船坞和下锚的船，城市主体依山面港兴建。

人走动，就大胆地迈上了大船，因为他知道船上没有人住着，只除了一个船夫，而他是每夜照例要睡觉的，一睡着就像是个雕像一样。他解掉了小艇的船尾缆索，悄悄溜上去，不久就小心地往上游划起来了。他划到了离小镇的上游一里的地方，就开始斜转船身横渡过去，一心一意地拼命划着。他很灵巧地划拢了对面上岸的地方，因为这是他的拿手戏。他动了念头，想要把这小艇据为己有，他的理由是这只小艇不妨当做大船，因此正是海盗天经地义的掠获物，可是他知道人家一定会仔细搜寻，结果就难免使事情的真相败露。所以他就走上岸，钻进树林里去了。

水深经常改变的密西西比河流域，不允许建造永久性的设备装运货物，自身具备动力的建构物，尤其是浮动船坞就被用来解决这个问题。船坞上总是挤满了旅客、码头工人和悠闲看风景的人。

他坐下来休息了很久，同时拼命地熬住，不叫自己睡着，然后小心翼翼地往下游走。那时黑夜已经快完了。他看到自己走到了岛上的沙洲的对面时，天色早已大亮。他又休息了一阵，直到太阳上升到相当高度，光芒万丈地在大河水面上泛着一片金光，然后他就往河里一跳。过了一会儿，他就浑身湿淋淋的，在紧靠他们露营的地方站住了。

他听见乔伊说：“不会的，哈克，汤姆这个人最讲信用，他准会回来，他绝不会骗人。他知道这种行为对海盗而言是很可耻的，他一定是有了什么好主意，可是他究竟是干吗去了呢？”

“哦，无论如何，这几样东西总是归我们的了，是不是？”

“大概差不多吧！可是还说不定，哈克。他写的意思是说，要是他没赶回来吃早餐，这些东西就给我们。”

“他可就偏偏赶回来了！”汤姆神气十足地迈着大步走进他们露营的地方，一面大声喊着，收到了绝妙的戏剧效果。

不久就摆开了咸肉和鲜鱼配成的丰盛早餐，孩子们一面起劲地大吃特吃，汤姆一面叙述了他回家的经历，多少还有些渲染。他把事情的原委说完之后，他们几个人就成了一伙洋洋得意、自命不凡的英雄。然后汤姆躲在一个阴凉的僻静地方，一直睡到中午，其他的海盗准备钓鱼和探险去了。

“不久就摆开了咸肉和鲜鱼配成的丰盛早餐。”

16
初学抽烟

密苏里河龟的肉味道很像小牛肉，但是人们主要还是吃它的蛋。

“我的小刀不见了！”

午饭后他们全部都到沙洲上去找乌龟蛋。他们到处搜寻，把树枝伸进沙子里去戳，一碰到软地方，就跪下去用手挖掘。有时候他们从一个窟窿里掏出五六十颗蛋来。这些蛋都是圆溜溜的白玩意儿，比英国胡桃稍小一点点。当天晚上他们就吃了一顿美味的煎蛋，星期五早上又吃了一顿。

他们吃过早餐，就大喊大叫兴高采烈地一跳一蹦往沙洲上去了，他们互相追逐着一圈一圈地转着跑，一面跑，一面脱掉衣服，直到后来个个都脱得精光。然后继续嬉闹，一直跑到沙洲上的浅水滩上，对着急流站着，他们随时会被急流冲倒，这大大地增加他们的趣味。有时候他们弯着腰站在一起，用手掌拍着水互相打在脸上，大家扭过脸来避免那泼得叫人透不过气来的水，彼此渐渐走近，最后互相揪住，扭成一团，直到最有本事的把别人按到水里，于是大家一齐钻进水去，好几双雪白的胳臂和腿在水里纠缠得不可开交，然后再站起来，同时喷着鼻子，吐着嘴里的水，哈哈大笑，并急促地喘气。

他们玩得精疲力竭的时候，就从水里跑出去，在又干又热的沙地上趴下，在那里躺着，拿沙子把自己盖起来，过一会儿又冲到水里去，把原来的游戏再做一番。后来他们忽然想起自己身上精光的皮肤差不多可以代替肉色的紧身衣，所以他们就在沙地上站成一个圆圈，扮演马戏。这个马戏班里有三个小丑，因为谁也不肯把这个最神气的职位让给别人。

再接着他们就拿出弹子石来，玩“换窝儿”、“扔坑玩”和“击准”，一直玩到索然无味为止。然后乔伊和哈克又游了一回泳，可是汤姆却不敢去参加，因为他发现他在脱掉裤子的时候，连带着把踝骨上拴着的那一串响尾蛇的响尾轮踢掉了，现在他想起刚才游泳那么久，没有这个神秘的护身符，也居然没有抽筋，简直猜不透是为什么。他直到把那个宝贝找到，才敢再去游泳，可是那时候另两个孩子已经玩得很累，准备休息了。他们渐渐分道扬镳，个个都消沉起来，不由得用渴望的眼光向宽阔的大河对岸望过去，那小镇正在阳光中打盹呢！汤姆发觉自己用大脚趾在沙地上写着“蓓琪”，他把它抹掉，并且生自己的气，怪自己太没出息，可是他又写了这个名字，他实在禁不住要写。后来他又把它抹掉，然后把其他两个孩子赶到一起，自己陪着他们，借此抵制那种诱惑。

可是乔伊的精神几乎沮丧到了无可挽救的地步。他非常想家，简直有些受不了这一种苦恼，眼泪差点儿要流出来了。哈克也很忧郁。汤姆虽然也无精打采，却

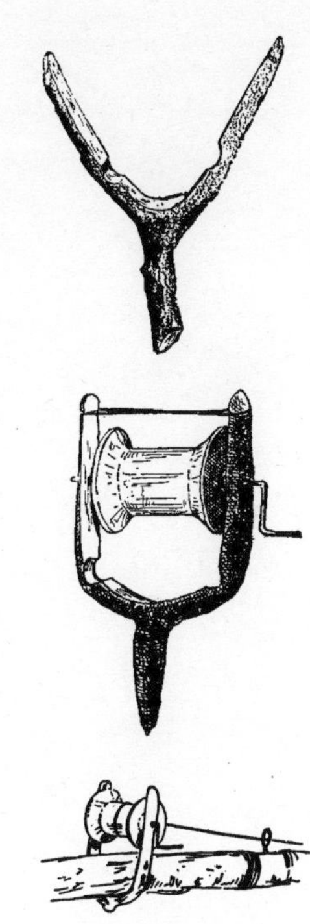

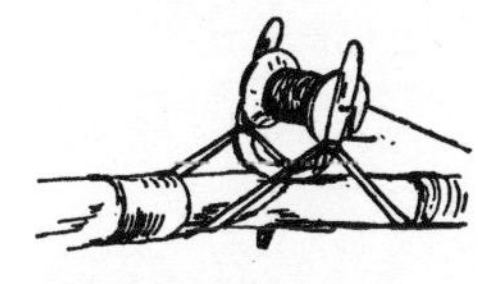

在英国人罗伯·巴登—鲍威尔（1857—1941）1908年创立童子军之前，美国年轻人就可以买到一本名为《美国青少年实用手册》的书，上图是该手册解说如何制作钓竿卷轮的四张图片。

版画中的小钓客拿着没有卷轮的钓竿，享受着钓鱼之乐，这时的他只在乎鱼儿上不上钩。

竭力不流露出来。他有一个秘密，暂时还不打算说出来，可是这种含有叛变危机的沮丧情绪如果不能赶快打破，他就不得不把他的秘密公开出来。他假装着兴致勃勃地说：“我敢说这个岛上从前有过海盗，伙计们。我们要再到里面去探险，他们一定在什么地方藏下了财宝。要是找到一口烂箱子，里面装满了金银，你们会觉得怎样呢？”

可是这一话题也不过引起了一阵轻微的热情，随即也就消失了，并没有谁答话。汤姆又试了一两种诱惑的方法，可是结果也无效，这真是令人丧气。乔伊坐着拿树枝拨动沙子，显出一副闷闷不乐的神情。

最后他说：“啊，伙计们，我们算了吧！我要回家去，这实在太寂寞了。”

“啊，别这么想，乔伊，你慢慢就会觉得痛快了，”汤姆说，“你只要想想在这儿钓鱼多好玩！”

“我不爱钓鱼，我要回家。”

“可是，乔伊，哪里有这么好的游泳的地方。”

“游泳也没意思。这儿没人说不许我下水，我就觉得游泳不稀罕，我还是要回家去。”

“呸，小娃娃！你想回去找妈妈呀！我猜是。”

“是呀，我是想找妈妈。你要是有妈妈，也会想找她的。你说我是小娃娃，其实我和你差不多大。”于是乔伊吸着鼻子，发出好像要哭的声音。

“好吧，我们就让这哭脸娃娃回家去找他妈妈，好不好，哈克?他要去找妈妈，就让他去吧!你准是喜欢在这儿，是不是，哈克?咱俩待下去，好吗?”哈克说了声“好吧!”说得有气无力。

“我一辈子再也不跟你说话了，”乔伊一面站起来一面说，“看你怎么样！”于是他就很不高兴地走开，并且开始穿起衣服来。

“谁稀罕！”汤姆说，“谁也不想跟你说话。你回去吧，好叫人家笑话。啊，你倒真是个了不起的海盗。哈克和我可不是哭脸娃娃。我们就待下去，对不对，哈克?他要走就让他走吧!没有他，我们也许还是照样过日子。”

可是汤姆心里其实是很不安的，他看见乔伊绷着脸继续穿衣服，不免感到惊慌。同时哈克沉思地望着乔伊准备回家的动作，始终保持着一种兆头不好的沉默，这也叫汤姆看了很不安。随后乔伊连一句告别的话都不说，就涉水向伊利诺伊州那边的河岸走过去。汤姆心里开始泄气了，他向哈克瞟了一眼，哈克受不了他这一望，就把眼睛低下去，然后他说：“我也要走，反正这儿是够闷得慌，现在就更糟糕了。我们都回去算了吧!汤姆。”

“我可不回去!你们要走，走吧!”

“汤姆，我要回去。”

“好，你走吧，谁拦着你呢?”

哈克开始拾起他那些乱丢在地上的衣服。

“汤姆，我希望你也跟着来。你好好地想想吧!我们上了岸就等着你。”

“哼，那你可不知道要等多久，没什么话可说的了。”

哈克很难受地走开了，汤姆站在那儿望着他的背影，有一种强烈愿望牵动着他的心，他很想丢开面子，也跟着他们走。他希望那两个孩子会站住，可是他们仍旧慢慢地涉水前进。汤姆忽然感觉到周围的一切显得冷清清的，他和他的自尊心作了一番最后的挣扎，然后飞跑过去追他那两个伙伴，一面叫着：“等着!等着!我有话跟你们说!”

他们马上站住，转回身来。他走到他们站住的地方，就开始宣布他的秘密，他们起初听着很不高兴，后来才听出他打算的是个什么妙主意，于是他们就大叫大嚷，极力称赞，说这个主意“妙极了”！他们说他要是起初就跟他们说，他们根本就不会走开。他编了一个好像很有道理的托词，可是他之所以没有早说，真正的原因还是担心连这个秘密也不能留住他们，所以他就故意把它保留下来，准备作为最后的诱惑。

孩子们兴高采烈地回来了，大家痛痛快快地再玩游戏，同时一直把汤姆那个了不起的计划谈个没完，并且还赞赏他是天才。

吃了一顿美味的乌龟蛋和鲜鱼的午餐之后，汤姆说他要学抽烟。乔伊觉得这个主意很不错，他说他也想试一试，于是哈克就做了两支烟斗，装上烟叶。这两个外行人除了葡萄藤做的雪茄烟以外，从来没有抽过什么烟，那种雪茄烟是麻舌头的，而且还叫人看着没有什么派头。

现在他们趴在地上，用胳臂肘支着上身，开始抽烟，他们抽得很小心，不免有点提心吊胆。烟有一股刺鼻味，他们抽了有点恶心，可是汤姆说："嘿，这原来是很容易的嘛！我要是早知道不过是这样，那我早就学会了。

“我也是一样，”乔伊说，“这根本不算什么。”

“噢，我有许多回看见人家抽烟，就想着自己也希望会抽才好；可是我从来没想到我也能抽哩！”汤姆说。

“我也正是这样，对不对，哈克？”乔伊说，“你听见过我像这么说过了，对不对，哈克？我是不是说过这句话，让哈克作证吧！”

❝吃了一顿美味的乌龟蛋和鲜鱼的午餐之后，汤姆说他要学抽烟。❞

“是说过，说过无数回呢！”哈克说。

“噢，我也说过呀。”汤姆说，“啊，说过好几百次了。有一回是在屠宰场那儿。你还记得吗，哈克？我说这话的时候，有波布·丹纳在场，还有江尼·密拉，还有杰夫·萨契尔。你还记得我说过这话吗，哈克？”

“记得，是这么说的。”哈克说，“那是我丢了一颗白弹子石的第二天。不对，是在那前一天。”

THE
LIFE
And Strange Surprising
ADVENTURES
OF
ROBINSON CRUSOE,
Of YORK, Mariner:
Who lived eight and twenty Years all alone in an un-inhabited Island on the Coast of America, near the Mouth of the Great River of Oroonoque;
Having been cast on Shore by Shipwreck, wherein all the Men perished but himself.
With an ACCOUNT how he was at last as strangely deliver'd by Pyrates.
Written by Himself.
The Fourth Edition.
To which is added a Map of the World, in which is Delineated the Voyages of ROBINSON CRUSOE.
LONDON: Printed for W. Taylor at the Ship in Pater-Noster-Row. MDCCXIX.

英国作家丹尼尔·笛福(1660–1731)是《鲁宾逊漂流记》作者，该书的灵感来自一个苏格兰水手的真实经历，他由于船难漂流至荒岛，在岛上他自己张罗衣服、食物和住所，直到五年后才获救。《鲁宾逊漂流记》被认为是一本机智横溢及充满勇气的好书，常会使读者设身处地想像自己就是主角。

“你瞧，我没瞎说吧，”汤姆说，“哈克还记得这件事情。”

“我相信我能一天到晚抽这种烟，”乔伊说，“我可不觉得头晕。”

“我也不，”汤姆说，“我也能整天地抽，可是我敢说杰夫·萨契尔可不行。”

“杰夫·萨契尔！他只要抽两口就会摔倒！”

“嘿，现在先别提这件事情，过几天趁他们都在场的时候，我就来找你，对你说：‘乔伊，带着烟斗吗？我要抽一口。’你就装出满不在乎的样子，好像根本不算一回事。你就说：‘带着的，还是我那根老烟斗，另外还有一根，可是我的烟叶子可不大好。’我就说：‘啊，那没关系，只要劲头儿大就行。’然后你就一下子把烟斗拿出来，我们就点火来抽，让他们瞧着吧！”

“好家伙，那可好玩，我恨不得那就在跟前！”

“我也是那么想！过几天我们告诉他们说是在出来当海盗的时候学的，他们一定会想当初应该跟我们同来！”

“对啊！我敢打赌，他们一定会那么想！”

谈话就像这样继续下去。可是随后就有点泄气，说着说着就上句不接下句了。沉默的时间越拖越长，吐口水越吐越厉害。这两个孩子的腮帮子里面就成了一个喷泉似的，他们的舌头底下好像是个淹了水的地窖，他们连忙把水往外排，也难免掉那儿泛滥成灾，不管他们怎么尽力把口水吐出，还是免不了往喉咙底下流，每次都引起一阵恶心。这时候两个孩子都显出苍白和倒霉的样子。乔伊的烟斗从他那无力的手指中掉下去了，汤姆的也跟着掉下。两口喷泉的水都猛涨起来，两个抽水机都拼命地排水。乔伊有气无力地说："我的小刀不见了，我看我最好是去找一找。"

汤姆的嘴唇直发抖，他用吞吞吐吐的声音说："我来帮你找吧，你往那边走，我到泉水旁边去找找看。哈克，你不用来，我们找得着的。"

于是哈克又坐下来，等了一个钟头。然后他觉得闷得很，就去找他那两个伙伴。他们在树林里相离很远，两个人都脸色惨白，睡得很酣。可是哈克看得出，他们就算出了什么毛病，现在也过去了。

那天晚上，他们吃饭的时候不大多嘴。他们显出一副没脸见人的样子，饭后哈克预备烟斗，并也打算给他们预备。他们都说用不着，因为他们不大舒服，吃饭时候吃了什么东西，不合胃口。大约在夜半，乔伊醒过来，便叫醒那两个孩子。空中有一股低沉的闷热，似乎是预示着天气会有变化。虽然连一丝丝的风都没有的空气散发着闷人且死气沉沉的热气，令人窒息，这几个孩子还是依偎在一起，极力和那堆火亲近。他们沉默地坐在一起，聚精会神地等着。四处还是肃静无声，火光的范围之外，一切都卷入

夏季的北美大陆会遭受由墨西哥湾形成的暴风雨侵袭，冬季时北方的冷空气又会南下将大地冰封起来，于是每当春夏两季，融雪、大雨加上密西西比河支流源自落基山脉而来的密苏里河河水，使得整个密西西比河流域的洪水泛滥。十九世纪时期密西西比河有时会溃堤造成大灾难，直到1940年河道才以人工方式稳固下来，而今日建造的一系列堤防可以调节该河及其支流的水位。

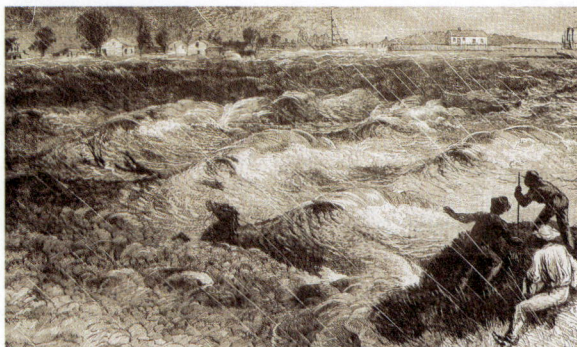

了无边的黑暗中。随后来了一道闪电，隐隐约约地照亮了树上的枝叶，片刻之间又消失了。过了一会儿又来了一道，比刚才的更强烈一点。然后又是一道，跟着就是一阵低沉哼哼的声音，像叹息似的从林中的树枝当中传过来，孩子们觉得有一股飞快的气息吹到他们脸上，于是他们就幻想着黑夜的精灵从他们身边走过了，因此都吓得发抖。随后平静了一会儿。跟着又是一道叫人毛骨悚然的闪光，把黑夜照成了白天，他们脚下的草，每一棵都照得清清楚楚，同时还把那三张惨白又惊骇的面孔也照出来了。

一阵沉沉的雷声轰隆轰隆地在天上一路响过去，渐渐在远处成了郁闷的响声，终于听不见了。一阵冷风吹过来，吹得树叶沙沙地响，火堆里的灰也像雪片似的纷纷飞散起来。又有一道强烈的闪光把树林照得透亮，跟着就是霹雳一声，好像正在这几个孩子的头顶上把树梢都劈开了一般。他们在那道闪光之后的一片漆黑当中，吓得要命地互相抱成一团，几颗大雨点噼里啪啦地落在树叶上了。

“快！快到帐篷里去——”汤姆大声喊。

他们飞步跑开，在黑暗中绊着树根和藤，老是摔倒。一阵狂吹的急风从树林中呼啸着过去，一路吹过，把一切东西都吹得叫起来。耀眼的闪电一道跟着一道，震耳的响雷一阵又一阵。后来一阵倾盆大雨泼下来了，越来越大的狂风把雨顺着地面刮成了一片一片的雨幕。

孩子们互相叫喊，可是吼声震天的大风和隆隆的响雷把他们的喊声完全压倒了。不过他们终于一个个溜回了露营的地方，在帐篷底下藏起来，又冷，又吓得要命，个个都成了落汤鸡；可是在这倒霉的时候能有个帐篷，总算是谢天谢地的事情。他们不能谈话，即使

直到二十世纪初美国原住民的艺术才得到应得的注意。上图是阿帕契族手工编织的细致草篮；中图为山都族（居住在美国西南方的原住民）做的罐子。下图是一祭祀用的熊头面具，大约在1880年由特灵吉族所制作，这些作品因其象征意义的饰纹及高超的制作技巧而非常引人注目。

能让他们谈，那块旧帆棚噼噼啪啪响得太狠了。狂风越刮越大，随后那块旧帆篷终于摆脱了系住它的绳索，跟着大风飞走了。孩子们互相揪住了手，一同逃到河边的一棵大橡树底下去避难，路上跌了许多跤，碰伤了不少地方。这时候正是空中的激战到了最紧张的阶段。闪电把天空都照亮了，在它那不息的火光之下，地上的一切都显得异常分明，连影子都没有；弯着腰的树，波涛汹涌、一片飞沫的大河，大片大片的随风飞驰的水泡，河对岸那些高耸的悬崖绝壁隐约的轮廓都从斜飘的雨幕中一隐一现。

可是这一场战斗终于结束了，出阵的人马鸣金收兵，叱咤和威吓的声音越来越微弱了，和平又恢复了优势。孩子们满怀畏惮地回到露营的地方，可是他们发觉那儿居然还有一件值得庆幸的事情，因为掩护他们的那棵大洋梧桐已经被雷劈倒，而这个灾祸发生的时候，他们碰巧没有在树下。

他们的露营地被大雨淋得透湿，营火也是一样，因为这几个孩子就像他们同一代的年轻人那样，都是粗心大意的，事先没有做防雨的准备。这真是晦气的事，因为他们都湿透了，而且浑身发冷。他们的狼狈是一目了然的，可是随即他们就发现原先那堆营火已经把那根倒在地上的大树干烧成一个洞，因此有巴掌大的一块地方没有淋湿。于是他们耐心地想尽方法从那些有遮掩的木头底下弄了一些碎片和树皮来引火，终于烘着那堆营火再燃起来。然后他们又堆起许多大块的枯

下图的中西部美国原住民酋长正在对其族人说话。他们被称作大平原印第安人，每一个部落都由一位酋长及一个隶属酋长的议会来带领族人，议会的成员则为身经百战的战土和其他族里重要的人物，例如巫医。

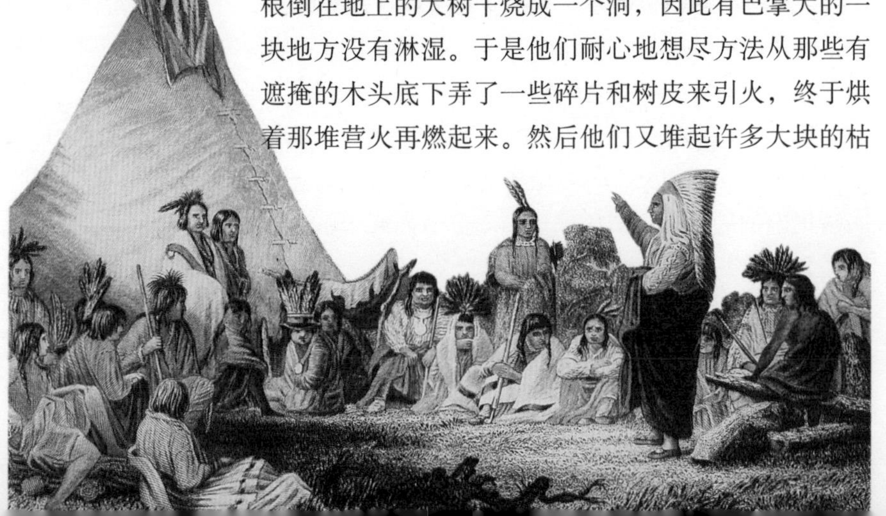

树枝，直到烧成了一堆呼呼的大火，才又感到兴高采烈。他们把煮熟了的火腿烤干，饱吃一顿，吃完之后就坐在火旁把夜半的历险经过夸张和渲染大谈一番，一直谈到早晨，因为前后左右已经没有一处可以睡觉的干地方。

太阳渐渐升起，照到孩子们身上的时候，困倦的感觉就侵袭着他们，于是他们就走出树林，到沙洲上去躺下来睡觉。不久他们就晒得很热了，大家怪无聊地弄早饭吃。吃完之后他们都觉得不痛快，骨节也发僵，而且又有点想起家来了。汤姆看出了这种迹象，就极力说些开心的事，想提起那两个海盗的兴致。可是他们对弹子石或是马戏、游泳和任何事情都毫无兴趣。他使他们想起那个了不起的秘密，总算引起了一点点高兴的反应。趁着这种情绪还保持着的时候，他又使他们对一个新想出来的妙计发生了兴趣。这就是暂时放弃做海盗，改扮印第安人，换换胃口。

毛皮商人正与美国原住民谈生意。毛皮商人通常是欧洲移民，他们和印安人做生意，以工业产品和武器换取毛皮，他们到处旅行，时常担任印第安人和欧洲人之间的传译。

他们被这个主意吸引住了。所以不久，大家就脱光了衣服，用黑泥从头到脚涂了满身的条纹，简直像几只斑马一样，当然个个都是酋长，然后他们飞跑着闯进树林里，袭击一个英国人聚居的村落。

后来他们分成了三个敌对的部落，从埋伏中发出可怕的吼叫，冲出来互相袭击，互相厮杀和剥掉头皮。这真是个血淋淋的日子，因此非常痛快。

快到吃晚饭的时候，他们才回到露营的地方，大家肚子很饿，可是都很快活；不过现在发生了一个困难，互相仇杀的印第安人没有先行讲和，不能在一起友好地用餐，而这又非抽一口讲和的烟不可。除此以外，他们从来没有听说过还有什么办法。三个人之中有两个甚至说他们还不如一直做海盗。不过大家想不出别的办法，所以就拼命装出高兴的样子，把烟斗要过来，按照仪式轮流抽一口。

说也奇怪，他们居然又高兴自己变成了野人，因为他们有所收获了，他们发现自己已经能够抽一抽烟，而不一定要走开去寻找遗失的小刀了，他们并没有发晕到难受的地步。这是一件大有希望的喜事，他们绝不会不下一番工夫，轻易放过这个机会。不会的，他们在晚饭后小心地练习了一阵，结果颇为成功。因此这天晚上他们过得欢天喜地，这个新的成就使他们非常得意，非常快活，即使他们能把印第安人的六个部落通通剥掉头皮，或是把全身的皮都剥掉，也不会有这么痛快。我们就让他们在那儿抽烟、闲谈和夸口吧！因为目前我们暂时没有什么别的事情用得着他们了。

17
海盗们参加自己的丧礼

可是在这同一个安静的星期六下午，小镇上却没有什么欢乐。哈波一家人和波莉阿姨全都穿上了丧服，大家都在伤心痛哭。一种异乎寻常的安静笼罩着这个村庄，虽然平日这儿也实在是够安静的了。村里的人们处理自己的事情，都有一种心不在焉的神情，而且都不大说话，可是他们老是叹气。星期六的休假对孩子们也好像成了一个负担，他们玩耍得没有劲头，渐渐地干脆不玩了。

这天下午，蓓琪·萨契尔在学校里那无人的院子里呆头呆脑地走来走去，心里觉得很凄凉。可是她在那儿找不到什么可以给她安慰的东西。她自言自语地说：

“这个念头简直使她受不了，她茫然走开，眼泪顺着脸蛋儿直往下滚。”

“啊，我要是能够再得到一只火炉架上的铜把手就好了！可是我现在连可以用来纪念他的东西也没有了。”于是她拼命憋住了抽噎的哭泣。

过了一会儿，她停住脚步，暗自想道：“就是在这儿。啊，要是再来一次的话，我绝不会那么说，无论如何也不会那么说。可是现在他已经不在了；我永远、永远、永远也见不着他了。”

这个念头简直使她受不了，她茫然走开，眼泪顺着脸蛋儿直往下滚。随后有一大群男孩和女孩——汤姆和乔伊的玩伴过来了，大家向栅栏外面望着，用虔诚的

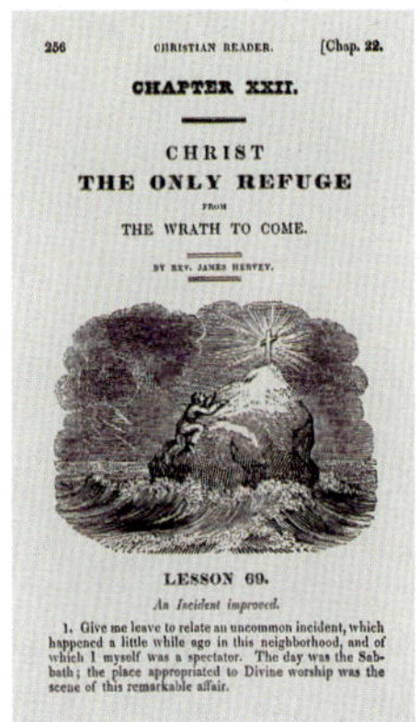

256 CHRISTIAN READER. [Chap. 22.

CHAPTER XXII.

CHRIST
THE ONLY REFUGE
FROM
THE WRATH TO COME.

BY REV. JAMES HERVEY.

LESSON 69.

An Incident improved.

1. Give me leave to relate an uncommon incident, which happened a little while ago in this neighborhood, and of which I myself was a spectator. The day was the Sabbath; the place appropriated to Divine worship was the scene of this remarkable affair.

当时的主日学校上课教材都是取自强调天谴和预言世界末日的《启示录》，而较少提及基督的慈悲。

声调谈到汤姆曾经怎样怎样做过某些事情，和他们最后一次看见他的情形，还谈到乔伊怎样怎样说过一些无关紧要的小事情。说的人个个都精确地指出这两个失踪的孩子当初所站的地点，并且还添上了这么一段话：“我那时候就是这么站着，就像现在这样，你就好比是他，我离他那么近。他笑一笑，就像这样，这一下就好像是有一股什么邪气透过我全身似的，真吓坏人哩。你要知道，那时候我当然根本没想到这是怎么回事，现在我可明白了！”

然后关于这两个死了的孩子在世的时候，究竟是谁最后看见他们这个问题，起了一场争执。有许多孩子争着要把这个悲惨的荣誉归到自己身上，并且提出了一些证据，多少还经过见证人加以修正。后来大家公认了是谁最后看到死者，和他们作了最后的谈话，那些幸运的角色就摆出一副了不起的与众不同的神气，其余的人都张着嘴望着他们，非常羡慕。有一个可怜的小伙子说不出什么别的光荣，就想起一件往事，显出相当得意的神气说道：“哦，汤姆·索亚他有一回揍了我一顿。”

可是这个争取荣誉的企图失败了。大多数的孩子都可以讲这句话，所以这就使这个孩子的光荣太不值钱了。这群孩子继续瞎混下去，大家还是以敬畏的声调追述两位死去英雄的生平事迹。

下图是汉尼拔的长老教会教堂，其内部装潢和摆设通常都较天主教教堂朴素平实。

第二天上午，主日学校下课之后，教堂的钟不像平日那么响，而是缓缓地发出报丧的声音。那是个非常清静的星期日，悲惨的钟声好像是与那笼罩着大地的寂静配合得很好。村里的人们开始集合，在走廊里逗留了片刻的工夫，以便互相耳语，谈谈这件不幸的事情。可是教堂里并没有人耳语，只有妇女们集合到她们的座位那边去的时候，她们的衣服发出凄凉的沙沙响声才打破了那儿的沉寂，谁也想不起这个教堂里在什么时候曾经像这样满座过。后来大家终于凝神静候，鸦雀无声地期待了一阵，然后波莉阿姨进来了，背后跟着席德和玛丽，他们后面又跟着哈波全家的人，个个都穿着深黑色的衣服。于是全体会众，还有那年老的牧师，都毕恭毕敬地站起来，一直站着等到那些穿丧服的人都在前排座位上坐好的时候。又经过一阵默默祈祷的沉寂，其中不时夹杂着一些抑制不住的低泣声，然后牧师把双手往两边摊开，做了祷告。于是会众唱了一首动人的圣歌，随后又念了一段经文：“*复活在我，生命也在我。*”

“波莉阿姨、玛丽和哈波夫妇一下子向两个复活的孩子扑过去，把他们吻得透不过气来，同时尽情地倾吐了许多感恩的话。”

丧仪进行中，牧师把死去的孩子们的美德和他们讨人欢喜的行为，以及非凡的前途形容得有声有色，以至于在座的人个个都觉得他说得很对。因此他们回想起从前一贯地瞎着眼睛没有看出这一切，而且一贯地只看到这几个不幸孩子的过错和毛病，心里不免觉得很难受。牧师还叙述了死者生前许多动人的小事件，这些事情都表现出他们可爱的、慷慨的天性，大家现在很容易看出这些偶然的小事是如何地高尚和优美，同时很悲伤地回想起当初这些事情发生的时候，都好像是些道地的流氓行为，简直该挨皮鞭子才对。牧师这一番凄楚动听的话继续下去的时候，大家越来越被他感动，后来全体终于痛哭起来，和服丧的人们悲恸的哭泣声响成了一片，牧师本人也情不自禁哭起来了。

教堂的楼座里有一阵沙沙的响声，可是谁也没有听见。过了一会儿，教堂的门吱嘎一声打开了，牧师把手巾拿开，抬起那双流泪的眼睛，大吃一惊地呆呆站着不动！于是一双又一双的眼睛跟着牧师的视线望过去，然后全体会众几乎是突然一致地站起来，瞪着眼睛望着那三个死了的孩子顺着走道走过来，领头的是汤姆，其次是乔伊，最后是满身披着破烂衣服的哈克，怪害羞地悄悄地跟在后面走着！他们原来是躲在那空着的楼座里，听着追悼他们自己的布道词哩！

波莉阿姨、玛丽和哈波夫妇一下子向他们那两个复活的孩子扑过去，把他们吻得透不过气来，同时尽情地倾吐了许多感恩的话，而可怜的哈克却很害臊地站着，觉得很不舒服，简直不知如何是好，也不知道上哪儿去躲开那许多不表示欢迎的眼睛。他犹豫了一阵，想偷偷溜走，可是汤姆揪住他："波莉阿姨，也该有人欢迎哈克才行。"

"确实应该。我就欢迎这个没娘的可怜孩子！"

忽然牧师高声大嚷起来："普天之下，万国万民，齐声赞美，父子圣灵——唱吧！大家要热心地唱呀！"

大家热心地唱了。"颂诗百首"响起了洪亮的声音，爆发出狂欢的调子。在歌声震动屋梁的时候，海盗汤姆·索亚向四周张望了一阵，看见了前后左右那些羡慕他的小伙子们，他心中暗自承认，这是他一生最得意的时候。上了当的会众成群走出教堂的时候，大家都说他们情愿再让人家开一次玩笑，再来听听"颂诗百首"像这样的唱法。

那一天汤姆所挨的耳光和亲吻，全以波莉阿姨的心情变化为转移——比他以前每一年所挨的还要多；这两者之中究竟哪一样表示对上帝的感谢和对他自己的慈爱最大，他是不大知道的。

18
汤姆透露他做梦的秘密

图为十九世纪的两种烹饪用具。上图是制作一种丹麦甜甜圈的模具；下图则为一台精巧的蔬菜削皮机。

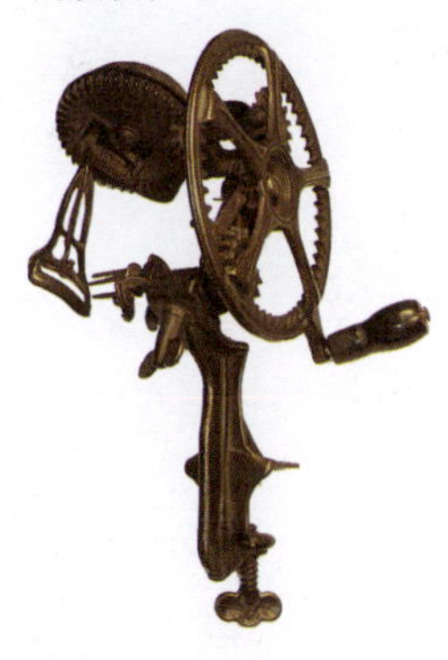

这就是汤姆的大秘密：和他那两个海盗弟兄一同回家，参加他们自己的丧礼。他们在星期六黄昏时乘着一块大木头，划到了密苏里这一边的河岸，在小镇的下游五六里的地方登陆。他们在邻近小镇的树林里睡觉，直到快天亮的时候，然后就悄悄地穿过偏僻的胡同和小巷，溜进教堂，在楼座里那一堆乱七八糟的破凳子当中补足了睡眠。

星期一早晨吃早饭的时候，波莉阿姨和玛丽对汤姆非常亲爱，对他的需要也特别关心。大家谈话谈得比平常多。在畅谈当中，波莉阿姨说："唉，汤姆，我看你这个玩笑倒是开得很妙，叫大伙儿差不多受了一个星期的罪，为的是你们几个好开心，可惜你不该这么狠心，叫我也大吃苦头呀！你既然能够坐在一块大木头上划过来参加你的丧礼，那你也可以过来给我一点什么暗示，让我知道你并没有死，只是跑掉了呀！"

"是呀，你本来可以这么办嘛！汤姆，"玛丽说，"我相信你要是想到了这个，那你准会这么做。"

"会不会呢，汤姆？"波莉阿姨问道，她脸上露出了渴望的喜色，"你说吧！要是你想到了，你会不会这么做？"

"我——呃，我不知道。那么一来，就把整个事情都弄得没意思了。"

"汤姆，我本来还希望你对我有那么一份孝心哩！"波莉阿姨说，她那悲伤的音调使这孩子感到不安，"只要你往这上面想过一下，哪怕你没有那么做，那也就很不错了。"

“噢，那倒没什么关系，”玛丽替汤姆告饶，“汤姆向来就是这么轻浮——他做事总是很慌张，从来不会想一想的。”

“那就更不像话了。要是席德，他就会想到那个，并且席德还会回来那么做。汤姆，将来总会有一天，你回想起来，就会觉得懊悔也来不及了。那时候你就会想到，像这种不要你花什么本钱的事情，你是应该多替我设想一下的。”

“可是，阿姨，您知道我是爱您的。”汤姆说。

“要是你的行为更像这么回事，那我就会相信了。”

“现在我但愿当初那么想过，”汤姆用懊悔的语调说，“可是我总算梦见过您呢！那也还不错吧，是不是？”

“那算不了什么，一只猫还会那样哩。反正比根本没有那么回事要强一点，你梦见什么？”

❝‘可是，阿姨，您知道我是爱您的。’汤姆说。‘要是你的行为更像这么回事，那我就会相信了。’❞

“噢，星期三晚上我梦见您在那儿坐在床边上，席德靠近木头箱子坐着，玛丽坐在他身边。”

“不错，我们是那么坐着的。我们向来是那么坐法。你在梦里对我们操这点心，我也是高兴的。”

“我还梦见乔伊·哈波的妈在这儿。”

“嘿，她的确是在这儿！你还梦见什么别的吗？”

“啊，还有许多事情，可是现在都记不清了。”“噢，你试试记一记吧，行不行？”

“我隐隐约约地记得好像是有风……风吹得……呃……

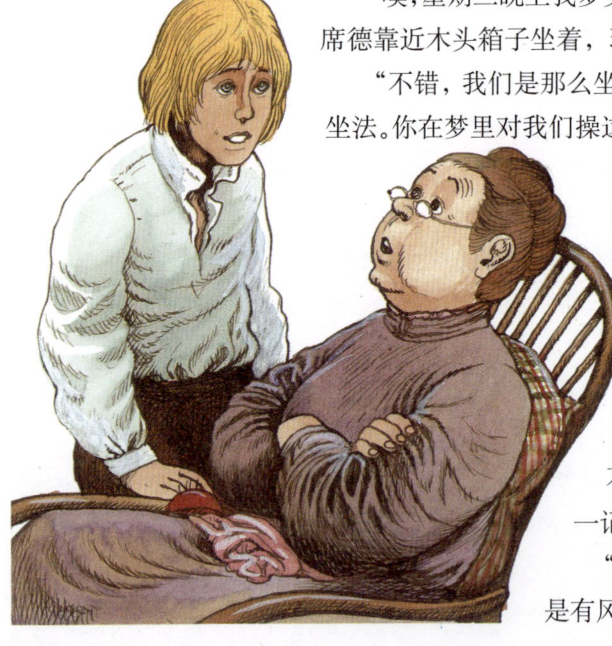

呃……”

“仔细想一想吧，汤姆！风是吹动了一样东西，再想想！”

汤姆装出着急的样子，把手指按住脑门子，过了一会儿才说：“现在我想起来了！现在我想起来了！风吹动了蜡烛！”

“我的天哪！再往下说吧，汤姆，再往下说！”

“我好像记得您说，‘噢，我相信那扇门……’”

“说下去吧，汤姆！”

“让我稍微想一会儿，稍微想一会儿。啊，对了，您说您相信那扇门是开着的。”

“一点也不错，我是那么说来着！是不是？玛丽！再往下说吧！”

“后来……后来……哦，我记不大清楚，可是您好像是叫席德去……呃……呃……”

“怎么？怎么？我叫他干吗，汤姆？我叫他干吗？”

“您叫他……您……啊，您叫他把门关上。”

“啊，真巧极了！我一辈子还没听说过比这更巧的事儿……可别再跟我说什么梦靠不住的话了。我马上就去告诉希仑妮·哈波。我可要叫她拿她那一套什么迷信不迷信的废话来解释解释这个。再往下说吧，汤姆！”

“啊，现在一切都记得非常清楚了。后来您就说我并不坏，不过是淘气和冒失，您说不能怪我，说我还不过是个……是个……我想您是说小毛头什么的吧！”

“就是那么说的呀！啊，我的天哪！再往下说吧，汤姆！”

“然后您就哭起来了。”

“我的确是哭了，的确是哭了。还不是头一次哪！后来……”

“后来哈波太太她也哭起来了，她说乔伊就和我一

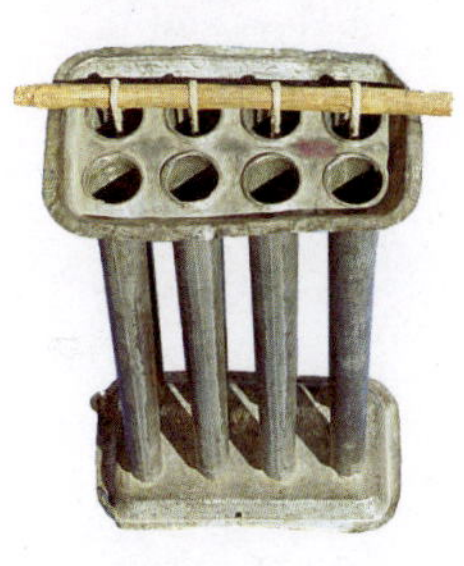

每个家庭都用这种模具将动物油制成蜡烛，譬如：牛油或羊油，或是用硬脂酸（Stearin），一种可以在商店买得到的类似动物油的产品。

样，她说那点乳酪本来是她自己把它扔掉的，很后悔不该为了冤枉他偷吃，把他揍了一顿。”

“汤姆！那是有神附在你身上呢！你说的简直是预言，一点也不错！真了不起，再往下说吧，汤姆！”

“然后席德他说……他说……”

“我记得我并没说什么。”席德说。

“不，你说了，席德。”玛丽说。

“别多嘴，让汤姆说下去！他说什么，汤姆？”“他说，我觉得他是说他希望我在另外那个世界更舒服些，不过我要是有时候不那么顽皮……”“哟，听见了吧！这正是他说的话呀！”

“您还叫他马上住嘴。”

“我的确是那么说，这里面准是有个天使在帮你的忙。的确是有个天使，大概是在暗中帮忙。”“哈波太太还说起乔伊放爆竹吓过她一跳，您还说起彼得和解痛药……”

“真是千真万确！”

“后来你们还谈到大伙儿到河里去打捞我们，又谈到星期天要办丧事，说了一大堆，然后您和哈波太太就抱在一起哭了一场，后来她就走了。”

“正是这样！正是这样，一点也不错。汤姆，哪怕你亲自来看到过，也不能说得更像呀！那么，后来呢？再往下说，汤姆！”

“后来我记得您好像是给我祷告了。我简直就看得见您，您祷告的每一个字我都听得见。后来您就上床睡觉，我真的难受极了，所以我就拿一块洋

梧桐树皮，在上面写了这么几个字：‘我们并没有死，我们只是出来当海盗玩。’就把它放在桌子上蜡烛旁边，您躺在那儿睡着了，脸上神情挺好，我记得我好像就走过来，弯下身去，在您嘴唇上亲了一下。”

“真的吗？汤姆，真的吗？你这么做，我什么事都饶了你！”于是她就拉住汤姆，拼命用力搂着他，使他觉得自己像个罪恶滔天的小混蛋。

“这虽然只是一个梦，但心眼儿总算不错。”席德自言自语地说，声音刚刚好可以听得见。

“住嘴，席德！一个人做梦干的事，他要是醒着也会那么做。汤姆，这是我给你留下的一个大苹果，预备把你找到的时候拿给你吃，现在你快上学去吧！这回你终于回来了，我真是感谢仁慈的圣父，凡是相信他、听从他的话的人，他一定对他们很有耐心，大发慈悲。不过天知道我是不配的，可是如果只有配受它爱护的人才能得到它的保佑，靠他帮忙度过灾难，那恐怕就难得有

四片木板、一个箱子和一块对半剖开的圆木，就可以做成一架跷跷板，让这四位穿着最好衣服的小女孩笑逐颜开。

一种单人玩的游戏，消磨没有玩伴的无聊雨天。

1840年晚期，汉尼拔每逢好天气都会举办棒球赛，比赛规则原本是仿用英国引进的一种板球规则，后来亚力山大·乔依·喀特莱特将其标准化，而亚力山大亦于1845年6月19日的纽约市筹办了最早的一场棒球比赛。由于铁路的出现，让棒球队能到处旅行，于是很快棒球便成为美国的国家运动。

几个人临到最后断气的时候，还能从容含笑，或是到主那儿去安息了。快去吧，席德、玛丽、汤姆快点走开，你们可耽误我不少的工夫了。”

孩子们动身上学去了，老太太就去找哈波太太，要用汤姆这个稀奇的梦打破她那种讲究现实的思想。席德离开家里的时候，他对这件事情是心中有数的，不过他觉得还是不把心里的想法说出来为妙。他是这么想的：“靠不住，那么长的一个梦，一点儿差错也没有！”

现在汤姆成了个多么了不起的英雄呀！他再也不蹦蹦跳跳了，走起路来摆着架子，十足像个自觉受大家注目的海盗的神气。大家也的确是对他很注目的，他一路走过，故意装作没有看见人家在望着他，也没有听见人家说的话，可是大伙儿对他那么注意，可真是叫他过足了瘾。比他小些的孩子们成群地跟在他背后跑，都觉得自己跟他在一起，汤姆本人也让他们跟着，让人家看看，那实在是很光荣的，好像他是一支游行队伍前面领头的鼓手，或是一只领着动物展览会的禽兽进城去的大象一般。和他同样大小的孩子们故意装着根本不知道他曾经跑到别处去过，可是他们还是嫉妒得要命。他们要是能够有他那样晒得黑黝黝的皮肤和他那种光辉灿烂的名声，那他们情愿付出任何代价。要是叫汤姆把这两种东西让一种给别人，哪怕是拿一个马戏班和他交换，他也是不会干的。

学校里的孩子们把他和乔伊看得很了不起，大家眼睛里都流露出非常羡慕的神气，以至于这两位英雄不久就显得非常突出，简直有些使他们受不了。他们开始向那些渴望的听众叙述他们的历险经过，可是他们只是开始讲话，因为有了他们那样的想像力给他们的故事供给材料，要想把它说到底，大概是办不到的。后来他们把烟斗拿出来，抽着烟神气地东走西走，他们的光荣就达到顶点了。

汤姆认定他现在用不着和蓓琪·萨契尔亲近了，光荣已足够使他满意了，他要为光荣而生活。现在他既已出了名，也许她会希望“和好”。哼，随她去吧，叫她瞧瞧他也可以像别人那样满不在乎。过了一会儿，她来了。汤姆装作没有看见她，他故意走开，和一群男孩和女孩混在一起，开始谈话。随即他就发现她红着脸，瞟着眼睛，兴高采烈地跑来跑去，假装着忙个不停地追着同学们，抓到了人就嘻嘻笑着，尖声喊叫。可是他看出她每次捉到别人，老是在他附近，并且碰到这种时候她似乎老要往他这边有意无意地瞟一眼。这充分地满足了汤姆带着恶意的虚荣心，所以她这种举动不但没有博得他的欢心，反而使他更摆起架子来，并且使他更加不动声色，故意装作不知道她在身边。随后她就不再闹着玩了，只是迟疑不决地东走西走，还叹了一两声气，偷偷地、渴望地望着汤姆。然后她发现汤姆这时候特别爱跟艾美·劳伦斯说话，比跟谁都说得多。她感到痛心，渐渐烦恼起来，同时觉得不安。她想走开，可是她那双脚偏不听话，偏把她带到一群同学那儿。她向一个几乎靠近汤姆胳臂肘的女孩子说话，故意装出快活的样子：“嘿，玛丽·奥斯汀！你这坏丫头，你为什么没上主日学校来呢？”

许多学校强调运动和团队精神。从下图这幅版画上可看到各式各样的体育器材：单杠、双杠、双环。边远地区的生活，体力与敏捷和知识同样重要。

“我来了呀——你难道没看见我吗？”

“怎么，没看见！你来了吗？你坐在哪儿？”

“我在彼得小姐那一班，向来是在那儿，我可看见你哩！”

“真的吗？噢，我没看见你，那可真奇怪，我想要把野餐的消息告诉你呢！”

“啊，那可是好玩极了！谁请客呢？”

“我妈打算让我来办一次。”

“啊，好极了，我希望她会让我参加。”

“噢，她一定请你。野餐是为我举行的，我请谁她就让谁去，我要请你哩！”

“那可是太妙了，日期是哪一天？”

“没多久，大概在放暑假的时候吧！”

“啊，那可真好玩呀。你打算请所有同学吗？”

“对，跟我有交情的，或是愿意和我要好的，个个都请。”她非常小心地偷偷望一望汤姆，可是他却一个劲儿只顾和艾美·劳伦斯谈岛上那一场可怕的暴风雨和雷电把那棵大洋梧桐“劈得粉碎”，而他自己正站在“离那棵树三尺以内”的惊险中。

“我去。”格雷赛·密拉说。

“她在校舍后面一条小板凳上舒舒服服地坐着，和亚尔弗勒·邓普尔在一起看图画，他们俩看得非常入神，把头靠得紧紧地看着书。”

“好。”

“我呢?”莎丽·罗杰说。

“欢迎。”

“我呢?”苏珊·哈波说,“还有乔伊呢?”

“都欢迎。”

这样一个又一个地讲妥了,大家鼓着小手掌,直到后来,除了汤姆和艾美以外,那一群同学通通要求了蓓琪请他们参加野餐。然后汤姆冷淡地转身走开,一面还在说着话,一面带着艾美一起离开。蓓琪的嘴唇颤动了,泪水涌到眼睛里来,她勉强装出快活的样子,掩住这些表现,继续聊天,可是这时候野餐的事已经没有生气,一切的事也都没有生气了。她连忙走开,隐藏起来,照女人家的说法,“哭了个痛快淋漓”。然后她觉得自尊心受了伤害,闷闷不乐地坐着,一直坐到摇上课铃的时候。她猛然惊起,怀着报复的心情把眼睛斜瞟了一下,把辫子甩了甩,说她也知道该怎么办。

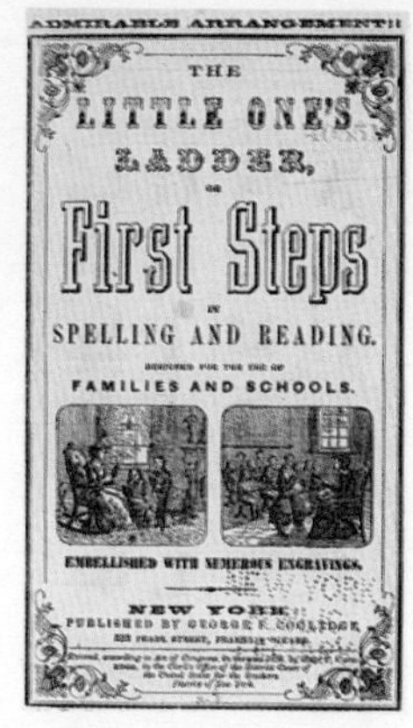

一本初级的拼字与阅读教科书,一般学校最常做的练习就是拼字比赛,大一点的小孩则学习使用第一部美语字典《The American Dictionary of the English Language》,1828年由诺亚·韦伯斯特(Noah Webster,1758—1843)出版。

下课休息的时候,汤姆继续和艾美调情,觉得喜气洋洋,心满意足。他老是蹿来蹿去,寻找蓓琪,让她看着他的举动而伤心。后来他终于看见了她,可是他的水银柱突然下降了。她在校舍后面一条小板凳上舒舒服服地坐着,和亚尔弗勒·邓普尔在一起看图画,他们俩看得非常入神,把头靠得紧紧地看着书,好像是除此以外,世界上的一切他们都没有感觉到似的。

汤姆心里马上就翻腾着嫉妒的烈火,他开始恨自己不该放过蓓琪给他言归于好的机会。他骂自己是个傻瓜,还把他所能想起的种种难堪的名称安在自己头上,他简直气得直想哭起来。艾美和他一面走着,还是高高兴兴地闲聊,因为这正是她心花怒放的时候,可是汤姆的舌头却打了结。他听不见艾美说的话,每逢她停止谈话,等着他搭腔的时候,他只能结结巴巴地表示尴

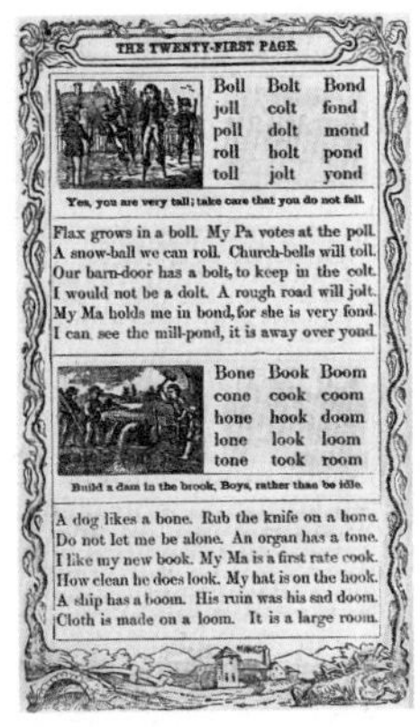
THE TWENTY-FIRST PAGE.

Boll	Bolt	Bond
joll	colt	fond
poll	dolt	mond
roll	holt	pond
toll	jolt	yond

Yes, you are very tall; take care that you do not fall.

Flax grows in a boll. My Pa votes at the poll.
A snow-ball we can roll. Church-bells will toll.
Our barn-door has a bolt, to keep in the colt.
I would not be a dolt. A rough road will jolt.
My Ma holds me in bond, for she is very fond.
I can see the mill-pond, it is away over yond.

Bone	Book	Boom
cone	cook	coom
hone	hook	doom
lone	look	loom
tone	took	room

Build a dam in the brook, Boys, rather than be idle.

A dog likes a bone. Rub the knife on a hone.
Do not let me be alone. An organ has a tone.
I like my new book. My Ma is a first rate cook.
How clean he does look. My hat is on the hook.
A ship has a boom. His ruin was his sad doom.
Cloth is made on a loom. It is a large room.

写作初级教科书中的一页，解释字母O的不同发音，里头的插画都附有教育意味的警语，被认为对小孩的发展有帮助。

尬的同意，而且是说错的时候不比说对的时候少。他不由自主地一次又一次晃到校舍后面，偏要去看那个刺眼又可恶的情景。他真是无可奈何，他发现蓓琪·萨契尔始终没有一次想到人世间还有他这么一个人，至少他以为是这样，这简直把他气得发疯。其实她是看见他的，而且知道她这一场斗法赢了，她很高兴看到他受罪，就像她自己刚才受罪那样。

艾美兴致勃勃的闲聊简直令人无法忍受。汤姆暗示他有些事情要做，非赶快去做不可，而时间又过得飞快，可是说也无效，那女孩偏要叽叽喳喳说个不停。汤姆想道："啊，这个讨厌鬼，我难道一辈子甩不掉她吗？"后来他非去做那些事不可了，她还是天真地说，放学的时候，她就来找他。于是他连忙走开，心里对她的纠缠是很感厌恶的。

"别的孩子随便哪个都行！"汤姆咬牙切齿地想道，"这个镇上随便哪个孩子都不要紧，偏偏是这个圣路易的公子哥儿，那可不行！他自以为穿得不错，就算是上流人物了！啊，好吧，先生，你第一次来到这个镇上，我就揍过你一顿，现在我要再揍你一顿才行！你等着吧，迟早会落到我手里！"

于是他做出痛打一个想像中的孩子的动作，在空中连续地拳打脚踢，还用大拇指挖人家的眼睛。"啊，你服输了吧，教训！"这想像中的痛打使他心满意足，后来终于结束了。

汤姆中午溜回家去。他的良心实在再也受不了艾美那种含着感激的快乐表情，同时他的嫉妒心理再也忍不住另外那件晦气事的刺激了。蓓琪又和亚尔弗勒一同看图画，可是过了一阵，并不见汤姆过来吃醋，她那得意的心情就蒙上了暗影，于是她也就不感兴趣了。随后她就感觉到心情失落和恍恍惚惚，跟着就是一阵悲愁。她有两三次侧着耳朵静听一阵脚步声，可是那个希望落空了，汤姆并没有过来。后来她终于难受得要命，懊悔自己不该做得太过分。可怜的亚尔弗勒发觉他已经失去她的欢心，却不知道那是怎么一回事，他就老是大声地说："啊，这儿又有一张好玩的！你瞧！"蓓琪终于不耐烦了，她说："啊！别打扰我了！我不爱看这些东西！"于是她突然哭起来，站起身走开了。

亚尔弗勒在她身边跟着走，打算安慰安慰她，可是她说："你走开，别管我！我讨厌你！"

于是这孩子站住了，他不知道究竟是什么事得罪了她，她本来说过中午休息的时候要一直和他看图画的，现在她只顾往前走，一面哭着。然后亚尔弗勒沉思地走进了教室。他感到羞辱和愤怒。他很容易地猜透了那里面的道理，这个女孩只不过是利用他来对汤姆·索亚发泄她的愤恨罢了。亚尔弗勒一想到这一点，对汤姆的仇恨绝不因此减轻。他很希望有个什么办法能叫那孩子吃点苦头，而对他自己又没有多大风险。他一眼看见汤姆的拼音课本，这是他的好机会。他很高兴地揭开那本书，找到那天下午要念的一课，在书页上泼墨水。

蓓琪恰好在这时候从窗户外面向他背后看了一眼，发现了他这个举动，她就赶快走开，不让他看见自己。于是她动身往回家的路上走，打算找到汤姆，把这件事情告诉他。汤姆一定会感谢她，他们俩之间的一场风波就可以平息了。可是她还没有走到半路就改变了主意。她想起汤姆在她谈到野餐的时候对待她的那种态度，心里就像火烧似的难受，并且充满了羞辱。因此她决定让他去为了那本弄脏的拼音课本而挨一顿鞭子，并且还要永远地恨他。

19
“我没有想一想”的恶作剧

汤姆回到家里，心情很苦闷，他阿姨劈头对他说的第一句话就使他明白，他把自己的苦恼带到一个找不到主顾的市场上来了：“汤姆，我简直想要活剥你的皮才好！”

“阿姨，我又怎么了？”

“哼，你做的好事。我老老实实跑去找希仑妮·哈波，就像个老笨蛋似的，满以为我可以叫她相信那个胡说八道的梦，可是好家伙，你瞧！她早就听乔伊说过，你那天晚上回来了，我们谈的话你全都听见了。汤姆，一个小孩子做出这样的事情，我真不知道将来会变成什么样子。你居然一声不响，让我去找希仑妮·哈波，叫我丢脸，真叫我想起来就难受。”这可是出乎意料的一种新状况。汤姆那天早晨耍的花招，他本来还觉得只是一个很好的玩笑，而且非常聪明，现在却只显得卑鄙和下流。他低下头来，想不出说什么才好。

然后他说：“阿姨，我后悔不该那么做，可是我没有想一想。”

“啊，孩子，你从来就不用脑筋，除了你的自私心理以外，你根本就什么也不会想到。你想到夜里从杰克逊岛那么老远跑回来，拿我们的苦痛开玩笑，你还想到撒谎说是做了一个梦来骗我；但就是不会想到可怜可怜我们，不让我们伤心。”

“阿姨，现在我明白那是不对的，可是我本来没有打算那样做。说实在话，那不是我的本意，并且我那天晚上回来，也不是为了和你们开玩笑！”

“那么你回来打算干吗？”

“那是为了叫您别为我们难过，因为我们并没淹死。”

“汤姆，我要是能相信你真正有过那么好的心，那我就是世界上最快活的人了。可是你自己明白，你根本没有那种心思。我也明白呀！汤姆。”

“阿姨，我的的确确是那么打算的，我要是没有那个意思，我情愿马上就死。”

“啊，汤姆，别再撒谎。你会把事情弄得更糟的。”

“这不是撒谎，阿姨，我说的是真话。我本来是想不叫您伤心的，我回来就是为了这个。”

“我无论如何也不能相信你这种话。你要真是那样，简直就可以把一大堆罪过都抵消了，汤姆。要是真的，我说不定还会觉得你跑

“过了一会儿，她就念着汤姆那块树皮上的字，她一面流泪，一面说道：‘现在哪怕这孩子犯一百个过错，我也能原谅他！’”

珍·克里门斯是马克·吐温的母亲，一位很有活力、很特别、很虔诚的女性，波莉阿姨这个角色正是她的化身。

出去那么胡闹反而使我高兴哩！可是你那个说法未免太不近情理了，因为你为什么不告诉我呢，孩子？”

“唉，您瞧，我听见您谈到要给我们办丧事，就满心地只想着我们溜回来藏在教堂里，我无论如何也不肯把这件好玩的事情放过。所以我就把那块树皮又放回口袋里，干脆不做声了。”

“什么树皮？”

“我在上面写了字的那块树皮，我告诉您说我们出去当海盗去了。现在真想那天晚上我亲吻您的时候，您就醒过来了才好。说真话，我真想那样才好。”

他阿姨脸上那些严肃的皱纹松开了，她眼睛里忽然闪出慈爱的光芒来。

“你真的亲吻了我吗，汤姆？”

“唉，真的，我的确亲过。”

“你记得你亲过吗，汤姆？”

右图，旅人正等待汽船到达。1835年塞缪尔·克里门斯出生前，他们家搬到了佛罗里达，投靠母亲一位在当地事业有成的亲人，所乘坐的交通工具应该也是蒸汽船。

“唉，记得，我真的亲过，阿姨。”

“你为什么要亲我呢，汤姆？”

“因为我很爱您，那时候您躺在那儿直哼哼，我听了真难受哩！”

这话好像说得不假。

“你再跟我亲亲吧，汤姆。快上学去，别再缠我了。”老太太说着，隐藏不住激动的颤声。

密西西比河上靠近汉尼拔的小岛。

他刚一走开，她马上就跑到一间小屋里，把汤姆穿去当海盗的那件破得不成样子的上衣取出来。然后她把它拿在手里，停止了动作，心里想着：“不，我不敢戳穿。可怜的孩子，我猜他又是撒了谎。可是这个谎真是叫人痛快，叫人痛快，这里面包含着很大的安慰。我希望上帝……我准知道上帝一定会原谅他，因为他撒这个谎是表示好心眼儿，可是我不愿意戳穿这个谎，我还是不看吧！”

她把那件上衣放到一边，站着沉思了一会儿。她两次伸出手去想要再拿那件衣服，两次都把手缩回去了。最后她又一次大胆伸手去取，这回她为了加强自己的决心，就这么想：“这个谎撒得好，这个谎撒得好，我绝不会让它叫我伤心。”于是她搜了一下那件衣服的口袋。过了一会儿，她就念着汤姆那块树皮上的字，她一面流泪，一面说道：“现在哪怕这孩子犯一百个过错，我也能原谅他！”

“全场静默了一阵，足够从一数到十的工夫，同时老师正在鼓足他的怒气。‘谁撕了这本书?’”

20 汤姆替蓓琪挨了惩罚

波莉阿姨和汤姆亲吻的时候，她的态度起了安慰作用，把汤姆的苦闷心情扫除了，又使他恢复到轻松愉快的状态。他往学校走去，碰巧在草场巷口的地方遇见了蓓琪·萨契尔。他的态度照例是以他的心情为转移的。他片刻也不迟疑地向她跑过去说：“蓓琪，今天我做得很不对，实在很对不起你。我一辈子也绝不会、绝不会这么做了，请你再跟我和好吧，行不行?”

那女孩站住了，她轻蔑地直冲着他的脸望着：“汤玛斯·索亚先生，谢谢你，别再缠我了吧，我永远也不再跟你说话了。”

她把头一仰，就往前走了。汤姆一下子目瞪口呆，沉不住气，竟至连说一声“谁在乎呢，漂亮小姐?”都没有说得出口，等到他清醒过来，已经来不及说了。所以他就什么话也没有说，可是他却气得要命。他很晦气地走到学校的院子里，心里想着她要是个男孩才好。他想像着她假如是个男孩，他就要怎样痛打或是臭骂她一顿。随后他再碰见她，走过她身边的时候，就说了一句刺耳的话。她也就回敬了一句，于是他们完全决裂了。蓓琪怀着火辣的怨恨，似乎迫不及待地盼着学校赶

《解剖学》里引人好奇的性知识，包含了对性器官和人体构造的解说，这在当时被视为禁忌。

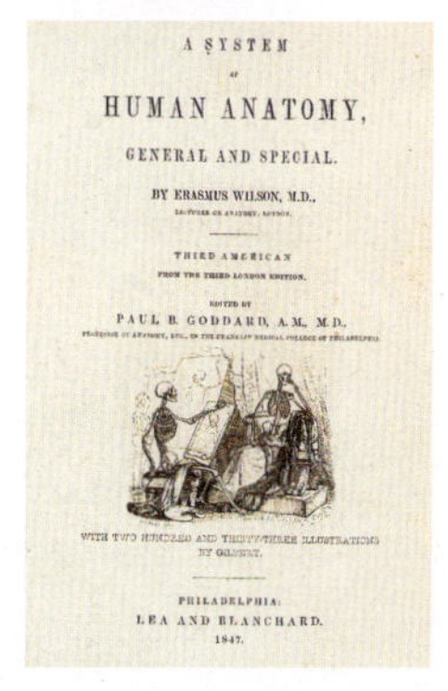
A SYSTEM

HUMAN ANATOMY,

GENERAL AND SPECIAL.

BY ERASMUS WILSON, M.D.,

THIRD AMERICAN

FROM THE THIRD LONDON EDITION.

EDITED BY

PAUL B. GODDARD, A.M., M.D.,

PHILADELPHIA:

LEA AND BLANCHARD.

1847.

快上课，因为她急于要看到汤姆为了那本弄脏了的拼音课本而挨鞭子。虽然她本来还有一点踌躇的念头，打算揭发亚尔弗勒·邓普尔，可是现在汤姆惹火了她，就把她那个念头完全赶跑了。

可怜的女孩，她还不知道自己马上就要大祸临头哩！教师杜平先生已经到了中年，还怀着一个未曾如愿以偿的野心。他最热衷的愿望就是想当一个小医生，可是贫穷注定了他的命运，使他只当了一个村镇上的小学教师而且无法升迁。每天他从书桌里取出他那本神秘的书来，趁着没有学生背诵的时候埋头钻研。他平常老是把那本书锁在书桌里。学校里没有一个孩子不想得要命，总希望能看它一眼，可是始终没有机会。每个男孩和女孩对于那本书的性质，各有一种见解，可是没有两个人的见解是相似的，而事实究竟怎样，又无法弄个分明。老师的书桌离门口很近，这一回蓓琪从那儿走过的时候，居然发现钥匙放在锁洞里！这是千载难逢的机会。她向周围张望了一下，看见没有别人，马上就把那本书拿到手里了。书的封面上有“某某教授的解剖学”这些字，可是她还是看不出到底是怎么一回事，因此她就揭开书页来看。她马上就翻到了一张制版精细的彩色卷头插图，一个赤裸裸的人体像。正在这时候，有一个影子落在书页上，汤姆·索亚走进门来了，并且瞟了那张图画一眼。蓓琪连忙把那本书扯了一下，要把它合上，可是不幸把那张彩色插图撕开了一半。她把那本书扔到书桌里，锁上抽屉，又羞又气地大哭起来。

“汤姆·索亚，你这样贼头贼脑，悄悄过来偷看人家正在看的东西，简直是卑鄙透了。”

“我哪儿知道你在瞧什么呀？”

“你该知道害羞才好，汤姆·索亚。你会告我，你自己知道，啊，我怎么办呀？怎么办呀？我准会挨揍，可是我在学校里从来没挨过揍哩！”

然后她把小脚在地上跺了几下，说道：“只要你打算那么下流，随你的便吧！我可也知道要出一件事情哩！你等着瞧就知道了！可恶、可恶、可恶！”于是她又爆发了一阵哭声，愤怒地跑到教室外面去了。

汤姆被这一阵辱骂弄得不知所措，便站着不动。随后他就暗自想道：“女孩子真是稀奇古怪的傻子，从来没在学校里挨过揍！见鬼，挨揍算什么！女孩子就是这样，她们的脸皮太薄，胆子也太小了。哼，我当然不会向杜平那老家伙去告这个小傻子喽，因为要和她算账，还有别的办法，用不着这么卑鄙，可是那有什么关系？老杜平会问，是谁撕破了他的书。谁也不会回答。然后他就会照老办法做—— 一个一个地问，他问到犯了错的那个女孩子的时候，那就用不着谁告，他也看得出。女孩子的脸上老是沉不住气。她们都是些软骨头，她会挨揍的。唉，这一关可叫蓓琪·萨契尔不好过，因为根本就无路可逃。”汤姆把这件事情再仔细琢磨了一会儿，然后又想道：“算了吧，她要是看到我碰上这种晦气事，还不是很高兴嘛，让她去干着急地等着吧！”

“她又爆发了一阵哭声，愤怒地跑到教室外面去了。”

汤姆又到外面和那些嬉闹的同学们混在一起了。过了不久，老师来到，就上课了。汤姆对他的功课并不感觉有浓厚的兴趣。他每次偷偷地往教室里女孩子坐的那一边瞟一眼，蓓琪的脸色就使他心慌。他想起一切事情，当然不愿意对她表示同情，可是他最多也不过是不表示同情而已。认真说起来，他反正没有幸灾乐祸的感觉。随后汤姆发现了那本弄脏了的拼音课本。

蓓琪从她那种苦恼造成的麻痹心境中清醒过来后，对这件事情的进展起了很大的兴趣。她预料汤姆即使否认在书上泼了墨水，也不能摆脱这场灾难，而她果然是猜对了。汤姆的否认似乎把事情弄得更糟。蓓琪以为自己会因此而高兴，她还竭力要相信自己的确是高兴，可是她发觉这是靠不住的。后来到了万分严重的时候，她心里起了一种冲动，想要站起来告发亚尔弗勒·邓普尔，可是她强制着自己保持沉默。因为，她心里想："他一定会告我撕破那张图画的事情。我可要一声不响，哪怕是要他的命我也不管!"

汤姆挨了一顿鞭子，回到他的座位上去。他丝毫也不伤心，因为他想着自己可能在和别人起哄的时候，不知不觉地打倒了墨水瓶，泼在拼音课本上了。他之所以否认，是为了一些形式，因为这是老规矩；他之所以否认到底，是为了坚持原则。

整整一个钟头糊里糊涂地过去了，老师在他的宝座上坐着打瞌睡，空中充满了嗡嗡的读书声，令人困倦。过了一会儿，杜平先生挺直身子坐正，打了个哈欠，然后开了书桌的锁，伸手去取那本书，可是又似乎打不定主意，不知究竟是把书拿出来还是让它放在抽屉里好。大多数的学生都无精打采地抬头望着，可是其中有两个却以专注的眼睛仔细看着他的动作。杜平先生心不在焉地用手指把书摸了一会儿，然后把它拿出来，往椅子上一靠，准备要念。汤姆向蓓琪瞟了一眼，他看过一只被猎人追捕的兔子，当猎枪对准了它的头的时候，它那走投无路的样子。蓓琪现在的神情，就一模一样。他立刻就忘记了和她的口角。

赶快吧!总得想个办法!还得马上就做!可是正因为危机迫切,他的脑筋更加迟钝，一下子想不出好主意来。好，他灵机一动，想出了一个好办法!他打算跑过去，把那本书抢到手，就冲出门去跑掉。可是他的决心动摇了片刻工夫，结果就失去了机会，老师把书揭开了。

随即老师就正视着全班学生。他一瞪眼，每个人都把眼睛垂下了。他的眼光里含着一股杀气，连无罪的孩子们都吓得要命。全场静默了一阵，足够从一数到十的工夫，同时老师正在鼓足他的怒气。

"谁撕了这本书?"

一点声音也没有，连一根针掉下都可以听得见，沉默继续着。老师一个一个地查看孩子们，希望找出犯罪的神色。

"班杰明·罗杰，是你撕了这本书吗?"

班杰明否认了。又停了一会儿。

小女孩被规定必须看具有教育意义的作品，以加强涵养品性及提升心智。上图取自一本名为《Marmaduke Multiply》(1841)书中的插画，画中乖顺的小妇人正在阅读类似的书籍。

“约瑟夫·哈波，是你吗?”

又是一次否认。在这种审问程序的缓慢折磨之下，汤姆不安的情绪越来越紧张了。老师把一排一排的男孩子一个个仔细看了一遍。他想了一会儿，然后转身向着女孩子这边问道：“是艾美·劳伦斯吗?”

她摇了摇头。

“是格雷赛·密拉吗?”

同样的表示。

“苏珊·哈波，是你干的吗?”

又是否定的答复。

“瑞白嘉·萨契尔！”

(汤姆向她脸上望了一眼，她的脸色因为恐惧而更加惨白了。)

“是你撕坏了这本书吗?”

有一个念头闪电似的在汤姆脑海里突然出现。

他猛一下站起来，大声嚷道：“是我干的!”

全班学生莫名其妙地瞪着眼睛望着这个不可思议的愚蠢举动。汤姆站了一会儿，好把他那四分五裂的心神安定下来。当他往老师那儿走过去接受惩罚的时候，可怜的蓓琪眼睛里闪射到他身上的惊奇、感激和爱慕的神情，足够抵偿他挨一百顿鞭打的痛楚。他被自己这个举动的光荣所鼓舞着，一声也不号叫，接受了一顿最无情的毒打。像这样凶狠的打法，连杜平先生也从来没有下过手，另外他还满不在乎地接受了一个额外的残酷命令，罚他在放学以后在学校多待两小时。因为他知道谁会在外面等着他，一直等到他的禁闭终了，而且还不会把那一段恼人的时间当成损失。

那天晚上汤姆上床睡觉时，心里盘算着如何报复亚尔弗勒·邓普尔，因为蓓琪又害羞又懊悔地把一切都告诉了他，连她自己不忠实的行为也说出来了。可是连这种复仇的欲望也只过了一会儿，就不得不让位于一些更加欢喜的念头。后来他终于睡着了，耳边还有蓓琪刚才说过的一句话隐隐约约地回荡着：“汤姆，你怎么会这么了不起呀！”

“有一个念头像闪电似的在汤姆脑海里突然出现。他猛一下站起来，大声嚷道：‘是我干的！’”

21
口才练习和老师的金脑袋

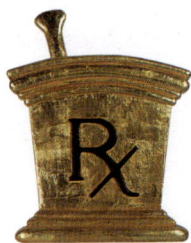

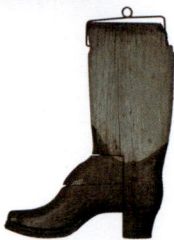

招牌可以让人对店家的性质一目了然。最上方是一面画着药钵及药杵这两样象征药房的招牌；次图为做成靴子状的招牌，欢迎旅人光临该旅店。

暑假快到了。一向严厉的老师现在变得比过去更加严厉、更加苛求，因为他要这所学校在毕业大考那一天大出风头。他的教鞭和戒尺现在很少有闲着的时候了，至少在那些较小的学生当中是很忙的。只有最大的男孩和十八岁到二十岁的大女孩才免于挨打。杜平先生打起来是很凶的，因为他的假发底下虽然盖着一个完全光秃和发亮的头，他却不过到了中年，而且他的气力还没有衰退的现象。那个盛大的日子即将来到的时候，他的横暴作风通通表现出来了，他似乎是很爱惩治一些最微小的过失，借此取得惩罚的愉快。结果是，一些个头比较小的孩子白天在恐怖和苦难中过日子，夜里就商量着如何报复。他们从不错过给老师捣蛋的机会，可是他又随时都占了上风。随着每次复仇的成功而来的

惩罚总是非常厉害、非常威风，以至于那些孩子照例是遭到惨败而退出战场。最后他们就在一起图谋对策，终于想出一个妙计，预料可以获得辉煌的胜利。他们找到一个招牌油漆匠的孩子加入他们这一伙，把他们的主意告诉他，请他帮忙。这个孩子有他自己的理由对这件事情感到兴趣浓厚，因为这位教师在他父亲家里寄宿，有不少事情惹得这孩子很恨他。教师的太太在几天之内要到乡间去访问亲友，因此他们这个计划就不会遭到任何的阻碍。老师每逢有什么盛会，照例都是事先喝得大醉，借此给自己壮胆。招牌油漆匠的孩子说，到了大考那天晚上，等这位老师醉到相当程度，他就在他靠在椅子上打瞌睡的时候“趁机会下手”，然后到了适当的时刻，就把他弄醒，催他到学校去。

到了一切准备就绪的时候，那个有趣的盛会终于举行了。晚上八点钟，校舍里灯火辉煌，还装饰着许多红花绿叶

毕业和颁奖典礼的场面经常都很盛大，包括演讲、颁发证书、奖品，并且为学生及学生家人举办的宴会。

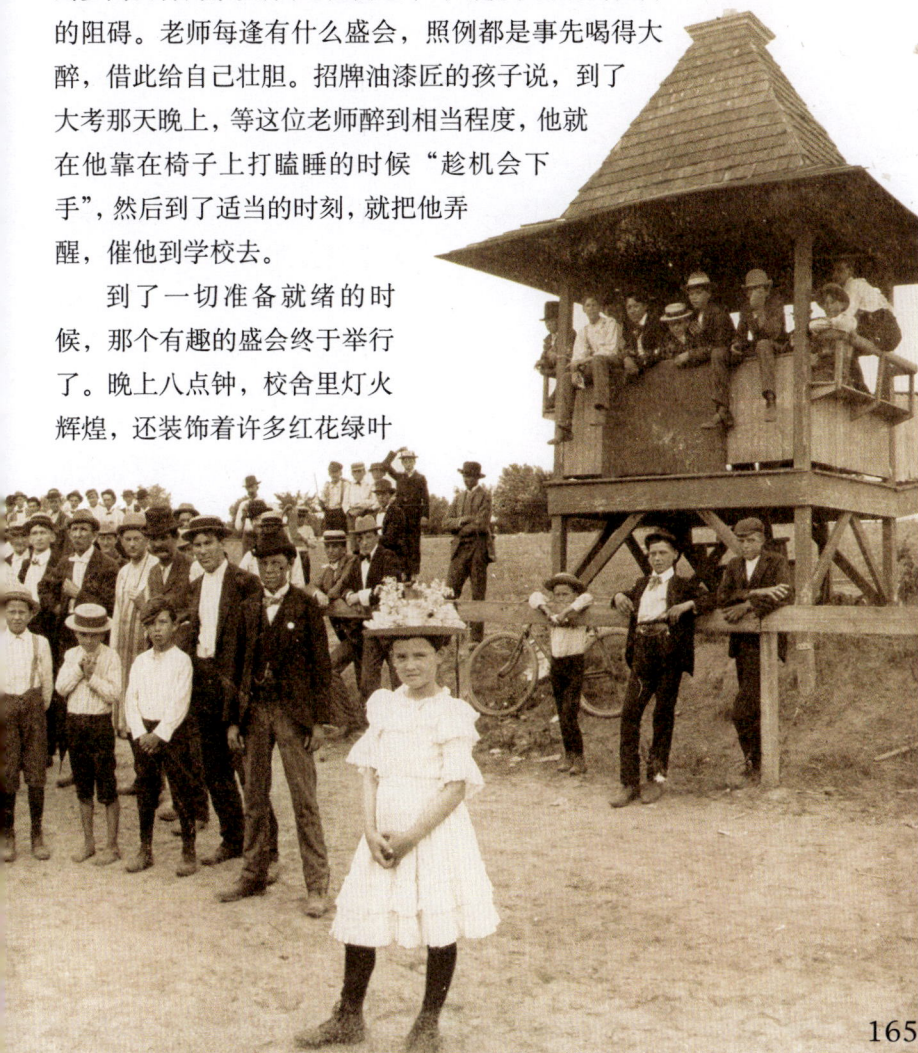

的彩环和彩结。老师在一个高高的讲台上坐在一把宝座般的大椅子里，背后挂着黑板。他显得有几分醉意。在他两旁，每边三排条凳，前方六排，都坐着镇上的贵宾和学生家长。在他左手边，一排一排的贵宾和家长背后，有一个很大的临时讲台。讲台上面坐着这天晚上将要参加各项作业练习的学生：有一排一排的小男孩，个个洗得干净，穿得整整齐齐；有一排一排呆头呆脑的大男孩；还有像雪人儿似的一排一排大大小小的女孩们，穿着细麻布和软洋布的衣裳，不是有意无意地炫耀自己裸露的胳臂，就是身上戴的那些祖母遗留下来的老式小装饰品，或是那些小块小块的粉红色和蓝色的缎带，以及插在头发上的鲜花。其余的地方，则坐满了不参加作业练习的学生。

作业练习开始了。一个很小的男孩站起来，挺害臊地背诵着“诸位大概难于料到我这种年龄的孩子会到台上来当众讲话”，诸如此类的一套。同时他还很吃力地做出一些准确而生硬的姿势，配合着他讲的话，好像是机器的动作一般，这还要假设那架机器是有点毛病的。可是他虽然吓得很惨，还是安然地渡过了难关，并且当他僵硬地鞠一躬退场的时候，还获得了满场的掌声。一个脸皮很薄的小女孩背诵了一首诗《玛丽有一只小羔羊》，令人爱怜地请了一个安，也获得了她的一份掌声，然后红着脸、快快活活地坐下了。

汤姆·索亚自负又满怀信心地走上前去，气势雄壮地背诵热情奔放、锐不可当的《不自由，毋宁死》。他慷慨激昂地背诵着那篇演说，还做了些疯狂的手势，可是，他背到中途就接不下去了。他感到可怕的怯场，两条腿直发抖，简直喘不过气来了。他固然得到了全场的同情，但同时也遭到了大家的冷场，这比同情更叫他难受。老师皱了皱眉头，这就使他的不幸到了极点。汤姆挣扎了一会儿，然后惨败退场。有人也勉强鼓了一下掌，但声音很微弱，很快就平静下来了。

随后是《那孩子站在燃烧的甲板上》，还有《亚述人来了》和其他珍贵的诗篇背诵。然后是朗读表演和拼音比赛。人数特别少的拉丁文背诵获得了荣誉。现在轮到这个晚上最精彩的节目了——女孩子们独出心裁的“作文”。各人轮流走到讲台边上轻轻地咳一声，把底稿在面前举起(用鲜艳的丝带扎好了的)，然后便开始念起来了，由于注意到“传神”和语气的加重，声音显得很做作。题材总是那一套，都是她们的母亲和祖母早已在这一类的场合发挥过了的，不用说，是她们母系方面所有的。祖先，一直回溯到十字军时代，也

毕业典礼有时很像是信徒听道的露营集会，这些集会往往在帐篷下或露天举行，典礼时间可长达好几个小时。

都是发挥过这些题材的。《友谊》是其中之一；此外还有《往事的回忆》、《历代的宗教》、《梦乡》、《论文化的益处》、《各种政体的比较与对照》、《感伤》、《孝道》、《心愿》等等。

这些作文的普遍特色，在于一种故意培养出来的伤春悲秋的意味；另一个特色是“漂亮的词藻”泉涌而出，过于丰富；还有一个特色，是喜欢把一些特别喜爱的字词和语句硬加铺陈，一直用到陈腐不堪的地步。还有一种特征最足以明显表现这些文章的标志和缺陷，那就是每篇文章末尾都要带上一段由来已久，并且讨厌至极的说教，好像一只狗摇着一截斩断的尾巴一样。不管是什么题目，做文章的人照例要绞尽脑汁，七弯八转地说出一番大道理来，为的是叫讲道德和信奉宗教的人仔细琢磨，产生启发的作用。这些说教的话分明都是毫无诚意的，可是这并不足以使这种体裁在学校里遭到淘汰，现在也还是一样。或许只要世界存在，这点毛病就永远不足以使这种体裁归于淘汰吧！我们全国还没有一个学校里的女孩子不感觉到她们的文章非有一段说教的结尾不可；并且你还会发现，全校最轻浮和对宗教信仰最差的女孩子，写出来的说教每每是最长的，而且是最虔诚无比的。可是，我们就别提这些了吧！反正平平常常的老实话，是不吃香的。

传教士传教时都以露营会议的形态向乡村大众讲道，气氛安排得如同过节，以轻松的方式让听众了解枯燥严肃、讲求"恶有恶报、善有善报"的经文。

我们再回过头来谈那次考试吧！首先念出来的一篇作文，题目是《人生，原来是如此吗?》现在我们抄出一两段来，不知读者是否还忍受得了：

在日常的生活环境中，青年人心中盼望着预期的快乐场面，情绪何等愉快啊！他们在想像中日夜描绘着玫瑰色的欢乐情景，忙碌不已。耽于纵乐、醉心于时髦生活的角色在幻想中看见自己在欢乐的人群中，受着所有在场人的注视。她那苗条的身材，披着雪白的衣裳，在欢舞的迷乱中飘飘地旋转：在那快乐的舞会中，她的眼睛最有光彩；她的脚步特别轻盈。

在这种甜蜜的幻想中，时光飞快地逝去；最后欢迎她走入那使她做过许多美梦的极乐世界的日子终于来到了。在她那入了迷的视觉中，一切都显得像仙境一般，何等神妙！神奇的景象一个比一个更加诱人。但为时不久，她就发觉这种美妙的外表之下，一切都是虚幻；曾经使她心醉神迷的那些恭维话，现在使她听了只觉得刺耳：舞厅已失去它的魔力；她拖着衰弱的身体，捧着一颗伤痛的心，终于摆脱这种生活，深信人世的欢乐不足以满足心灵的渴望！

还有诸如此类的话。在朗诵这篇文章的时候，随时可以听见一片啧啧赞赏的低语声，另外还有一些人悄悄地发出"多么美妙呀!""多么动人呀！""真是有道理!"等等的赞叹声；在这篇东西以一段特别恼人的说教结束了之后，全场都报以热烈的鼓掌。

然后有一个柔弱的、忧郁的女孩，带着一副由于经常吃药和消化不良而来的"引人注意的"苍白面容，站起来念一首"诗"。这里只抄出两节来就够了：

密苏里少女告别阿拉巴马

再会吧，阿拉巴马，我很爱你！
但我暂时要和你别离！
我心中充满了依依难舍的离愁，
脑海里翻腾着烈火一般的回忆；
因为我曾漫游你那多花的树林，
我曾在达拉彼萨溪边读书和散步，
我曾倾诉达拉西激荡的急流，
我曾在库萨山腰向晨光招呼。
但我如今伤心叹息，不以为羞，
含泪回首，也不脸红；
我即将离别的并非陌生的地方，
我望着叹息的也不是陌生的面孔；
我受到亲切的欢迎和款待，
如今却要告别你那幽谷与高山；
假如有一天我不热烈地怀念你，
亲爱的阿拉巴马，那定是我已不在人寰！

“在朗诵这篇文章的时候，随时可以听见一片啧啧赞赏的低语声，另外还有一些人悄悄地发出‘多么美妙呀！’‘多么动人呀；’‘真是有道理！’等等的赞叹声。”

在场的只有很少数人知道“人寰”是什么意思，不过大家还是对这首诗很满意。其次出场的是一个黑脸蛋、黑眼睛、黑头发的女孩，她含着给人深刻印象的神情静立了一会儿，露出一副悲惨的表情，用一种有节奏且庄严的音调朗诵起来。

幻境

夜色深沉，风狂雨暴。上帝的宝座周围没有一颗星儿闪烁；但雄壮的雷鸣不住地在耳鼓上震荡；同时可怕的闪电发出暴怒的光芒，从乌云

“猫儿离那专心一意的老师的头顶只差六寸了，再下来，再下来，再低一点，它那无可抓拿的脚爪就抓住了老师的假发。”

本杰明·富兰克林(Benjamin Franklin, 1706—1790), 1776年美国独立宣言的起草者之一，是哲学家、新闻记者、演说家，亦是一位自学的学者，他对闪电和电流的研究也极负盛名(如：避雷针的发明)；写作是他另一长项，他曾出版过一本名为《可怜理查的年鉴》(Poor Richard's Almanac)的书，内容充满妙趣横生的格言、谚语、幽默人物特写和对事物敏锐机智的观察。

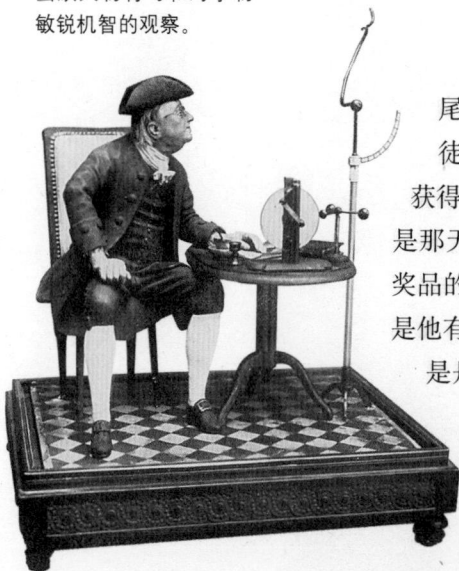

的天宫里钻出来，似乎是藐视有名的富兰克林对它的威力所加的控制！连那一阵一阵狂暴的风，也一致从它们那神秘的巢穴里冲出来，到处咆哮，似乎是要借着它们的帮助给这狂暴的场面增加一些威风。

在这样一个黑暗、阴沉的时候，我的心灵深处不禁为了渴求人类的同情而悲叹；但正在这个关头，“我最亲爱的朋友，我的顾问、我的安慰者和向导……”

“我悲伤中的快乐、我欢乐中的第二幸福”来到我身边。

她像那些富于想像的青年人所描写，在幻想的伊甸乐园里，遍地阳光的散步广场中那些活泼的仙女一般，轻飘飘地走动着，简直是一个美丽的皇后。除了她本身的非凡美貌以外，没有其他的装饰。她的脚步非常之轻，连一点声响都没有，如果不是她也和其他温柔的美女一样，亲切的抚摸予人一种神妙的快感，那她一定会溜过我们身边还不让人发觉——不让人追寻。当她伸手指向外面的狂风暴雨，叫我注视它们所象征的两个角色时，她脸上显出一副奇特的愁容，好似冬神的雪白袍子上冻结的泪珠一般。

这一场噩梦占了十页上下的底稿，结尾又是一番说教的话，把不属长老会的教徒们说得毫无得救的希望，因此这篇作文获得了第一名的奖品。大家都认为这篇文章是那天晚上最出色的作品。村长给作者颁发奖品的时候，说了一番热烈赞赏的话，他说这是他有生以来所听到写得最动人的东西，即使是丹尼尔·韦伯斯特听了也会感到得意的。

顺便可以提一下，那些特别爱用“秀丽”二字，以及把人生的经历说成“人生之一页”的文章，还是多如往常。

Utah
virginie
columbia

丹尼尔·韦伯斯特(Daniel Webster, 1782—1852)是来自马萨诸塞的出色演说家,他极力维护美国宪法对抗南方(the South)鼓吹拥有自治权利、不愿受限于国家命令的论调。韦氏是伟大的演说家,他的名言是:自由与联邦永存(liberty and union, now and forever),这段话出自1830年1月27日他于华盛顿的一场反对解散联邦演说。

这时候，那位老师借着几分醉意，几乎是到了兴高采烈的地步。他把椅子往旁边一推，转过身背朝着台下的听众，在黑板上开始绘一幅美国地图，准备考地理课。可是他的手老是发抖，结果画得很糟糕，于是全场发出了一片强制压抑的嗤笑声。他知道是怎么回事，就连忙设法挽救。他擦掉一些线条，重新画上；可是他画得更不成样子，嗤笑声也就更加响亮了。于是他集中全副精神来做这件事情，似乎是下了决心，不因大家的嬉笑而泄气。他感觉到所有的眼睛都在盯着他。他想像着自己把地图画得很好了，可是嗤笑声还在继续不停，甚至还显然更大了。本来也难怪。讲台上面有一个顶楼，顶楼上开了一个天窗，正在老师的头顶上。这时候从天窗里降下一只猫来，它腰部拴着一根绳子，使它悬空。它头上和嘴上捆着一块破布，因而不能叫唤；它慢慢下降的时候，把身子向上弯曲，用脚爪抓那根绳子，然后又翻身掉下来，在那抓拿不着的空中乱抓。嗤笑声越来越大，猫儿离那专心一意的老师头顶只差六寸了，再下来，再下来，再低一点，它那无可抓拿的脚爪就抓住了老师的假发，牢牢地抓起。它和它所夺得的锦标一下子就被提到顶楼上去了！灯光照在老师的秃头上，照得多么明亮——因为招牌油漆匠的孩子早已把他的头顶涂上一层金漆了！

这样大家就散会了，孩子们总算报了仇。暑假也来到了。

附注·本章所引的几篇假托的“作文”是一字不改地取材于一本《西部某女士著的散文与诗歌》——可是这些作品都恰好是照女学生的体裁写的，所以干脆引用这些材料，比采用任何仿制品还要合适得多。

——作者原注。

22
哈克·费恩引用《圣经》

塞缪尔·克里门斯和同学有一段时间是禁酒社的社员，这个社团不仅反酒，也反无所事事及犯罪，社员发誓戒酒，并且要运用一切适当的手段劝人戒酒或不卖酒。上图是禁酒之子(Sons of Temperance)社员证书。

汤姆因为受了少年节制会漂亮“绶带”的吸引，而加入了这个新的组织。他答应戒掉吸烟、嚼烟和冒渎上帝的毛病，一日会员，一日不破戒。结果他有了一个新的发现，那就是答应不做某样事情，正好足以使一个人想去做那件事情。汤姆不久就发觉他自己被一种想喝酒和咒骂的欲望所折磨，这个欲望变得非常迫切，以至于唯有希望自己能有机会背上红绶带出出风头的愿望，才能使他打消退会的念头。七月四日快到了，可是他很快就放弃了这个愿望，他带上他的枷锁还不过四十八小时，就把这个愿望放弃了。他又把希望寄托在治安推事弗雷塞老法官的身上，因为这位法官显然是病得快死了，而且由于他有那么高的职位，死后一定会举行盛大的丧礼。汤姆熬了三天，深切地关心着法官的病况，渴望得到他的消息。有时候他的希望大为增长，以至于他竟大胆取出他的绶带来，对着镜子表演一番。可是法官的病情变化得令人非常晦气。后来他终于有了好转的消息，随后就逐渐恢复健康了。汤姆大为懊恼，他简直觉得受了委屈，于是他马上申请退会，偏巧在那天晚上，法官忽然因旧病复发而死。汤姆抱定决心，以后再也不相信这种人了。

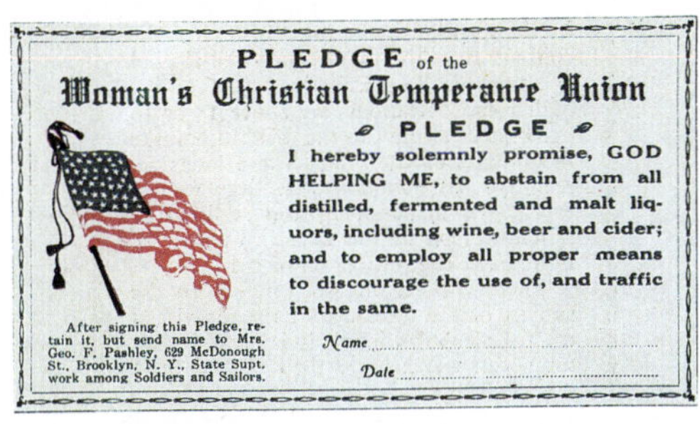

PLEDGE of the
Woman's Christian Temperance Union

PLEDGE

I hereby solemnly promise, GOD HELPING ME, to abstain from all distilled, fermented and malt liquors, including wine, beer and cider; and to employ all proper means to discourage the use of, and traffic in the same.

Name ....

Date ....

After signing this Pledge, retain it, but send name to Mrs. Geo. F. Pashley, 629 McDonough St., Brooklyn, N. Y., State Supt. work among Soldiers and Sailors.

女性基督徒禁酒联盟的誓言。

丧礼举行得很神气。少年节制会的会员们派头十足地排队游行，简直使这位才退了会的会员气得要命。不过，汤姆毕竟又恢复自由了，这究竟有一点好处。现在他可以喝酒和骂人了，可是他很惊奇地发觉自己并不想做这类事情。正因为他可以有做的自由，就消除了他想做的欲望，而且使这种欲望失去了魔力。

汤姆随即就很纳闷地发觉：那渴望已久的暑假渐渐有些使他感到沉闷无聊起来。

他企图写日记，可是过了三天没有发生什么事情，所以他就放弃了这个主意。

黑人行吟歌手中，演奏最好的一位来到了这个镇上，轰动一时。汤姆和乔伊·哈波凑集了一个表演队，快活了两天光景。

连光辉的七月四日也在某种意义上成了一个大煞风景的日子。因为那天的雨下得很大，因此也就没有游行，而世界上最伟大的人物(照汤姆的想法)，不折不扣的美国参议员班顿先生，原来是一个叫人大失所望的角色——因为他并没有二十五尺高，甚至连这种身材的边都挨不着哩！

马戏团来了。从那以后，男孩子们就在破烂的毯子做成的帐篷里玩了三天马戏团的游戏，入场费是男孩三根别针、女孩两根——然后大

每逢七月四日美国国庆日，许多民众都会上街挥动国旗庆祝，以纪念1776年美国国会宣布脱离英国独立的日子，这一天各界更会举办演讲、游行、野餐、音乐会和放焰火等庆祝活动。下图为十九世纪中西部一城镇举行的国庆游行。

家又把这种游戏放弃了。

随后又来了一个摸骨专家和一个催眠师，他们又离开了这里，结果反而使这个村镇比以前更加沉闷、更加枯燥了。

有时候也举行过男孩和女孩们的同乐会，可是由于这种会开得很少，而且非常愉快，以至于使当中间隔时期的苦恼空虚的意味更加令人苦恼。

蓓琪 · 萨契尔到她那君士坦丁堡镇的家里和她的父母过暑假去了，因此无论在什么地方，生活都是没有乐趣的。

那次可怕谋杀案的秘密，则是一个叫人长期不幸的原因。简直是一颗永远折磨人的毒瘤，然后又闹了一阵麻疹。

在漫长的两个星期里，汤姆像个囚犯似的躺着，对整个世界和世界上发生的事情都漠不关心。他害了很重的病，对任何事情都不感兴趣。后来他终于下了床，软弱无力地到镇上去走动的时候，一切事物和一切的人都起了一种阴沉的变化。镇上举

行过一个“奋兴会”，人人都“入了教”，不单是成年人，连男孩和女孩们都在内。汤姆到处走一走，在绝望之中一直希望着看见一个自得其乐的邪恶面孔，可是他到处都遇到了失望。他发现乔伊·哈波正在读《圣经》，就很丧气地离开这个恼人的情景。他再去找贝恩·罗杰，结果又碰见他提着一筐布道的小册子探访穷苦的人们。他又找到了吉姆·荷利斯，但吉姆却拿他最近害那一场麻疹的宝贵教训来提醒他，并作为一番警告。他所遇到的每一个孩子都大大地增加了他的丧气心情，后来他在无可奈何之中，终于跑到他的知己哈克贝利·费恩那儿去逃难，谁知费恩居然也引用了《圣经》里面的话来接待他，于是他的心都碎了，只好悄悄地溜回家去。躺在床上，心里感觉到全村只有他一人无可挽救，永远、永远不能升天了。

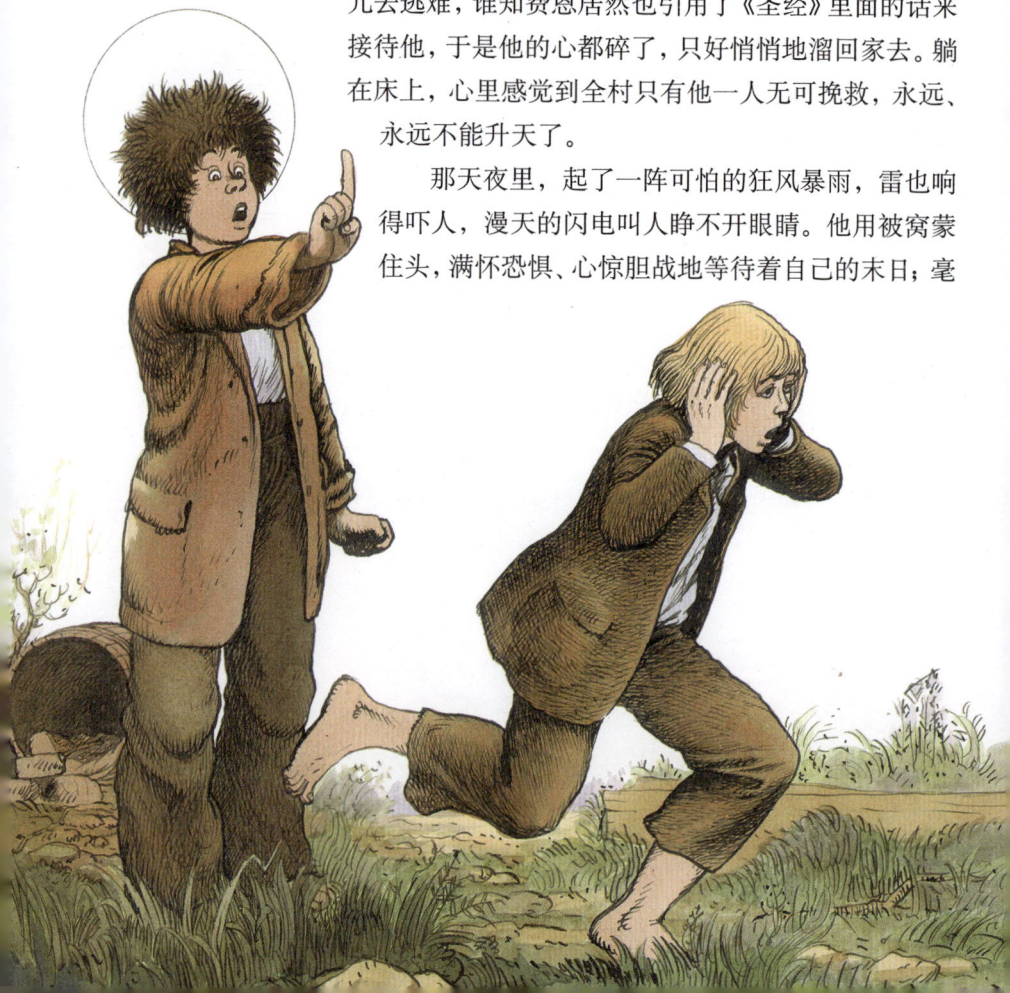

“他在无可奈何之中，终于跑到他的知己哈克贝利·费恩那儿去逃难，谁知费恩居然也引用了《圣经》里面的话来接待他，于是他的心都碎了。”

那天夜里，起了一阵可怕的狂风暴雨，雷也响得吓人，漫天的闪电叫人睁不开眼睛。他用被窝蒙住头，满怀恐惧、心惊胆战地等待着自己的末日；毫

无疑问，他相信这一阵狂呼怒吼完全是对他发作的。他相信他已经把老天爷惹到极点，使他忍无可忍，现在是报应来了。在他看起来，这样使用一排大炮来歼灭一只小虫，好像是小题大做，而且也未免太浪费弹药了，可是为了要把他自己这么一个坏虫脚底下的整块地皮彻底铲除，而掀起这样一阵狂风暴雨和雷电，似乎并不是什么不近情理的事情。

图中的小男孩拿着美国国旗和烟花庆祝美国国庆日。

后来暴风雨终于精疲力竭，没有达到目的就平息了。这孩子的第一个冲动的念头就是谢天谢地，准备改过自新。他的第二个念头是且等一等，因为以后也许不会再起暴风雨了。

第二天医生来了，汤姆的病又发作了。这次他在床上再躺了三个星期，简直像是整整的一世纪那么久。后来他下了病床走到外面的时候，回想起自己的情况多么凄凉，又想起他是多么孤单和寂寞，竟至并不觉得自己没有遭到雷打是什么值得庆幸的事。他茫然地顺着大街游荡，碰见了吉姆·荷利斯扮演法官，正在一个儿童法庭上审问一只犯了谋杀案的猫儿，被害的鸟儿尸体就在现场。他又往一条小巷里走，发现了乔伊·哈波和哈克贝利·费恩在那儿吃一个偷来的甜瓜。可怜的孩子们！他们也和汤姆一样，老毛病又发作了。

23
莫夫·波特得救

昏昏欲睡的气氛终于被搅动了，而且是搅动得很厉害，谋杀案在法庭上开审了。这立刻就成为镇上闲谈中唯一具有吸引力的题材。汤姆无法摆脱这件事情。每逢有人提起这个谋杀案，就使他心里发抖，因为他那怀着良心不安和恐惧的心理，似乎使他相信人家是故意把这些话说得让他听见，作为“试探”。他不明白别人怎么会疑心他知道这个谋杀案的内幕，可是他听了这类闲谈，却老是不能泰然处之。这些话时时刻刻都使他直打冷战。他把哈克拉到一个僻静的地方，和他谈一谈。他暂时吐露一下心事，和另一个吃苦头的人分一分心中的苦恼，也可以得到几分安慰。此外，他还要弄清楚哈克是否始终没有随便乱说。

“哈克，你可曾对什么人说过——那件事情吗?”

“什么事情?”

“你自己知道是什么事。”

“哦，当然没说过。”

“从来没说过一句吗?”

“连一个字也没说过，我敢向天赌咒。你干吗要问这个?”

“哎，我害怕。”

“汤姆·索亚，那事要让人家知道了，我们可是连两天都活不成，你也知道呀！”

汤姆觉得安心一些了，停了一会儿又说：“哈克，他们谁也不能叫你说出实话来，是不是?”

“叫我说实话?噢，我要是情愿让那个杂种王八蛋把我淹死，那他们就能叫我说出来。要不就怎么也不行。”

“好吧，只要是那样就行了。我想只要我们不做声，就可以安然无事。可是不管怎么样，我们再赌一回咒吧!那就更靠得住了。”

“我赞成。”

于是他们非常严肃地又发了一次誓。

“大伙儿说些什么，哈克?我可听到不少了。”

“说些什么?唉，还不老是莫夫·波特、莫夫·波特，一天到晚说不完。这些话时时刻刻老叫我提心吊胆，所以我很想到什么地方去藏起来。”

“他们在我身边也正是说这一套，我猜他准是完蛋了。你是不是有时候替他难受呢?”

“差不多老是替他难受哩，老是难受哩!他本来不算个什么，可是他从来没做过什么坏事情害人。不过是钓钓鱼，赚点钱来喝酒，到处游荡的时候多；可是天哪，我们都做这些事呀！至少我们这些人多半都是这样，连讲道的那一类人都是一样。可是他这个人心眼儿还不坏，有一回他钓的鱼不够两人分，他就给了我半条鱼；有许多回我的运气不好，他老是帮我的忙。”

“唉，哈克，他还帮我补过风筝，还给我的钓鱼线装上钩子哩！我很想我们能把他救出来才好。”“哎呀！我们可不能把他救出来啊，汤姆。还有呢，救出来也没有用，人家会把他再抓回去。”

“是呀，的确会抓回去。可是我一听见他们把他骂得像个鬼似的，真是难受，其实他根本没有干那件事情。”

“我也难受呀，汤姆。天哪，我听见他们说，看他那副样子，简直像是全国最杀人不眨眼的大混蛋，他们还说他从前不知为什么没被处绞刑呢！”

“是呀，他们一天到晚老是说这一套。我还听见他们说，他要是放出来了，大伙儿就要用私刑把他弄死呢！”

“他们真会那么做。”

两个孩子说了很久，可是没有得到什么安慰。天色渐黑的时候，他们俩就在那孤立的小监牢附近晃来晃去，也许是存着一种模糊的希望，但愿发生一件什么意外的事情，替他们解除困难。可是什么事情也没有发生，似乎是并没有什么天使或是神仙关心这个倒霉的囚犯。

这两个孩子还是照从前的老办法行事，到监牢的窗格那儿去，送点烟草和柴火给波特。他在地下的一层，又没有人看守。

他对他们礼物的感激原来就一直叫他们的良心受到谴责，这一次更是像一把刀似的割得更深。波特给他们说出下面这段话的时候，他们简直觉得自己胆小和

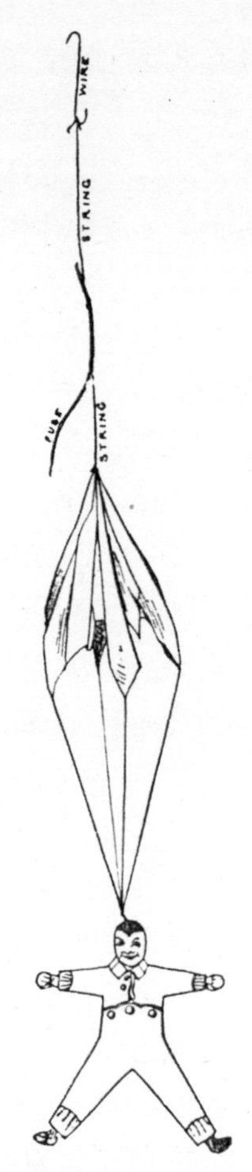

图为制作庆祝国庆的玩具降落伞的图解，取自《美国青少年实用手册》。

不忠实到了极点：

“孩子们，你们对我太好了，比这镇上的随便哪个人都好。我忘不了，忘不了。我心里老在想着，我说：‘我从前常给孩子们补补风筝，也给一些别的东西，还告诉他们什么地方最好钓鱼，老是拼命地跟他们要好。现在老莫夫倒了霉，他们都把他忘了，可是汤姆没忘记，哈克也没有。他们都没忘记他。’我说：‘我也就忘不了他们。’唉，孩子们，我干了一件糟糕的事儿。那时候是喝醉了，昏头昏脑，我只能找出这个理由来。现在我只好让人家把我吊死，这倒是应该的。不错，而且还挺好挺好哩，我想——反正我只能如此。好吧！咱们别谈这个了吧！我不愿意叫你们难受，你们俩对我是挺好的，可是我要告诉你们一句话，你们可千万别喝醉呀，那么你们就不会被关进这儿来。你们再往西边点儿站着吧，就这样。好了，一个人遭了这么个大祸，能够看到和他亲热的面孔，真是挺大的安慰。现在除了你们俩，谁也不来理睬我了。亲热的好面孔，亲热的好面孔。你们一个爬到一个背上，让我摸摸你们的脸吧！好了！咱们拉拉手吧，你们的手可以从窗格子里伸进来，我的可是太大了。小小的手，没力气，可是这双手帮莫夫·波特的忙可帮得很大，要是能帮更大的忙，那也会帮的。”

汤姆很悲伤地回到家里，那天晚上他做的梦都充满了恐怖。第二天和再往后的一天，他老在法院外面转来转去，心里有一种几乎无法抵抗的冲动，拉着他往里面走，可是他老是强迫着自己待在外面。哈克也有同样的体验。他们故意互相回避着，可是同一凄惨的吸引力很快地把他们拉回来。每逢那些闲人从法院里晃出来，汤姆老是竖着耳朵听，可是每次都听到令人焦急的消息，罗网越来越无情地把可怜的波特套得紧紧的了。第二天末了的时候，镇上的谣言都说印江·乔的证据确凿可靠，陪审团怎样裁决是毫无问题的。

汤姆那天夜里在外面待到很晚的时候，才从窗户里爬进来睡觉。他兴奋到了不得的地步，一直过了好几个钟头才能睡着。第二天早上全镇的人都蜂拥到法院去，因为这是个盛大的日子，挤满法院的听众当中，男女大约各占半数。等了很久之后，陪审团才排着队进来就座。随后过了一会儿，波特戴着镣铐被押进来了。他显得憔悴、苍白而且无助的样子，他坐在全场好奇的眼睛都能望得见的地方。印江·乔也是同样地显眼，他还是和原先一样地不动声色。又过了一阵，法官来到了，执法官才宣布开庭。随后是律师们照例的交头接耳和文件的收集。这些细节和相随的耽搁造成一种准备开庭的气氛，这种气氛产生了很深的印象，同时也具有很大的吸引力。

这幅画名叫《政治和雪茄》(Politics and Cigars)，为典型的边界幽默，用来嘲笑贪污、腐败和乱开支票的政客；相对地，一旁的男士代表了典型的拓荒者：诚实、脚踏实地、勇敢。

这时候有一位证人被召唤过来了，他证明在惨案被发现的那天清早时，曾经看见莫夫·波特在小河里洗澡，并且还说他立刻就溜走了。再问了一会儿之后，追诉方的律师说道："讯问证人。"

犯人抬起眼睛望了一会儿，当他自己的律师说出下面这一句话时，他又把眼睛垂下了："我没有什么问题问他。"

第二个证人证明他曾在尸体附近发现了那把刀。追诉方的律师说："讯问证人。"

"我没有什么问题问他。"波特的律师回答道。

第三个证人发誓说他常常看见波特带着那把刀。

"讯问证人。"

波特的律师拒绝对这个证人提出质问。听众的脸上开始流露出恼怒的神态了。这个辩护律师难道打算丝毫不想办法，就把他委托人的性命轻易送掉吗？

有几个证人都供述了波特被带到凶杀场所时的畏罪行动。被告的律师都没有盘问他们，就让他们离开证人席了。

不是每一个城镇都建有法院，有时谷仓也会用来充当法院。

那天早上在坟场里发生的对被告不利的情况，在场的人都记得很清楚，现在每一细节都由可靠的见证人供述出来了，可是他们没有一个受到波特的律师盘问。全场的惊疑和不满都用抱怨的低语表现出来了，结果引起了法官的一番申斥，于是控方律师说道："各位公民宣誓供述了证词，他们坦白的话是毋庸置疑的，我们根据他们宣誓的证词，判定这个可怕的罪行毫无问题的是被告席上这位不幸的犯人干的。本案终止提供证据。"

可怜的波特发出了一声呻吟，他双手蒙住脸，把身子缓缓地来回摆动着，同时一阵痛苦的沉寂笼罩着整个法庭。许多男人被感动了，许多女人淌着眼泪表示她们的怜恤。这时候被告的律师站起来说道："庭长，本案开始审讯的时候，我们在原先陈述的意见里弄错了目标，力图证明我的委托人是因为喝了酒，在盲目且不由自主的醉意影响之下，才做出这件可怕的事情。现在我们的见解改变了，我申请撤回那个辩诉。"然后他向书记说："带汤玛斯·索亚到庭！"

全场每个人脸上都突然显出一种莫名其妙的惊讶神情，连波特也不例外。汤姆站起来走到证人席的时候，每一双眼睛都含着惊奇的兴趣盯着他。这孩子因为大受惊吓，简直显得不知所措。他首先宣了誓。

"汤玛斯·索亚，六月十七号大约在半夜时候，你在什么地方？"

汤姆向印江·乔那张铁青的面孔看了一眼，他的舌头就打了结，不听使唤。听众屏住气息安静听着，可是他嘴里却说不出话来。过了一会儿，这孩子终于恢复了一点点气力，勉强把它用来发出一点声音，使法庭上一部分人可以听得见："在坟场里！"

"请你大声点说吧！不要害怕。你在……"

"在坟场里。"

印江·乔脸上飞快地闪过

"波特戴着镣铐被押进来了，他显得憔悴、苍白而且无助的样子。"

一丝鄙视的微笑。

“你是在霍斯·威廉士坟墓附近的地方吗？”“是的，律师。”

“大胆说吧——声音还要大一点。你离得多近呢？”

“像我离您这么近。”

“你是不是藏起来了呢？”

“我是藏着的。”

“藏在哪儿？”

“藏在那座坟边上的几棵榆树后面。”

印江·乔微微惊动了一下，别人几乎看不出来。

“有谁和你一道吗？”

“有，律师。我上那儿去是跟……”

“别忙，等一等！你不用说出你同伴的名字，我们到了适当的时候再把他也传来。你带着什么东西上那儿去呢？”

塞缪尔·克里门斯的父亲约翰·马绍·克里门斯(John Marshall C1emens)从事过许多的工作，其中包括被指派担任密苏里—汉尼拔的保安官。今日成千上万的观光客来到该市，都会前往参观马克·吐温父亲当年的办公室。

汤姆有些迟疑，脸色显得有些慌张。

“大胆说吧，孩子！不用胆怯，说实话总是叫人看得起的。你带着什么东西上那儿去的？”

“只带一只……呃……一只死猫。”

全场掀起了一阵波浪似的笑声，庭长马上把它制止了。

“我们要把那只猫的尸体拿出来给大家看。喂，孩子，你把当时发生的一切事情通通说出来吧！照你自己的口气说出来，一点也不要漏掉，不用害怕。”

汤姆开始说了。起初有些吞吞吐

吐，可是后来他对这件事情说得有了劲头，他的话越说越自然流利。过了不久，一切声音都平息下来，只剩下他自己说话的声音。每双眼睛都注视着他，听众张着嘴、屏住气，津津有味地倾听着他说的话，谁也不管时间多久，只是全神贯注地被这离奇故事可怕而又诱人的情节所吸引着。

“那个混血儿像闪电一样，飞快地从窗户里跳了出去，冲开一切阻挡他的人，跑得无影无踪了。”

说到后来，汤姆心中郁积了很久的愤怒憋到了极点，于是他就说：“……医生把那块木牌子一抡，莫夫·波特就倒在地上了，这时候印江·乔就拿起那把刀子跳过来，猛一下……”

啪啦！那个混血儿像闪电一样，飞快地从窗户里跳了出去，冲开一切阻挡他的人，跑得无影无踪了。

24
白天风头十足 夜里提心吊胆

汤姆又一次成了一位金光闪闪的英雄——为年长的人们所宠爱、年轻的人们所羡慕的人物。他的名字甚至获得了不朽的流传，因为镇上的报纸把他大大宣扬了一番。有些人相信他只要能够免于被处绞刑，将来总有一天会当上总统。

那喜怒无常、不用脑筋的社会照例又和莫夫·波特非常亲密起来，大家尽情地对他表示好感，正如从前凌辱他那么有劲。可是这种行为究竟还是人类的美德，因此最好是不必挑它的错吧！

汤姆白天都过着风头十足、欢天喜地的日子，可是一到夜里，他就陷入恐惧了。印

下图是地方企业报(Territorial Enterprise)的印刷厂，地方企业报是内华达(Nevada)的一家报社，马克·吐温曾是这家报社的第一批记者之一。

图中的先生正在整理印刷排字版。1847年父亲过世后，当时才十岁的塞缪尔·克里门斯辍学到其兄奥立恩所经营的《汉尼拔纪事报》当印刷工人，该报后来易名为《西部联盟》，没多久年轻的塞缪尔就转而从事记者工作。

江·乔闯进他所有的梦里，而且眼睛里老是闪着一股要杀人的凶气。天黑以后，差不多无论什么诱惑也不能引着这孩子到外面去走动走动。可怜的哈克也在同样倒霉和恐惧的境况中，因为汤姆在开庭审案的那个盛大日子前一天晚上把全部事实的经过都对律师说了，所以印江·乔的逃跑，虽然免了哈克在法庭作证的那一关，他却还是怕得要命，唯恐他与这件案子的牵连会泄漏出消息去。这可怜的小伙子已经叫律师答应替他保守秘密了，可是那有什么用？既然汤姆的嘴原先已经被那最阴森、最可怕的誓词所封住了，后来他那受了折磨的良心毕竟还是驱使着他在夜间到律师家里去，把那恐怖的故事吐露出来，哈克对人类的信心也就几乎荡然无存了。

白天，莫夫·波特的感激使汤姆高兴自己说了实话；可是一到晚上，他就后悔不该没有保守秘密。

一半的时间，汤姆唯恐印江·乔永远也捉拿不到；其他一半的时间，他又害怕他被捕。他深深地感觉到，

有时地方性报纸亦接受以农产品抵付报费的付费方式，如同其他以物易物，不使用金钱的交易。

非等那个人死了，让他亲自看见尸体的时候，他才能平平安安地换一口气。

法院悬过了赏，各地都搜查遍了，可是没有找到印江·乔。圣路易那批神通广大、令人敬畏的非凡人物派来了一位侦探。他到四处寻找了一番，摇摇头，显出精明的神气，并且照例像他那一行的角色们那样，获得了一项惊人的成绩。那就是说，他“找到了线索”。可是你究竟不能给一个“线索”判决谋杀罪，把它处以绞刑，因此那位侦探先生侦查完毕回去了之后，汤姆还是和原来一样，始终觉得不安全。

缓慢的日子一天天混过去了，每过一天，都稍微减轻他一分恐惧心理的负担。

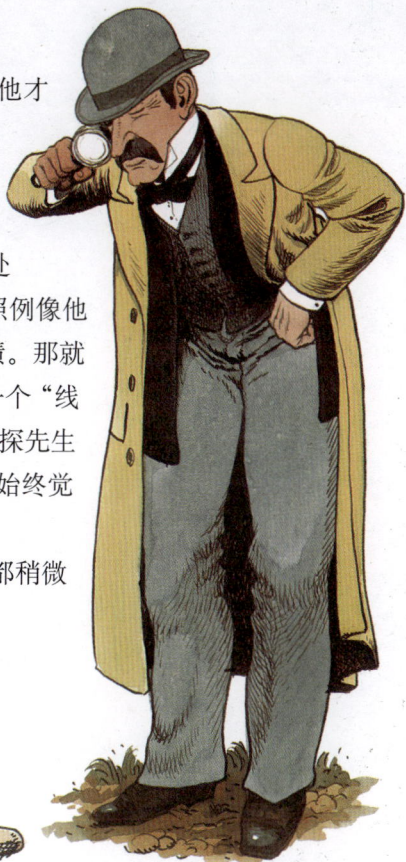

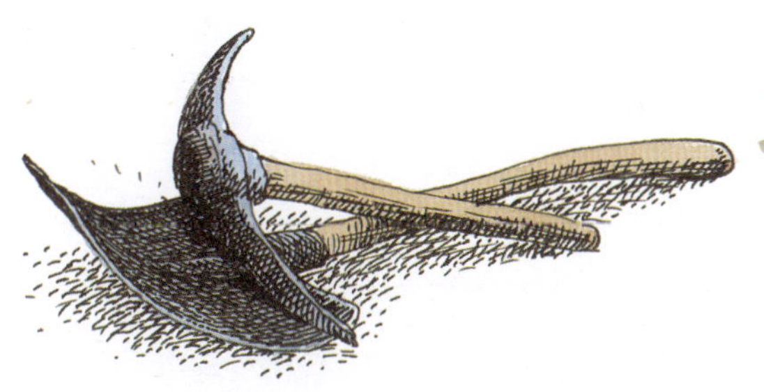

“圣路易那批神通广大、令人敬畏的非凡人物派来了一位侦探。他到四处寻找了一番，摇摇头，显出精明的神气，并且照例像他那一行的角色们那样，获得了一项惊人的成绩。那就是说，他‘找到了线索’。”

25
寻找宝藏

每个生得健全的男孩子的一生之中，总有一个时期，会产生一种炽热的欲望，想到什么地方去挖掘埋藏的财宝。有一天，这种欲望忽然来到了汤姆心头。他突然跑出去找乔伊·哈波，可是没有找到。随后他又去找

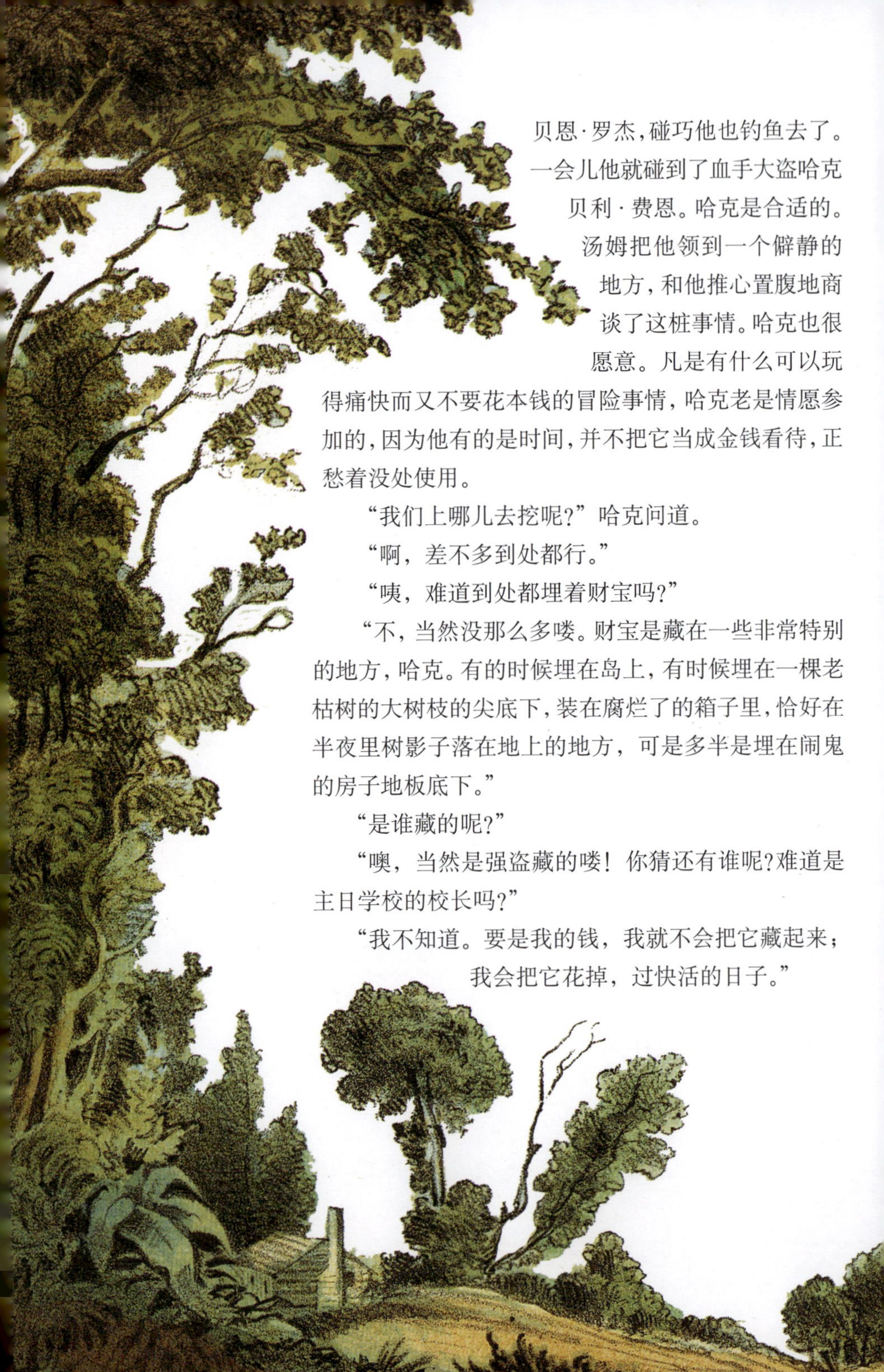

贝恩·罗杰，碰巧他也钓鱼去了。一会儿他就碰到了血手大盗哈克贝利·费恩。哈克是合适的。汤姆把他领到一个僻静的地方，和他推心置腹地商谈了这桩事情。哈克也很愿意。凡是有什么可以玩得痛快而又不要花本钱的冒险事情，哈克老是情愿参加的，因为他有的是时间，并不把它当成金钱看待，正愁着没处使用。

“我们上哪儿去挖呢？”哈克问道。

“啊，差不多到处都行。”

“咦，难道到处都埋着财宝吗？”

“不，当然没那么多喽。财宝是藏在一些非常特别的地方，哈克。有的时候埋在岛上，有时候埋在一棵老枯树的大树枝的尖底下，装在腐烂了的箱子里，恰好在半夜里树影子落在地上的地方，可是多半是埋在闹鬼的房子地板底下。”

“是谁藏的呢？”

“噢，当然是强盗藏的喽！你猜还有谁呢？难道是主日学校的校长吗？”

“我不知道。要是我的钱，我就不会把它藏起来；我会把它花掉，过快活的日子。”

“我也会那么做，可是强盗的办法可不一样。他们总是把它藏起来，就让它在那儿待着。”

“他们从此就不再来找它吗？”

“来是想要来的，可是他们老是忘记留下的记号，要不然就是他们死了。反正他们的财宝在那儿要埋很久，还要长锈。后来就有人找到一张发黄的旧字条，那上面写着怎么去找那些记号，这种字条非得花一个星期才翻得出来，因为那上面差不多尽是些密码和象形字。”

“象——象什么？”

“象形字——图画和各式各样的玩意儿，你知道吗？那些东西看起来好像是什么意思也没有。”

“你找到那样的字条了吗，汤姆？”

“没有。”

“啊，那么你怎么能去找那些记号呢？”

“我用不着什么记号。他们老是把它埋在一所闹鬼的房子地下，或是一个岛上，要不然就埋在一棵有大枝子伸出来的枯树底下。嗅，我们已经在杰克逊岛上找过一下了，往后还可以再去找找，还有死屋小河上面那所闹鬼的老房子，那儿还有挺多挺多的枯树哩——多得要命。”

“那些树底下通通都有财宝吗？”

“你真是胡说！不会有那么多。”

“那么你怎么知道应该往哪棵树下去呢？”

“所有的树底下都去找。”

“汤姆，那要把整个夏天的工夫都花掉了。”

“咦，那有什么关系？说不定你可以找到一口铜锅，里面装着一百块钱，都长了锈，变成了灰色，也许

这些古怪的图画是由1840年前后的一位沿着密西西比河旅行，名叫亨利·路易斯(Henry Lewis)的人所创作。

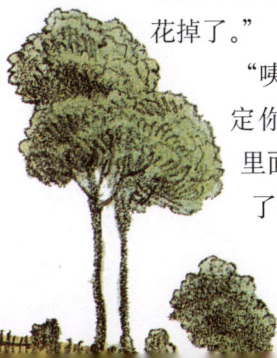

找到一只腐烂的箱子，里面装满了钻石。那你说怎么样?”

哈克的眼睛发亮了。

“那可是妙极了!那对我实在是太好了。你只要给我一百块钱就行，我不要什么宝石。”

“好吧!可是我要是找到了宝石，那可绝不随便地扔掉。有些宝石一颗就值二十块钱哩——差不多至少也得六七毛钱或是一块大洋一颗。”

“哎呀!真的吗?”

“当然喽! 谁都会这么说。你见过宝石吗，哈克?”

“大概是没见过，我想不起来了。”

“啊，那些国王的宝石可多得很。”

“噢，我可不认识什么国王呀，汤姆。”

“我也猜到你不认识。可是你要是到欧洲去，你就可以看到一大堆的国王，到处乱蹦。”

“国王也乱蹦吗?”

“乱蹦?哼!当然不会乱蹦喽!”

“咦，那你刚才为什么说他们乱蹦呢?”

“废话，我的意思是说你会看见他们……当然不是乱蹦，他们干吗要蹦呢?可是我的意思只是说你看得见他们……到处都是，你知道吧，就像普通的情形一样，就像那个驼背的老理查那样。”

“理查?他姓什么?”

“他没什么姓，国王是只有名字，没有姓的。”

“没有姓?”

“可是他们真的没有嘛!”

“好吧，汤姆，只要他们愿意那样，就随它去吧!我可是不想当国王，光有个名字，像个黑鬼似的。可是，喂，你打算先从哪儿挖起?”

“噢，我也不知道。我们先到死屋小河对岸的小山上那棵老枯树那儿下手好不好?”

“我赞成。”

于是他们就找到一把有毛病的十字镐和一把大铁锹，动身跑他们那三里的路程去了。他们走到那儿的时候，又热又喘气，就躺在附近一棵榆树的树荫底下来休息休息，还抽烟。

“我喜欢做这个。”汤姆说。

“我也喜欢。”

“嘿，哈克，我们要是在这儿挖到了财宝，你打算拿你那一份干什么？”

“噢，那我就天天吃馅儿饼，喝汽水，每回有马戏团来了，我都去看。我敢说日子准会过得挺美。”

“那么，你难道一点也不存起来吗？”

“存起来？存起来干吗？”

“噢，那是为了往后好有点钱过日子呀！”

“啊，那可是没什么用。爸迟早会回到这个镇上来，我要是不趁早花掉，他就会把钱抢过去。那我告诉你吧，他很快就会花个精光。你的一份打算拿来干吗，汤姆？”

“我打算买一个新鼓、一把十足靠得住的剑、一条红领带和一只小斗狗，还要结婚。”

“结婚？”

“是有这个打算。”

“汤姆，你……你的脑筋有毛病了吧！”

“你等着瞧，就会明白。”

“唉，你做那种事，可真是傻透了。你看我爸和妈，光打架！噢，他们一辈子老打个没完，我可记得清清楚楚。”

“那不相干，我打算娶的

“‘他们老是埋得这么深吗？’”

这个女孩是不会打架的。”

“汤姆，我猜她们全都是一样，她们都会跟你乱打一阵，你最好还是先把这件事仔细想想。我劝你小心点，那丫头叫什么名字？”

“根本不是什么丫头，她是个女孩。”

“我觉得那都是一样，有人说丫头，有人说女孩，两样都对，大概是。不管这些，她叫什么名字，汤姆？”

“往后再告诉你吧，现在不行。”

“好吧——那就行了，不过你要是真的娶了媳妇，我可就比以前更孤单了。”

“不会的，你来跟我一起住好了，现在我们别老待在这儿吧，该去动手挖了。”

他们干了半个钟头，累得直淌汗，可是毫无结果。他们又苦干半个钟头，还是没有结果。哈克说：“他们老是埋得这么深吗？”

“有时候埋得很深，可是并不是每回都像这样。有深有浅，不一定。我猜我们是找错了地方。”于是他们又选了一处新地方再动手来挖。这回他们干得慢一点，但究竟还是没有进展。他们埋头苦干了一阵。后来哈克把身子靠着铁锹，用袖子揩掉额上的汗珠，说道：“我们干完这处，你打算再上哪里去？”

“我看我们也许可以上那边去，挖加第夫山上寡妇的房子后面那棵老树底下。”

“我猜那儿倒是个好地方，可是寡妇会不会从我们手里把财宝夺过去呢，汤姆？那是在她的地里呀！”

“她夺过去！那倒要叫她试试看。这种埋在地下的财宝，谁找到一份就算是谁的。在谁的地里，那倒没什么关系！”

这个说法是叫人满意的。他们又继

长久以来巫术一直是大家深感兴趣的话题，因受到海地难民及奴隶带来的达荷美巫毒教（Dahomean voudoo）影响，南方通称它为‘巫毒’（voodoo orhoodoo）。地方的种种迷信正反映出密苏里（Missouri）的特色，如同马克·吐温在《汤姆历险记》前言中所描述的一般。下图的妇人正用一颗牛心施法念咒。

续干下去。后来哈克说:"咦?我们准是又弄错地方了,你看怎么样?"

"实在是奇怪得很哩!哈克。我不懂这是怎么一回事。有时候是女巫捣蛋,我猜现在的麻烦就在这儿。"

"胡说,女巫在白天使不开她的本领呀!"

"对,这话不假,我没想到这个。啊,我可知道毛病出在哪儿了!我们真是两个大笨蛋!你得找到那树枝的影子半夜里落在什么地方,就在那儿挖呀!"

"那可真是糟糕,我们费了很大的力气,白干了一场。我们只好晚上再来了,路可是挺远哩!你能溜出来吗?"

"我猜是能的,我们非得今天晚上来干不成,因为要是有谁看见这些窟窿,他们马上就会知道这儿有什么,那么他们也会打主意了。"

"对,我今天晚上到你那儿来装猫叫吧!"

"好吧,我们把家伙藏在矮树丛里吧!"

这两个孩子那天晚上大致在约定的时候到了那地方,他们坐在树荫底下等着。那是个挺寂寞的地方,又是夜深的时候,有了那些传说的迷信,就弄得有点阴森森的。沙沙地响着的树叶子里有些妖精悄悄说话,阴暗的角落里有些鬼怪埋伏着,老远老远还有深沉的狗叫声传过来,一只猫头鹰用它那阴沉的声调应和着,这两个孩子被这些阴森的气氛控制住了,都不敢说话。后来他们猜想着十二点到了,他们就把影子落地的地方画了个记号,开始挖起来。

他们的希望开始高涨,兴致越来越强烈,干劲也就随着越来越大了。窟窿越挖越深,每次他们听见十字镐碰着什么东西的响声,心就跳起来,可是每次都徒然遭到一阵新的失望。原来那只是一块石头或是一块木头。后来汤姆终于说:"这么挖还是不行,哈克,我们又弄错了。"

"咦,我们绝不会错。我们把树影子的地点弄得清清楚楚,一点也不差呀!"

"我知道,可是另外还有一点哪。"

"那是什么?"

"噢,我们不过是猜的钟点呀!说不定是太晚,也许太早了。"

哈克把铁锹丢在地上。

"这话不假,"他说,"毛病就出在这里。我们这一回又只好是算了吧!我们根本摸不准时候，并且这种事儿也太可怕了，深更半夜在这种地方，四周围净是些妖精鬼怪晃来晃去。我总觉得时时刻刻都好像是有个什么东西在我背后似的；我简直不敢转过身去，因为说不定前面还有其他东西在等着机会捣乱哩。我从到这儿来的时候起，就一直吓得浑身直打哆嗦。”

“唉，我也差不多是这样，哈克。他们把财宝埋在树底下的时候，差不多老是埋一个死人在一起来看守着。”

“哎呀，我的天啊！”

“是真的。我常听人家说哩。”

塞缪尔·克里门斯童年时，有很长一段时间住在舅舅约翰·夸勒斯（John Quarles）的农庄，庄园里有许多的奴隶，他们的工作之一就是陪小孩子玩，马克·吐温晚年时曾想要将当时常讲故事给他听的一位瘦弱老妇人写成书，这位老妇人总是有讲不完的非裔美国人的民间故事。

“汤姆，我可不喜欢在这种有死人的地方鬼混下去。跟他们打交道，总会惹出祸来。”

“我也不愿意把他们吵醒。要是这里这个死人忽然伸出头来，说句什么话，那可怎么得了！”

“别说了，汤姆！真吓死人。”

“唉，就是嘛！哈克，我心里一点也不舒服。”

“喂，汤姆，这地方我们也算了吧，另外再试别的地方看看。”

“好吧。我看我们也是最好这样。”

“另外找什么地方呢？”

汤姆想了一会儿，然后说：“那个闹鬼的房子，那倒是对！”

“我可不喜欢闹鬼的房子，汤姆。噢，那种地方比死人还糟糕得多。死人也许会说话，可是他们并不趁着你不注意的时候披着寿衣偷偷地溜过来，猛一下子从你背后悄悄地瞧着你，磨起牙齿来，像鬼那样。那可是叫我受不了，谁也受不了。”

“是呀，哈克，可是鬼只有在夜里才出来

到处走动。我们白天到那儿去挖，他们并不会打搅我们。”

“对，这话不假。但你得知道，不管是白天或是夜里，都没有人到那个闹鬼的房子去。”

“噢，那多半是因为人家不喜欢到一个出过凶杀案的地方去。可是除了晚上，那所房子外面并没谁看见过什么。晚上也只有一些蓝色的光在窗户那儿晃来晃去，并没什么真正的鬼。”

“哎，汤姆，只要你看见有那种蓝色的光闪来闪去的地方，你就准知道那儿有个鬼紧跟在后面了。那是很有道理的，因为你当然知道，除了鬼，谁也不用那种蓝色的灯笼。”

带着镰刀的死神引领着一位国王走向死亡，象征无人能逃得过死亡，这个意念在欧洲的中古世纪很流行，后来随着移民潮也在美洲散布开来。

“是呀，这话很对。可是反正他们白天不会出来，那我们干吗要害怕呢?”

“好吧!你要是那么说，我们就试一试那个闹鬼的房子吧——可是我看那还是碰运气的事情。”

这时候他们已经动身往山下走了。他们脚下，那所“闹鬼的”房子就在那月亮照着的山谷中间，完全孤立着，围墙早就没有了，遍地野草，把台阶都遮盖起来了，烟囱也垮了，窗户框子都是空的，房顶有一个屋角也塌下去了。这两个孩子瞪着眼睛望了一会儿，有点担心会看到一团蓝色的光从窗户边上闪过；然后他们用一种适合那种时候和那种环境的低声谈着话，一面尽量往右边走，远远地躲开那所闹鬼的房子，穿过加第夫山背后的树林走回家去。

26 真正的强盗

大约在第二天中午，这两个孩子来到了那棵枯树跟前，他们是来取那两件东西的。汤姆迫不及待地要到那所闹鬼的房子里去；哈克也有些想去，可是他忽然说："你瞧，汤姆，你知道今天是星期几?"

汤姆心里暗自把这个星期的日子计算了一下，然后便很快地抬起眼睛来，显露出一副惊骇的神情："哎呀!我根本就没想起哩，哈克！"

"啊，我原也是一样，可是猛一下子我忽然想起今天是星期五。"

"哼，我们可得特别小心才行，哈克。我们要是在星期五做这种事情，说不定要闯出大祸来哩。"

"说不定才怪哩!还不如说一定!别的日子也许能碰上好运气，星期五可是不行。"

"随便哪个傻子都懂得这个。我看你并不是头一个发现这个道理，哈克。"

"咦，我并没说过我是呀，对不对?还不光只是碰上了星期五哩。昨天晚上我做了个糟糕透了的梦，梦见老鼠了。"

"真是晦气！这就是准要倒霉的兆头。老鼠打架了吗?"

"没有。"

"啊，那还好，哈克。老鼠没打架，那不过是说有倒霉事挨近身边，你知道吧！我们只要特别当心，回避着它就行了。今天我们就不做这件事，去玩好了。你知道罗宾汉吗，哈克?"

"不知道。罗宾汉是谁?"

“啊，他是英国从前最伟大的人物之一——而且是最好的。他是个强盗。”

“真是了不起，我真希望我也是。他抢谁呢?”

“只抢郡长及主教和富人和国王，还有他们那一类人。可是他从来不打搅穷人，他爱他们。他常常把抢来的东西分给他们，非常公道。”

“啊，他一定是个好汉。”

“我管保他是，哈克。啊，他是自古以来最了不起的人物。现在根本就没有这种人了，我敢说。他把一双手捆在背后，就能把英国随便什么人狠揍一顿；他拿起他那把水松长弓，离着一里半就能射中一个一毛钱的银角子，回回都准。”

“什么叫水松长弓？”

“我也不知道。反正是一种什么样的弓吧，不用说。他要射在那个银角子边上，他就坐下来哭，还要咒骂。我们现在扮演罗宾汉玩吧——真好玩极了，我来教你。”

“我赞成。”

于是，他们就扮演罗宾汉玩了一整个下午，随时以渴望的眼光往下面望一望那所闹鬼的房子，并且谈一谈第二天到那儿去和可能碰到的运气。后来，太阳开始往西方落下的时候，他们就穿过长长的树影往回家的路上走，不久就隐没在加第夫山上的树林里，不见踪影了。

星期六正午过了不久，两个孩子又到了那棵枯树跟前。他们在树荫里抽了一会儿烟，聊了一阵天，然后在他们最后挖的一个窟窿里再挖了一会儿，这并没有存多大希望。只是因为汤姆说有许多都是有人挖到只离财宝六寸时的地方就丢手，结果别人过来，刚挖了一锹就把财宝掀出来了。不过这次却没有挖到什么，于是这两个孩子就把他们的家伙扛在肩膀上走开，他们觉得并没有轻易放过财运，而是把寻求财宝这件事情所应该做到的一切都做到了。

他们走到那所闹鬼的房子的时候，那儿在热烘烘的阳光之下，笼罩着死一般的沉寂，有些阴森可怕的意味。那地方的凄凉和荒废的气氛也有些令人感到沉重，以至于他们一时简直不敢大胆走进去。于是他们悄悄地走到门口，打着哆嗦往里面窥探了一下。他们看到一个野草丛生、没有地板的房间，里面没有抹石灰，有一个老式的壁炉，窗户都是空的，楼梯也坏了；屋里前后左右处处都布满了乱七八糟没有蜘蛛的蛛网。他们随即悄悄地走了进去，脉搏跳得很急速，他们低声耳语着，侧起耳朵想要听出最微小的响声，肌肉也很紧绷，随时都准备着立即退出去。

过了一会儿，他们渐渐习惯了，恐惧也就减少了，于是他们就仔细又关切地把这地方查看了一番，有些羡慕自己的胆量，并且还因此感到惊奇。然后他们就要到楼上去看一看。这有点像是破釜沉舟的举动，可是他们互相说些激将的话，这当然只能有一个结果——他们把家伙甩到一个角落里，就往楼上走。上面还是那些凋零的情景。他们在一个角落里发现了一个壁橱，里头似乎有些秘密，可是这个希望落了空，那壁橱里什么也没有。这时候，他们的勇气已经高涨，很有起色。他们正想下楼去开始干起来，可是汤姆突然"嘘"了一声。

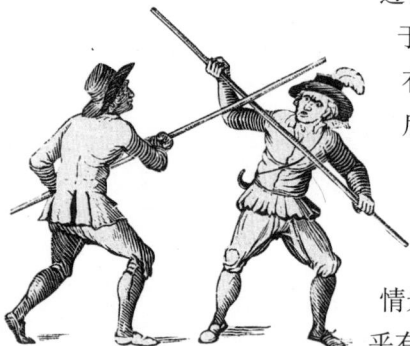

上图罗宾汉正与人比斗，他为正义公理而战的冒险精神，成为许多小孩效法的对象。下图为英王理查一世(King Richard I)，他率十字军东征时，江山受到威胁，幸得罗宾汉相助，得以保住王位。罗宾汉对国王的忠诚是许多类似故事的主题之一。

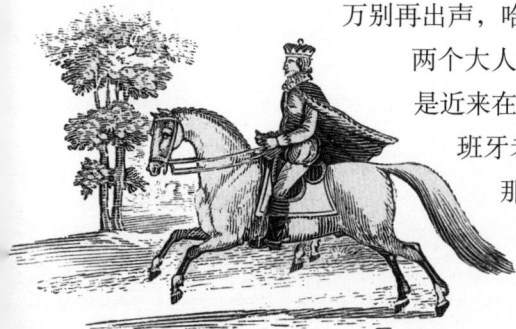

"怎么回事？"哈克吓得脸色发白，悄悄问道。

"嘘……那儿……你听见吗？"

"听见……啊，糟糕！我们快跑吧！"

"别出声！不许动弹！他们一直向门口走过来了。"

两个孩子趴在楼板上，把眼睛对准楼板的木节眼，在那儿等着，简直恐惧得要命。

"他们站住了……不，又过来了……果然来了。千万别再出声，哈克。天哪，我真想能跑出去才好。"

两个大人进来了。那两个孩子各自想："有一个是近来在镇上露过一两次面的那个又聋又哑的西班牙老头，另外那个可从来没见过。""另外那个"是个穿得破破烂烂、头发乱蓬蓬的家伙，脸上一点也没有令人愉快的样子。那个西班牙人披着一条墨西哥的花围巾，脸上长着密密的白色络腮胡子，长长的白发从他那墨西哥宽边帽底下垂下来，他还戴着一副绿眼镜。他们两人进来的时候，“另外那个”低声说着话。他们坐到地上，面向着门，背靠着墙，说话的那个继续发表意见。他一直说下去，态度变得随便一些，他的话也清楚一些了。“不行，”他说，“我通通想过了，我不愿意干这桩事情，那很危险。”

“危险！”那“又聋又哑”的西班牙人抱怨地说。这使两个孩子大吃一惊。“真没出息！”

这个声音使两个孩子喘气和发抖。原来是印江·乔！静默了一阵，然后乔又说：“还有什么事比咱们在上面干的那回更危险呢？可是结果并没出什么毛病。”

“那可不同。那是在河上面离着那么远，附近又没别的房子。咱们虽然试了很久，没有成功，可是根本不会有谁知道。”

“噢，哪儿还有比白天到这儿来更危险的事，谁看见了都疑心我们。”

“那我知道。可是咱们干了那件傻事以后，没有什

《美国青少年实用手册》描述如何制作鹿眼弓（‘buckeye’ bow，张弓时弓形像鹿眼的形状）。

“‘别出声！不许动弹！他们一直向着门口走过来了。’”

“这个声音使两个孩子喘气和发抖。原来是印江·乔！”

么地方比这儿更方便了。我也想要离开这个破房子，我昨天就打算走开，可是有那两个可恶透了的孩子在山上玩，把这儿看得清清楚楚，要想出去就没办法。”

“那两个可恶透了的孩子”听了这句话，便恍然大悟，因此又颤抖起来了。他们想起头一天记起了那是星期五，就决定等一天再动手，真是幸运哩！他们满心地情愿，哪怕是等了一年都好。

那两个人拿出一些食物来吃了一顿。印江·乔沉思了许久，没有做声，然后他说：“喂，小伙子——你往河上面那边去，回你的老地方。你在那儿等着我给你捎信来。我好歹要到这镇上去再试一回，看看情形。我到四下里打听清楚了，觉得情况还好，可以下手的时候，咱们就来干那桩‘危险’事情。干完就往得克萨斯溜之大吉！咱俩再一起跑！”

这个办法倒是叫人满意。两个人随即就打起哈欠来，于是印江·乔说：“我简直困得要死，直想睡觉！这回该轮你看守了。”

他弯起身子在乱草中躺下，一会儿就打起鼾来。他的同伴推了他一两次，他就安静下来。那担任看守的随即也打起瞌睡来；他的头越垂越低，后来两个人都打起鼾来了。

两个孩子谢天谢地地深深吸一口气。汤姆悄悄说：“现在我们的机会来了——快点！”哈克说：“我看不行，他们要是一醒，我就活不成了。”

汤姆劝他走，哈克老是不敢动。后来汤姆终于慢慢地、轻轻地站起来，独自动身。可是他刚走一步，就踩得那摇摇晃晃的破楼板吱吱嘎嘎地响得要命，结果他只好躺下来，差点儿吓死，他再也不敢试一试。那两个孩子躺在那儿，计算着缓慢的时刻，直到后来，他们似乎觉得时间一定是到了尽头，永恒的岁月也熬到了晚

年。然后他们一看到太阳终于西下，才觉得高兴起来。

这时候有一个人的鼾声停止了。印江·乔坐起来，瞪着眼睛向四周张望，他伙伴的头垂到了膝上，他冷酷地望着他微笑，然后用脚把他踹醒，说道："喂！你是担任看守的，是不是？不过还好，并没出什么事。"

"哎呀！我睡着了吗？"

"啊，差不多，差不多。伙计，快到我们动身的时候了。我们剩下的那一点儿油水怎么处置呢？"

"我不知道。我看还是照常放在这儿吧！我们还没动身往南方去，就不用把它拿走。六百五十块银元背起来可是不轻哩！"

"好吧！再上这儿来一次，也没什么关系。"

"没关系？不过我说还是像从前那样，夜里来吧，那要好些。"

"不错！可是你瞧，我干那件事情也许要过很长的时间才能有机会下手，说不定会出些什么料想不到的事情。这地方并不算是十分妥当，我们干脆就好好地把它埋起来，埋得深深的。"

"好主意！"他的伙伴说完就往那屋子对面走过去，跪在地上，把后面的炉边石头取下一块，拿出一口袋丁零丁零地响得怪好听的银元来。他从口袋里给自己取出二三十块钱，还给印江·乔拿了那么多，然后把口袋送过去交给乔，这时候乔正在一个角落里跪在地上，用他的猎刀挖着。

两个孩子片刻之间把他们的恐惧和不幸都忘得干干净净。他们以暗自欢喜的眼睛望着下面的每一个动作。好运气，这次好运的光彩真是超出一切想像之外！六百块大洋这么一笔钱可真是不少，足够叫半打孩子变成富人！这可是找财宝碰上了最痛快的吉兆——简直用不着操心，准有把握知道应该挖什么地方。他们时时刻刻都把胳臂肘轻轻地互相推一推，推得很能达意，彼此都容易懂，因为他们的意思不过是："啊，你该高兴我们上这儿来了吧！"

乔的刀碰着了一个什么东西。

"喂！"他说。

"那是什么？"他的同伴说。

"快腐烂的木板。不对，这是个箱子，我相信。嘿，帮帮忙，我们马上就会知道它放在这儿是干吗的。不要紧。我已经戳穿了一个窟窿了。"

他把手伸进去，又抽出来。

“伙计，是钱呀！”

那两个人仔细看了看那一把钱币，原来是黄金。楼上的两个孩子也和他们自己一样兴奋、一样欢喜。

乔的伙伴说：“我们得赶快挖才好。壁炉另外那一边的屋角里草堆当中有一把生锈了的旧锹，我刚才瞧见的。”他跑过去把那两个孩子的十字镐和铁锹拿过来。印江·乔接过那把锹，箱子不久就被掘取出来了，并不很大，外面包着铁皮，在它没有经过多年侵蚀以前，本来是很结实的。那两个人欢欢喜喜，不言不语，对这份财宝注视了一会儿。

“伙计，这儿有好几千块哩。”印江·乔说。

“大伙儿都说莫列尔那一伙人有一年夏天到这一带地方来过。”那陌生人说。

“我知道，”印江·乔说，“据我看，这倒很像是这么回事。”

“现在你用不着干那件事了。”

混血儿皱了皱眉头。他说：“你不知道我的情形，至少是那件事情，你知道得并不清楚。那根本不是打劫——那是报仇呀！”他眼睛里闪射出恶毒的光芒来，“这件事我得请你帮忙才行。干完了，就往得克萨斯一溜。你就可以回家去看你的南茜和小把戏们，在那儿等待机会，等到你听到我的消息再说。”

“好吧，只要你打算那么办。我们把这个怎么处置呢，再埋起来吗？”

“对。(楼上的人欢天喜地地高兴。)不行！好家伙，那可不行！(楼上的人万分沮丧。)我差点儿忘了。那把镐上面有新鲜的土呢！(两个孩子马上就恐惧得要命)。这把镐和铁锹拿到这儿来是干吗的？那上面还有新鲜的土又是怎么回事？是谁拿来的，人到哪儿去了？你听见什么人的声音吗？看见过什么人吗？好家伙！再埋起来，好让

宝贵的美国旧钱币(由上而下)：最上方为美国最早的美元，年份为1849年(反面)；次图为1854年印有美国原住民公主头像的钱币(正面)；1798年的二元五角金币(正面)，上有代表自由的人像；1811年的五元金币(反面)，上印有展翅的老鹰。

这位美国原住民黑鹰(Black Hawk),是一位同名酋长的后裔,他的族人以前居住的地方就是后来的汉尼拔,1870年照的这张相片里可以看到他本人、妻子及孩子。

他们来看出地下已经挖开过吗?不大妥当，不大妥当，我们把它拿到我的窝里去吧!”

“噢,当然喽!本当早就想到这么办的。你说的是一号吗?”

“不,二号——十字架下面。另外那个地方不行,平常了。”

“好吧。现在天色已经够黑，差不多可以动身了。”

印江·乔站起来，小心翼翼地往外面窥探。随即他说：“是谁把那两件家伙拿到这儿来的呢?你猜他们会不会在楼上?”

那两个孩子吓得简直要断气了。印江·乔把手按在他那把刀上面,犹豫不决地停了一会儿,然后转身向楼梯走过去。两个孩子想起那个壁橱,可是他们已经没有气力了。脚步声顺着楼梯吱嘎吱嘎地响着,这种情势之下无法忍受的焦急唤起了这两个孩子危难中的决心。他们正想拼命往壁橱那边跑，恰巧在这时候“哗啦”一声，腐朽的木头折断了，印江·乔在那垮下的楼梯的一堆残破木头当中摔在地上。他一面咒骂,一面振作精神站起身来。他的伙伴说：“嘿，你还咒他们干吗?要是有人在楼上待着,那就让他们在那儿待下去吧,谁在乎呢?要是这会儿他们打算跳下来自找苦吃，谁挡住他们?再过一刻钟天就黑了，到那时候，只要他们打算跟着我们走,就让他们跟着吧!我是愿意的。照我看来,准是把这两件东西扔在这儿的人瞧见了我们一眼，就把我们当成了鬼怪，我敢说他们这会儿还在跑哩。”

乔嘟哝了一会儿,然后他赞成了他朋友的意见,也认为要赶紧趁着天色还有点亮的时候,收拾一切,准备动身。过了不久,他们就在那越来越暗的暮色中从这个屋子里溜出去，带着他们那个宝贝箱子往河边走去了。

汤姆和哈克站起来，四肢软弱无力，可是非常欣慰。他们从那房子的木条缝隙当中睁大了眼睛望着那两个人的背影。跟着走？他们可不敢。他们又跳下了地，没有摔断脖子，就翻过山回镇上去，这已经使他们心满意足了。他们不大说话，只是一心埋怨自己，埋怨运气太坏，不该把十字镐和铁锹带到那儿去。要不是为了这个，印江·乔是绝对不会怀疑的。那他就会把那些银元和黄金一同埋在那儿，一直到他干完那件“报仇”的事情，然后他就会晦气地发现他的钱财不见了。那两件家伙怎么会带到那儿去了，真是倒霉透顶！

搭建在密西西比河河岸的美国原住民帐篷。在马克·吐温的年代里，定居在密河附近的拓荒者经常会遭遇到许多的危险，包括洪水、海盗及印第安人的攻击。当拓荒者与美国原住民对峙时期，蒸汽船领水员也必须随时提高警惕。

他们决定在那个西班牙人再到镇上来等机会报仇时，仔细注意盯住他，跟着他到“二号”去，不管它在什么地方。随后汤姆心里忽然想起了一个可怕的念头：“报仇？要是他指的是我们俩，那怎么好！”

“啊，别说了！”哈克说着，几乎晕倒了。

他们把这个问题仔细讨论了一番，后来他们走到镇上的时候，一致相信他可能是指的另外一个什么人，至少他也许是单指汤姆，不指别人，因为只有汤姆才在法庭上作过证。

汤姆单独一人陷入了危险的境地，这实在是使他心里非常非常地不安！他暗自想着，要是有个伴，那就显然好得多了。

27
战战兢兢的追踪

那天夜里，白天的历险经过大大地侵扰了汤姆的梦境。他有四次伸手抱住了那份丰富的财宝，但是四次醒过来，都是两手空空似乎是显得非常模糊而且久远，像是在另一个世界。于是他就想到，那一场伟大的历险本身一定就是一个梦！有一个十分充足的理由足以证明这种想法，那就是，他所看到的钱币数量实在是太大了，不可能是真有其事。他过去从来没有见过五十块钱那么大一个数目放在一堆；在他的想像中，凡是人家提到“几百”和“几千”的话都不过是一些幻想性质的说法，而实际上天地间这么大的钱数根本就没有。在这一方面，他与年龄身份和他相同的一切男孩子的想法是相似的。他从来没有片刻设想过，像一百元这么大的一笔实实在在的钱会归一个人所有。但是他那一场历险的情节，在他反复寻思之后，越来越鲜明，因此他认为那件事情归根结底也许还不是一场梦。于是，他就打算赶快吃完早餐，去找哈克。

“喂，哈克，好呀！”

“喂，你好！”

平底船正如其名，有一宽大的扁平底，船底完全浮于水面，因此很适合密西西比河多变的河床，用桨或竹竿推进，主要用来运输易腐坏的食物。

沉默了一会儿。

“汤姆，我们要是把那两件晦气的家伙丢在那棵枯树那儿，那些钱就到我们的手里了。啊，你说糟糕不糟糕！”

“那么，原来不是做梦喽，不是做梦喽！不知怎么的，我好像觉得那还不如是个梦哩！”

“什么不是做梦呀？”

“啊，昨天那件事情。我刚才还有一半相信那是场梦哩！”

“做梦！要不是楼梯垮了，那你才会明白那场梦做得多热闹！我这一夜也做够了梦，每个梦里都有那眼睛上贴着纱布的西班牙鬼直追我！”

“啊，别咒他。我们要找他才对！”

“汤姆，我们一辈子也找不着他了。一个人只能碰到一次好机会，现在这个机会已经错过了。反正我要是瞧见他，准会吓得直打哆嗦。”

“是呀，我也那样想，可是我不管怎样还是愿意看

❝旅舍老板那年轻的儿子说，那个房间一天到晚老是锁着，除了夜里，从来没见过那儿有什么人进出。❞

密苏里箭岩客栈(Arrow Rock Tavern in Missouri)的客房,完全依照其1800年时的模样整修,那个时代的美语称英语的客栈(inn)叫tavern,是指当时较豪华的饭店;今日被称为酒吧(bar)或交谊厅(lounge)的地方,那个时代叫saloon或是barroom。

到他，还要找到他那‘二号’去。”

“二号——对，就是嘛！我刚才也在想这个呢！可是我一点也不明白那是怎么回事。你猜那是个什么地方？”

“我不知道，那太难猜了。嘿，哈克，也许是一所房子的门牌吧！”

“猜得妙……不，汤姆，那不对。要是门牌的话，那也不会在这个巴掌大的小镇上。这地方根本就没什么门牌呀！”

“对，这话不假。让我想一想。哈，那是房间的号数——旅舍里的，你知道吧！”

“啊，这可猜对了！这儿只有两个旅舍。我们很快就能找到。”

“哈克，你在这儿待着，等我回来再说。”

汤姆立刻就走了，他不愿意和哈克一同到公众的地方去。他走开了半小时，发现那较好的旅舍里，二号房间久已有一位青年律师住着，现在他还住在那儿。在那比较寒碜的旅舍里，一号房间倒是一个谜。旅舍老板那年轻的儿子说，那个房间一天到晚老是锁着，除了夜里，从来没见过那儿有什么人进出。他对于这种情况，不知道有什么特殊的原因，他曾经怀有几分好奇心，不过那是颇为微弱的。他感觉这间房子会闹鬼，使得这间房子格外神秘，头一天晚上，他还发现那里面有灯光哩！

“我调查的结果就是这样，哈克。我猜那正是我们要找的二号。”

“我猜也是，汤姆。那么你打算怎么办？”

“让我想想看。”

汤姆想了很久，然后他才说：“我告诉你吧，那个二号房间的后门是通着旅舍和那个破破烂烂的老砖厂当中的小窄巷子的。现在你去把你找得到的钥匙通通弄到手，我也去把阿姨的都偷来，只等头一个漆黑的夜里，我们就去试试看。你听着，可得小心提防印江·乔，因为他说他还要到这镇上来，再打听打听，找个机会报仇。你要是瞧见他，就在后面跟着；他要是不进那个二号房间，那就不是这个地方。”

“老天爷，叫我一人去跟着他，我可不做！”

“噢，当然是在晚上喽。他也许根本看不见你，要是他看见了，也许根本就不会动什么念头。”

“好吧，要是夜里挺黑挺黑，我想我可以去盯他。我说不定——我说不定。试试看吧！”

“要是挺黑的话，我可准能盯住他，哈克。噢，他也许看出了报仇报不成，干脆就去取那些钱哩！”

“这话有理，汤姆，这话有理。我去盯他，我准去！”

“你这才像话！你可别拿不定主意呀，哈克，我是绝不泄气的。”

密苏里箭岩客栈的餐厅常有贵客临门，1700年到1800年，主人及他的家人常会与客人共进晚餐。

28
印江·乔的巢穴

那天晚上，汤姆和哈克准备去干那件冒险的事情。他们在那旅舍附近一带荡来荡去，直到九点过后，一个在老远注视着那条小巷子，一个注视着旅舍门口。谁也没有走进那条巷子，或是从里面出来，进出旅舍门口的，没有一个像那西班牙人的样子。夜色看样子是不会太黑的，于是汤姆就先回家去，他和哈克约定了，要是天色黑到相当程度的时候，哈克就去装猫叫，汤姆听见就溜出来，拿那些钥匙尝试开那扇门。可是那天夜里天色始终是明亮的，哈克就在十二点钟左右结束了他的守望，到一个空糖桶里睡觉去了。

星期二。两个孩子又遭受了同样的厄运。星期三还是一样。可是星期四晚上希望较大。汤姆拿着他阿姨那只洋铁旧灯笼和一条用来遮住灯笼的大毛巾，趁机溜了出来。他把灯笼藏在哈克的空糖桶里，两人就开始守望。午夜之前一小时的光景，旅舍关门了，那儿的灯光也熄灭了(那是附近一带仅有的灯光)。他们并没有看见什么西班牙人，谁也没有进出那一条巷子，一切都显出吉兆。四处都被漆黑的夜色笼罩着，只有远处轰隆轰隆的闷雷声偶尔搅扰那万籁无声的寂静。

下图是一幅禁酒漫画，图中暗示着像这位仁兄的人不是真正的男人(real men)。

汤姆拿起他的灯笼，在那大桶里把它点着，用毛巾严密地捂住，于是这两个冒险家就在黑暗中向着那旅舍偷偷地走过去。哈克在巷子口外站岗，汤姆摸索着走进巷子里去。然后有一段很长的时间，哈克等得很焦急，心里头好像有一座大山压着似的。他开始希望他能看见灯笼里闪出一道光来，那固然会使他惊骇，但至少总可以使他知道汤姆还活着。自从汤姆去了之后，好像已经几个钟头了。一定是他晕倒了吧，也许他已经死了；也许他因恐惧和兴奋的影响，心脏已经炸裂了。哈克由于不安，越来越走近那条小巷；他担心着各种可怕的事情，时时刻刻都预料着会有什么大祸临头，会一下子把他吓断了气。事实上已经没有多少气可断了，因为他似乎是只能一点点一点点地呼吸，而且他的心也跳得要命，不久就会支持不住了。后来突然灯笼亮了一下，汤姆狂奔地从他身边跑过。

“快跑！”他说，“赶快逃命！”

他无须重说一遍，一次已经够了。哈克还没有等到他再说一遍，就以每小时三四十里的速度飞跑开了。两个孩子跑个不停，一直跑到这村镇的南边一所没有人用的屠宰房的木棚那儿才止步。刚好在他们跑到木棚底下得到掩蔽的时候，风暴就刮起来了，倾盆的大雨哗哗地泼下来。汤姆刚刚喘得过气来的时候就说：“哈克，真吓死人！我拼命轻轻地试了两把钥匙，可是都吱嘎吱嘎地响得要命，把我吓得简直透不过气来。那两把钥匙在锁洞里都转不动。后来我不知不觉地抓住门上的把手，结果一下子门就打开了！原来是根本就没锁

这幅图片感性地描绘基督教妇女国家戒酒联盟(Christian Women's National TemperanceUnion)对禁酒的努力: 联盟妇女们跪着央求一位跌坐酒店门前生气的酒鬼戒酒。

“哈克在巷子口把风，汤姆摸索着走进巷子里去。”

一种威士忌酒酒瓶的标签，上印有蒸馏厂的内部情形，蒸馏器让酒精溶液通过一连串的冷却管，使冰点高于酒精的杂质凝结，再将之去除，以纯化酒精溶液。

上！我连忙钻进去，把灯笼上的毛巾拉开，好家伙，这下子可真把我吓坏了！"

"怎么，你看见什么了，汤姆？"

"哈克，我差点儿就踩在印江·乔的手上了！"

"不会吧！"

"真的！他躺在地板上，睡得很死，眼睛上还是贴着那块旧纱布，两只胳臂往外伸着。"

"老天爷，那你怎么办呢？他醒了吗？"

"没有，一点也没动弹。我猜，大概是醉了，我一下子抓住那条毛巾，就跑开了！"

"要是我的话，我准会想不起什么毛巾。"

"噢，我可得想着它，要是我把它弄丢了，我阿姨就会把我治得够受的。"

"汤姆，你看见那个箱子了吗？"

"哈克，我简直来不及往四下里瞧呀！我没看见那箱子，也没看见什么十字镐。我只看见印江·乔身边有一只瓶子和一个洋铁杯子放在地板上，别的什么都没看见。啊，是呀，我还看见那屋子里有两个酒桶和一大堆瓶子。现在你明白了吧，哈克，你说那间鬼屋里究竟是怎么回事？"

"怎么？"

"闹的是酒鬼呀！也许所有禁酒的旅舍里都有一个闹鬼的房间吧，嘿，哈克你说是不是？"

"对，我猜大概是那么回事。谁想得到会有这种事情？可是，嘿，汤姆，印江·乔既然是喝醉了，这可正好是我们去拿到那个箱子的好机会呀！"

"说倒说得不错！你去试试看！"

哈克吓得直打哆嗦。

“啊，不行，我看是不行。”

“我看也是不行呀，哈克。印江·乔身边只有一只酒瓶还不够，要是有三只，那他就醉得够呛，我才敢去试一试。”

他们心里盘算着，沉默了很久，然后汤姆说：“喂，哈克，我们等印江·乔不在那儿的时候，再打那个主意吧！真是太吓人了。只要我们天天晚上来看守着，迟早准会有一天看见他出去，那时候我们就猛一下子把那箱子弄走。”

“对，我赞成。我整夜来守着都行，天天晚上都归我来守，只要你做其余那些事就行。”

“好吧，没问题。叫你做的就只是到胡普尔街去走过一排房子，装猫叫。要是我睡着了，你就往窗户上扔一颗小石头子，那就能把我弄醒了。”

“赞成，妙极了！”

“喂，哈克，这场暴风雨已经过去了，我要回家去了。再过一两个钟头，天就要亮了。你回去再看守这段时间，好吗？”

“我说过愿意干，就一定干。我每天晚上去盯住那个旅舍，一直干一年都行！我白天睡一整天的觉；晚上就守它个一整夜。”

“那就好了。喂，你打算在哪儿睡觉呢？”

“在贝恩·罗杰的干草棚里。他让我去睡，他爸爸那个黑奴杰克大叔也答应的。杰克大叔叫我提水，我每回都帮他的忙，我要是叫他给我一点儿东西吃，

图中的女士是凯莉·纳辛夫人(Carry Nation,1849—1911)——著名的禁酒运动领导者——连同禁酒十字军(anti—alcoholcrusaders)正与酒商发生冲突,酒商们用写有《圣经》引言的盾牌保护自己。

他只要分得出来，总是给我一点。他真是个再好不过的黑人哩，汤姆。他喜欢我，因为我从来没什么举动显出我比他高一等。有时候我干脆就坐下来，和他一起吃，可是这个你别跟人家说。一个人饿慌了的时候，就不得不做出一些平常不愿意做的事情来。”

“好吧，白天我要是用不着你，就让你睡觉，我不会来打搅你。到了晚上，你要是看见出了什么事，就赶快跑过去，装猫叫就行了。”

29
哈克救了寡妇

野餐是休闲时大家到户外聚在一起共餐的快乐时光，野餐也是两性聚会重要的传统社交场合。

星期五早上汤姆听到的第一件事情是一个可喜的消息——前一天晚上萨契尔法官的家属回到这镇上来了。印江·乔和那份财宝暂时降到了次要的地位，现在这孩子主要的兴趣转向了蓓琪。他会见了她，他们和一大群同学玩“捉迷藏”和“守沟”的游戏，痛快极了。大家玩了一天，最后还有一桩锦上添花的事情，特别令人满意；蓓琪纠缠着她母亲，叫她约定第二天举行那早已答应却拖延了很久的野餐，她同意了。那孩子的欢喜是无穷尽的，汤姆的兴致也不相上下。太阳落山以前就发出了请帖，村里的年轻人马上就卷入了一阵狂潮，纷纷做参加野餐的准备，同时也怀着愉快的预感。汤姆的兴奋使他能够不打瞌睡，一直醒着待到很晚的时候，他怀着很大的希望，等着听哈克装的猫叫，但愿第二天能把他的财宝拿出去使蓓琪和参加野餐的同伴们大吃一惊，可是他失望了，那天晚上什么叫声也没有。

早晨终于来到了，十点或十一点的时候，一群如痴如狂、吵吵闹闹的孩子在萨契尔法官家里集合了，一切都已准备妥当，只待出发。大人照例不参加，以免使野餐失色。他们都认为孩子们有了几位十八岁的大女孩和二十三岁左右的青年照顾，可以很放心。那只旧渡轮已被租下做野餐场所，随即这一群欢欢喜喜的孩子就背着一筐一筐的食物，排着队往大街上走去了。席德有病，只得错过这次好玩的机会；玛丽留在家里陪他玩。萨契尔太太对蓓琪说的最后一句话是："你们要到很晚的时候才能回来，你也许不如在那些离码头很近的同学家里住一夜吧，孩子。"

"那么我就在苏珊·哈波家里住吧，妈妈。"

"那很好。你可注意要乖乖的才行，千万别给人家添麻烦。"

随后孩子们蹦蹦跳跳地往前走的时候，汤姆对蓓琪说："嘿，我告诉你咱们怎么办吧。别到乔伊·哈波家里去，我们干脆爬上山去，住在道格拉斯寡妇家里。她那里有冰淇淋吃！她差不多天天都吃，多得要命。我们去了，她准会非常欢迎。"

"啊，那才好玩哩！"

然后蓓琪想了一会儿，说道："可是妈妈会怎么说呢？"

"她哪会知道？"

这女孩把这件事情在心里反复思索了一阵，然后不情愿地说："我看这是不对的，可是……"

"废话！你妈不会知道，那又有什么关系呢？她不过是希望你平安无事，我敢说她要是想到了，一定会叫你上那儿去。我知道她会那么说！"

道格拉斯寡妇的殷勤款待是很有诱惑力的。这种诱惑力和汤姆所说的道理马上就收到了效果。所以他们俩就相约不把那天晚上的计划向任何人说，随后汤姆又忽然想到哈克也许就在这天晚上来找他，发出信号。一想到这个，他所期待的快乐就大打折扣了，不过他还是不情愿放弃道格拉斯寡妇家里那一场欢乐。而且，他想着其中的道理，他为什么认为今天晚上比较更有希望听到消息呢？当天晚上确有把握的娱乐把那靠不住的财宝压倒了。他究竟是个孩子，所以他就决定顺从那比较强烈的愿望，那一天再也不许自己想到那一箱钱财了。

在这村镇的下游三里的地方，渡船在一个树木丛生的山谷口上停住，靠了岸。孩子们一窝蜂拥了上去，不久那树林中各处和高耸的悬崖上无论远近响遍了大嚷大笑的回声。一切累得浑身发热和筋疲力尽的玩耍方式都玩过了，后来那些到处乱闯的小角色七零八落地回到他们露营的地方，个个都有了很好的胃口，于是就开始扫荡那些美味的食品了。饱餐一顿之后，大家就在枝叶繁茂的橡树阴影之下很畅快地休息和闲谈了一阵。

后来有人大声嚷道："谁打算到洞里去玩？"

人人都准备去。一把一把的蜡烛拿出来了，大家马上就蹦蹦跳跳地一起爬上山去。洞口在山腰上面，进口的地方像个A字形。笨重的橡木大门并没有闩上。里面有一个小房间似的石窟，像冰窖那么冷，四周是天然又坚实的石灰岩墙壁，那上面好像是出冷汗似的冒着水珠。在这里站在深沉的黑暗之中，往外望着那阳光中闪闪发光的苍翠山谷，颇有一番浪漫和神秘的意味，但是这个境界的感染力很快就消失了，大家又顽皮地嬉闹起来。每逢有人点着一根蜡烛，别人就向他一齐拥上去，跟着就是一阵抢夺和卫护的挣扎，可是蜡烛不久就被碰倒或者吹灭了，于是大家就发出一阵兴高采烈的哄笑，又跑到别处起哄去了。可是凡事都有个结局，后来大家排成纵队前进，顺着主要通道的陡坡往下走，那一行闪烁的烛光模模糊糊地把高耸的石壁照亮，几乎照到头顶上六十尺高处两壁相接的地方。这条主要的通道不过有八尺或十尺宽。每隔几步，就有其他高耸的、更狭窄的裂口从这条大道的两旁分出去，因为麦克道格尔洞原是许多弯弯曲曲的过道组成的一个绝大的迷宫，那些过道互相交叉，又互相分开，不知究竟通到什么地方。据说游河的人在里面随便东走西走，可以在它那些错综复杂的裂口和崖缝当中一连走几个昼夜，始终找不到洞的尽头。人尽可以老往下走了又走，走了又走，一直往地底下钻，老是一样——迷宫之下又是迷宫，哪一个也走不到底。谁也不"熟悉"那个洞。大多数年轻的男子都只熟悉洞里的一部分，而且照例都不敢超出他们所熟悉的这一部分，再往前走多远。汤姆·索亚对这个洞所知道的和别人一样有限。

游洞的行列顺着主要的通道前进，大约走了四分之三里，然后就有些人分成一群一群、一对一对，往旁边溜到那些分岔的支道里去，顺着一些阴森的走廊奔跑，在这些走廊再碰到一起的地方互相偷袭。分开的小队可以互相闪避，经过半小时之久，而不至于走出那"熟悉"的范围之外。

不久就有一群又一群的人七零八落地回到洞口来。喘着气，欢欢喜喜，从头到脚，浑身滴满了融化的蜡烛油，沾满了黏土。大家都对这一天痛痛快快的玩耍感到十足的高兴。然后他们就大吃一惊地发现大家都没有注意到时间，想不到晚上就快到了。船上的钟已经当当地敲了半小时。但是这一天的游玩如此结束是富有浪漫意味的，因此大家都很满意。渡船载着那些欢天喜地的乘客开到河里的时候，除了船长以外，谁也不对那浪费掉的时光感到丝毫的惋惜。

渡船的灯光一晃一晃地从码头旁边闪过的时候，哈克已经开始留意了。他没有听见船上有什么声音，因为那些年轻人就像一般疲劳得要命的人一样，大家都老老实实、不声不响了。他不知道那是只什么船，为什么不靠码头停住，随后他就不再把它放在心上，又专心注意他自己的事情了。晚间的云渐渐浓起来，天色也越来越暗。十点钟到了，车马的声响也已停息，东一处西一处的灯光开始熄灭，七零八落的步行人也不见了，整个村庄都进入了梦乡，只留下这个守夜的小伙子独自陪伴着寂静的鬼怪。十一点又到了，旅舍的灯光也熄了；现在到处都是一团漆黑。哈克等待了似乎很长久的一段

“麦克道格尔洞原是许多弯弯曲曲的过道组成的一个绝大的迷宫，那些过道互相交叉，又互相分开，不知究竟通到什么地方。”

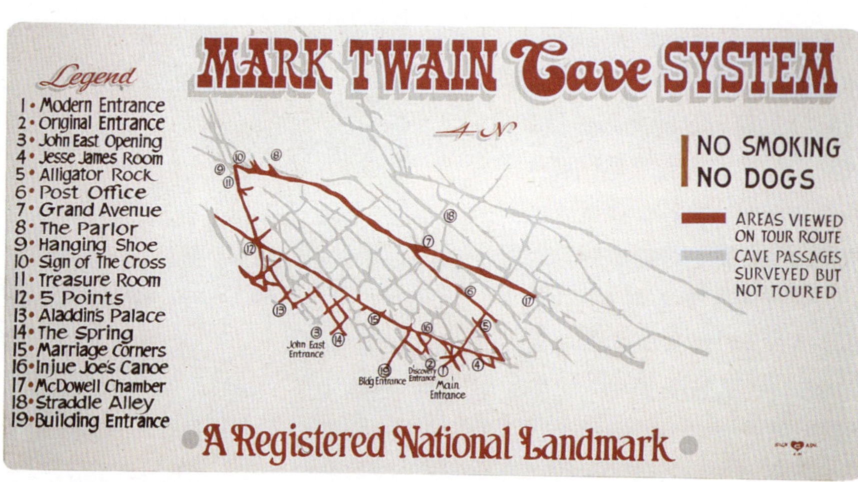

《汤姆历险记》里孩子们造访的山洞距汉尼拔大约一英里(2公里)，原名叫"锡姆的山洞"(Simm's Cave)，《汤姆历险记》出版后改为"马克·吐温的山洞"(Mark Twain's Cave)，现在是一个国家景点，1880年开始开放观光。上图是一张画有两条通往该山洞道路的地图，图上标示着两条道路距山洞六英里的路程，而整幅地图所涵盖的250英亩(100公亩)广阔土地，也就是开放观光的地区。

令人厌倦的时间，可是仍毫无动静，他的信心渐渐微弱了，老等下去是否有什么好处？是否当真有什么好处呢？为什么不就此算了，回去睡觉呢？

这时候他听到一点响声，立刻就拼命注意倾听。小巷的门被人轻轻地关上了。他连忙跑到砖厂转角的地方。片刻之后就有两个人由他身边迅速地掠过，其中有一个似乎是在腋下夹着一件什么东西。那一定是那个箱子！原来他们是打算要把那份财宝搬走呀！现在怎么能去叫汤姆呢？那未免是太荒谬的举动——那两个人就要带着那个箱子跑掉，再也找不着了。不行，他要紧盯住他们，跟着走才行；他可以信赖夜间的黑暗，保障他的安全，不至于被人发现。哈克心里一面这样盘算着，一面走出来，在那两个人后面悄悄地跟着走，光着脚，像只猫似的，老让他们在自己面前保持适当的距离，刚刚可以叫他看得见。

他们顺着沿河的街道往上走了三条街口，再向左转到一条横街上。然后他们就一直往前走，一直走到通着加第夫山上的那条小路，就顺着它上山。他们走过半山腰上那威尔斯老头的房子，毫不踌躇，只顾继续往山上爬。哈克想着，好吧，他们会把它埋在那老石坑里。可是他们在石坑那儿不停留片刻，还是往山顶上走。他们钻进两旁高高的五倍子树丛之间的一条狭窄的小路，马上就在黑暗中隐藏起来了。哈克紧跟上去，缩短了他的距离，因为他们绝不能看见他。他快步向前走了一会儿，然后又把脚步放慢一些，怕的是追得太快。他又向前走了一小段路，随后就完全停住了。他静听着，没有声音：除了他似乎是听得见自己的心跳以外，什么声音也没有。有一阵猫头鹰的叫声从山后面传过来，这是不祥预兆的声音！可是却没有脚步声。天哪，难道是完全落空了吗？他正想拔腿就逃，偏巧这时候有一个人在离他不到四尺的地方轻轻咳了一下，哈克的心一下子跳到嘴里来了，可是他又把它吞了下去，然后他站在那儿发抖，好像同时有十几次疟疾侵袭着他一般。他吓得四肢无力，简直觉得非倒在地上不可。他知道自己在什么地方。他知道他已经离那通到道格拉斯寡妇庭院的梯阶不过五步了。他心里想，好吧，就让他们把它埋在这儿，那是不难找到的。

这时候有人说话，声音非常之低，那是印江·乔的声音："他妈的真混蛋，说不定有人在她那儿。这么晚了，还有灯哪。"

"我瞧不见什么灯呀！"

这是那个陌生人的声音，那个闹鬼房子里的陌生人。一阵剧烈的寒战侵袭着哈克心头，原来这就是要干那"报仇"的勾当呀！他的念头就是逃跑。随后他又想起道格拉斯寡妇有好几次都对他很厚道，现在这两个人可能是打算要谋杀她。他很希望自己有胆量去给她报个信；可是他知道他不敢，他们可能追过来抓住他。那个陌生人说了那句话之后，过了一会儿，印江·乔才又开口，在这片刻之间，哈克想到了这一切，还想到一切别的事情。印江·乔说的是："那是因为这一堆树挡住了你。来，往这边瞧。这下你瞧见了吧，对不对？"

"对了。哦，果然有别人在那儿，我猜是。还是算了吧！"

"哪能算了，我马上就要离开这一带，再也不回来了！算了，也许就永远不会再有机会了。我早就告诉过你，现在再对你说一遍吧，我根本不在乎她那点钱财，那可以让你拿去。可是她的丈夫对我很凶，他有好几回都对我很凶，主要是他当治安法官，说我是个无业游民，把我关进监牢，并且还不止这个，那还算不了一百万分之一呢！他叫我挨过马鞭——把我在监牢前面拿马

“这是那个陌生人的声音，那个闹鬼房子里的陌生人。一阵剧烈的寒战侵袭着哈克心头，原来这就是要干那‘报仇’的勾当呀！”

鞭子抽，像个黑鬼子似的，全镇的人都围着看！拿马鞭子抽呀，你懂吗？他倒早死了，算是便宜了他，可是我得在他老婆身上来算账。”

“啊，别要她的命吧！可别来这一手！”

“要命？谁说过什么要命的话呀？那个男人要是在这儿，我会要他的命，我可不会弄死这女人。你要对一个女人报仇的话，用不着要她的命，没那么傻！你得毁她的相貌，你把她的鼻孔拉开，给她的耳朵拉个缺口，像只猪似的！”

“天哪，那可是……”

“请你免开尊口！这么对你才最妥当。我把她绑在床上，她要是流血流死了，那能怪得着我吗？她死了，我也不会哭呀！朋友，这件事情要你来帮我个忙，为了我。叫你来原就是为的这个，我一人也许干不成。你要是怕事情，我就要你的命。你明白吗？我要是非弄死你不行，那就连她也干掉，那么我想谁也不会知道这事情是什么人干的。”

“好吧，要是非干不行，我们就下手吧！越快越好，我浑身都在打哆嗦哪。”

“现在就下手？有别人在那儿也不管？你当心吧，你先要明白，我可要对你犯疑心。不行，我们得等到熄了灯的时候，用不着太急。”

哈克觉得随后将会有一阵沉默，所以他就屏住气，小心翼翼地往后退了一步，然后又退了一步，再退了一步，然后一根小树枝在他脚下喀嚓一声踩断了！他停住了呼吸，静听了一会儿。什么声音也没有，绝对地安

静，他感到无限的安慰。这下子他就转过身来，在两道墙一样的五倍子树丛当中走，他转身转得非常小心，好像自己是一艘船似的。然后他就加快了脚步，到了石坑那里，他就觉得放心了，于是他拔起腿飞跑起来。他往下跑了又跑，一直跑到那威尔斯人住的地方。他乒乒乒乒地敲门，随即那老头和他那两个健壮的儿子的头都从窗户里伸出来了。

“怎么回事?谁在敲门?你要干吗?”

“让我进去吧，快!我全都告诉你们。”

“咦，你是谁呀?”

“哈克贝利·费恩——快，让我进去!”

“哈克贝利·费恩，哈，原来是你呀!据我看，凭你这个名字可是叫不开多少人家的门呢!可是孩子们，让他进来吧，咱们瞧瞧到底出了什么事儿。”

“请您千万别说是我告诉您的。”这是哈克一进门首先说的话，“千万别说出去，人家会要我的命，一定会……可是寡妇有时候对我很厚道，所以我要报信。只要您答应我绝不跟人家说这是我说的，我就一定说。”

“哎呀，他的确是有什么事要说呢，要不然他不会这样！”老头大声说，“尽管说吧，孩子，这儿谁也不会说出去。”

三分钟之后，老头和他那两个儿子都带好了武器，往山上走，他们踮着脚尖，把武器拿在手里，走进那五倍子树丛当中的小路。哈克没有陪着他们再往前走，他躲在一块大圆石后面，开始静听。过了一段拖延的、令人焦急的静默时间之后，突然一下子爆发了一阵枪声和喊声。

哈克没有等察明详细情形。他连忙转身往山下跑，两条腿拼命地跑得飞快。

一到八九月份，盐肤木（漆树科）会结成亮丽光滑的紫红色果实，这些果实由树梢成串地生出，一直持续到冬季。

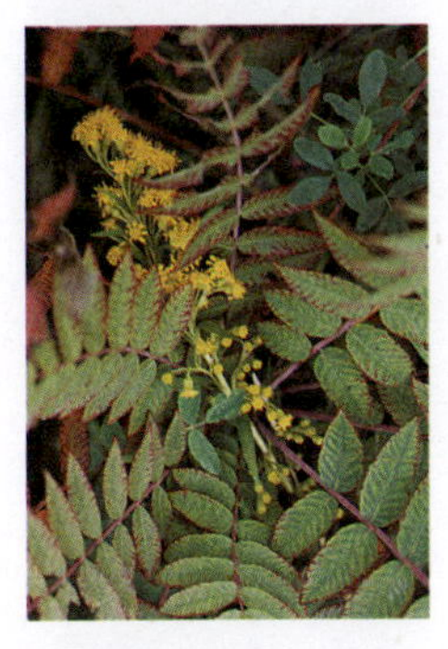

秋天来临的时候，漆树树叶会变得很有观赏价值，由鹅黄转为鲜红，加上鲜紫色的果实更是美不胜收。从加拿大到美国南部都可以见到这种树，任何土质都适合栽植。

30
汤姆和蓓琪在洞里

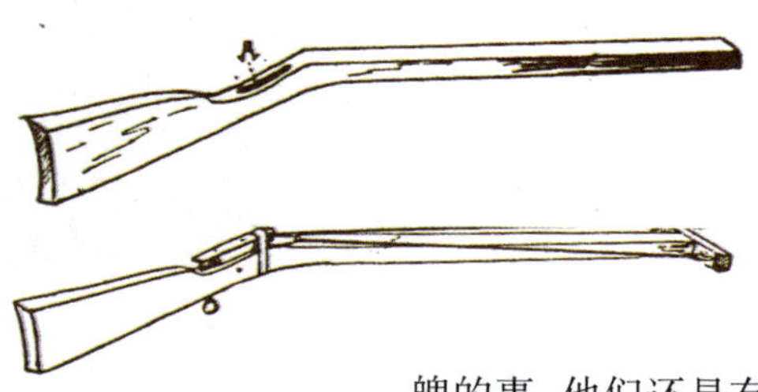

边远地区的小孩会使用枪打猎，或抵抗印第安人及盗匪的攻击是很寻常的事。上图是《美国青少年实用手册》中描绘的弹弓来福枪的样子，为弹弓和来福枪的组合体。

星期天早上刚刚有一点点天亮的模样，哈克就摸索着往山上走，轻轻地敲一敲威尔斯老人家里的门。屋里的人还在睡着，可是由于前一天夜里那件惊心动魄的事，他们还是有点睡得提心吊胆。有一个窗户里发出了一声问话："是谁呀？"

哈克那惊魂未定的声音低低地回答说："请您让我进去吧！我是哈克贝利 · 费恩呀！"

"凭你这名字，不管白天夜里，都可以叫开这个门，孩子——而且还欢迎你！"

这句话在这流浪儿的耳朵里是怪生疏的，而且也是他这一辈子所听到过的最悦耳的声音。他想不起那末尾的话曾经有任何人对他说过。门很快就打开了，他马上走了进去。主人让哈克坐下，老头和他那两个高大的儿子都赶快穿起了衣服。

"喂，好孩子，我想你该是饿得厉害了吧。太阳一出来，早饭就会预备好了，咱们可以吃一顿滚热的饭，你尽管放心吧！昨天晚上我和我那两个孩子还希望你会回来在这儿过夜哩！"

"我简直吓得要命，"哈克说，"我跑掉了。一听见手枪响，我拔腿就跑，一直跑了三里才站住。现在我回来是为了要知道究竟怎么样，您知道吧！我不等天亮就来了，因为我不愿意再碰见那两个鬼，哪怕是他们死了，我也不想看见他们。"

"唉，可怜的小伙子，看你那神气，就知道你昨晚上准是够受的。可是这儿有一张床铺，一会儿你吃过早饭就可以睡一觉。唉，他们还没死哪，孩子，这真叫我们怪不称心。你瞧，我们照你说的那些情形，很知道应该在什么地方对他们下手，所以我们就踮着脚尖悄悄地走到离他们只有十五尺的地方。那五倍子树当中的小路上简直是漆黑一团，恰好在这时候，我觉得要打喷嚏了。这真是倒霉透顶的事！我想憋住，可是不行，非打不可，而且果然就打出来了！我是举起手枪在前面领头走的，后来我的喷嚏惊动了那两个坏蛋，他们就沙沙地钻出那条小路往外走，我就大声喊起来：'开枪，孩子们！'这下子就冲着那沙沙响的地方连放了好几枪。孩子们也开枪了。可是他们马上就溜了，那两个王八蛋，我们跟在后面追，从树林里往下跑。我猜我们根本没打着他们。他们开步跑的时候，各人放了一枪，可是他们的子弹在我们身边嗖的一下飞过去，一点也没伤

“'啊，我瞧见过，我在镇上瞧见过他们，还在他们背后跟着走。'”

着我们。我们到听不见他们脚步声的时候，就不再追了。我们跑到山下，把警官叫醒了。他们集合了一队人，开到河边上去站岗，只等天一亮，警长还要带一队人到树林里去搜。这两个孩子马上也会跟他们去。我很想知道那两个家伙是什么样儿，那是很有帮助的。可是你在黑地方瞧不见他们的模样儿，是不是，孩子？”

“啊，我瞧见过，我在镇上瞧见过他们，还在他们背后跟着走。”

“好极了！你说说他们的样子吧。快说，好孩子！”

“一个是那又聋又哑的西班牙老头，他到这一带地方来过一两次；另外那个是个怪难看的、穿得很破烂的……”

“这就够了，孩子，我们知道这两个人！有一天我们在树林子里寡妇的房子后面碰见他们，他们就偷偷地溜走了。快走吧，孩子们，快去告诉警长，你们明天再吃早饭吧！”

威尔斯老人的两个儿子马上就动身了。他们正要走出那屋子的时候，哈克突然站起来，大声喊道：

“啊，请你们千万别跟人家说是我告了他们呀！啊，千万千万！”

“好吧，你不叫我们说就不说，哈克，可是你干了这桩好事，总该让人家知道你的功劳呀！”

“啊，不，不！请千万别说吧！”

两个年轻人走开之后，那威尔斯老头就说：“他们不会说的，我也不会。可是你为什么不愿意让人知道呢？”哈克说这两个人之中有一个他已经很熟悉了，所以他无论如何不愿意让人知道他知道了他的秘密——那个人要是知道他看破了他的秘

❝威尔斯老人便说道：‘好孩子，你别怕我。我连一根头发都不会伤害你。相信我吧，我不会泄露你的秘密。’❞

密，准会要他的命。除此以外，哈克再也说不出什么理由来了。

老人再一次答应了保守秘密，他又说："你怎么会盯着那两个家伙呢，孩子？是不是他们形迹可疑？"

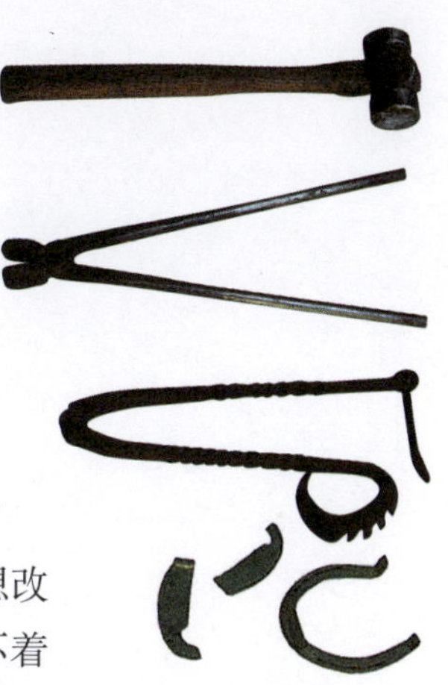

上图为一些铁匠的工具：铁锤、两支铁夹、两块牛蹄铁、一块马蹄铁。铁匠制作、修理工具，也替从事劳动的家畜做"鞋子"，如：马、骡、驴、牛。

哈克没有做声，心里一面编出一个相当小心的回答，然后他说："噢，你知道，我是个教不好的坏蛋，至少是大家都这么说，我也并不觉得冤枉。有时候我就为了心里在想这个，简直不大睡得着，老想改一改自己的行为。昨天晚上又是这么回事，我睡不着觉，所以我就在半夜里到街上走，心里翻来覆去想着这件事情。后来我走到戒酒的旅舍旁边那个老砖厂那儿，就靠着墙站着再想一想。哈，正在这时候，那两个家伙就悄悄地溜过来，紧靠着我身边走过，胳臂底下还夹着一个什么东西，我猜那准是他们偷来的。他俩有一个在抽烟，另外那个向他借火；所以他们就在我面前站住了，雪茄烟的光照亮了他们的脸，我就从那个大个子的白胡子和眼睛上戴的眼罩看出他就是那又聋又哑的西班牙人，另外那个是一个讨厌的、穿得破破烂烂的鬼。"

"抽烟的光照着，你就看得清他穿的是破烂衣服吗？"

这一问使哈克一时答不上话，后来他才说："啊，我不知道，可是我好像是看出来了。"

"后来他们就再往前走，你就……"

"跟着他们走。是的，就是这样。我要看看究竟是怎么回事，他们那样偷偷摸摸地走实在是有点蹊跷。我一直跟着他

轰轰响的鼓风箱、烟火般的火花和铁锤敲在铁砧上的巨响，冶炼场的景观令人目眩。

们走到寡妇的梯阶那儿，站在黑暗当中，听见那个穿破衣服的人替寡妇求饶，西班牙老汉却发誓要毁掉她的脸相，就像我告诉您和您那两个……”

“怎么！那个又聋又哑的人居然说了那么多话呀！”

哈克又犯了一个绝大的错误！那个西班牙人究竟是谁，他原本想极力不让这位老人得到丝毫联想的线索，可是他虽然拼命在注意，他的嘴却似乎是偏要给他找麻烦。他几次设法要想逃出窘境，可是那老人的眼睛老在盯住他，于是他一次又一次地露了马脚。随后那威尔斯老人便说道：“好孩子，你别怕我。我无论如何连一根头发都不会伤害你。不会，我要保护你，我要保护你。这个西班牙人并非又聋又哑，你无意中泄露了秘密，现在你再也掩盖不住了，你想把那个西班牙人隐瞒起来，其实他的事情你是知道一些的。现在你相信我吧。把实情告诉我，尽管相信我吧，我不会泄露你的秘密。”

哈克盯住那老人诚实的眼睛望了一会儿，然后弯过身去，对他耳朵里悄悄地说：

“那不是个西班牙人——那是印江·乔！”

那威尔斯老人几乎从他的椅子上跳起来了。过了片刻工夫，他说：“现在事情完全明白了，你说到什么把耳朵拉个缺口和拉开鼻子的时候，我还以为那是你自己编出来的一套，因为白人是不会采取这种报复手段的。原来是个印第安人！那根本就是另一回事喽！”

吃早饭的时候，谈话还在继续着，在这番谈话当中，老人说他和他的儿子在睡觉之前还做了一件最后的事情，那就是打着灯笼到那梯阶和附近的地方去，查看一下是否有血迹。结果他们没有发现血迹，可是找到了很大的一捆……

“一捆什么？”

“一捆夜贼用的家伙。咦，你怎么啦？”

哈克把身子往后一靠，微微地喘着气，可是他感到深深的、说不出的快慰。威尔斯老人严肃地、好奇地注视他，随后又说：“是的，夜贼用的家伙。这好像是叫你放心得多了，可是刚才你怎么那么吃惊呢？你原来猜想我们找到的是什么东西呢？”

这一问把哈克逼得很紧，探询的眼光在盯着他，他情愿付出一切代价，换取一个显得有理的回答措辞。他想不出什么好主意，只有一个毫无意义的回答在他脑子里出现。他来不及估量，于是就硬着头皮说了出来，声音很低："主日学校的课本吧，也许是。"

可怜的哈克太难受了，他简直笑不起来，可是那老人却哈哈大笑，笑得很开心，把周身从头到脚的各部分都笑得发抖。最后他说这种笑法等于口袋里的钞票，因为它可以减少付给医生的诊费，效果大极了。

受大众喜爱的彩窗是教堂不可或缺的装饰品。上图为汉尼拔一间清教徒教堂里的一面彩窗。

然后他又说："可怜的小伙子，你脸色发白，脱了形了。你一定是很不舒服，难怪你有点儿心神不宁、沉不住气，不过你会好起来的。我相信你只要多休息休息再睡一觉，就会什么毛病都没有了。"

哈克那么笨头笨脑，竟至露出那种可疑的激动神情，他想起来不免烦躁。原来他在寡妇的梯阶那里听到那两个家伙的谈话，马上就改变了想法，不再认为他们从旅舍带出来的那包东西是那份财宝了。所以他一听见老人提到他拾到一捆东西，就无法保持镇静。事实上，现在一切的事情似乎都是朝着正确的方向走。那份财宝一定还在二号，那两个人会在当天被捕，关进监牢，他和汤姆可以在当天夜里拿到那些黄金，一点也不麻烦，也无须担心什么。

正当早餐才吃完的时候，外面有人敲门。哈克连忙跳开，想找个躲避的地方，因为他丝毫也不愿意和最近那件事情发生任何关系。威尔斯老人让几位女客和绅士进来了，其中有道格拉斯寡妇，同时还看到一群一群的人往山上爬，去仔细看看那梯阶。原来是消息已经传播开了。

威尔斯老人不得不把那晚上的事情向客人们叙述一遍。寡妇也把感激心情爽爽快快地说了出来。

"您别提了吧，太太，另外还有个人也许比我和我

“这个惊人的消息飞快地从大家嘴上传出去，一群人传到一群人，一条街传到一条街，还不到五分钟，教堂的钟就叮当叮当地大响起来，把全镇的人都惊动了！”

的孩子们更值得您感谢，可是他不许我说出他的名字。要不是有了他，我们还不会上那儿去呢。”

这话当然引起了绝大多数人的好奇心，以至于使主要的事情都显得无足轻重了，可是威尔斯老人却不肯说出他的秘密，偏让这种好奇心深深地印入客人们的脑子里，再由他们把它传遍全镇。后来他把其他一切都说明了之后，寡妇说道：“我那时候上床睡觉了，还在床上看书，后来外面闹得那么凶，我可能是睡着了，一直都没醒，你们怎么不叫醒我呢？”

“我们觉得那不值得惊动您。那两个家伙看样子不会再来，他们想要再干也没有家伙了，并且我们要是叫醒您，把您吓得要死，那有什么好处？我们走了之后，我家里那三个黑人整夜都在您门外守卫哩！他们刚刚才回来。”

又有客人来了，主人只好又说了两个钟头。

学校放假期间，主日学校也不上课，但是大家都老早就到教堂去了。那惊人的事件已经传得满城风雨了，据说始终还没有发现那两个歹徒的踪影。布道完毕之后，萨契尔法官的太太跟着人群顺着走道走出来的时候，缓下脚步来和哈波太太走成并排，说道："我的蓓琪难道要睡一整天吗?我本就料到了她会累得要命哩。"

"您的蓓琪?"

"是呀，"法官太太露出惊骇的神色，"她昨晚上不是住在您那儿吗?"

"什么，没有呀!"

萨契尔太太脸色惨白，一下子坐倒在教堂里一个座位上，恰巧在这时候，波莉阿姨和一个朋友谈得兴致勃勃，正由旁边走过。

波莉阿姨说："您好，萨契尔太太。您好，哈波太太。我家那个淘气孩子不见了，我猜我的汤姆昨晚上大概是在你们家里过夜，不知是在你们哪一位家里。现在他不敢来做礼拜，我可得找他算算账。"

萨契尔太太无力地摇摇头，脸色更加惨白了。

"他并没有在我那儿住。"哈波太太说，同时她开始感到不安。波莉阿姨脸上露出焦虑。

"乔伊·哈波，你今天早上见过汤姆吗?"

"没有，伯母。"

"你最后看见他是在什么时候?"

乔伊想要记起来，可是记不清楚，不能肯定地回答。往教堂外面出去的人们都停下来不走了。大家交头接耳把消息传开，每个人的脸上都笼罩了一种不祥的焦虑。孩子们都受到焦急的询问，年轻的老师们也是一样。他们都说渡船开回来的时候，没有注意汤姆和蓓琪是否在船上。那时候天已经黑了，谁也没有想起要问一问是否有人不见了。最后有一个年轻人突然说他们恐怕还在洞里！萨契尔太太马上就晕过去了。波莉阿姨大哭起来，一面还用力扭着双手。

这个惊人的消息飞快地从大家嘴上传出去，一群人传到一群人，一条街传到一条街，还不到五分钟，教堂的钟就叮当叮当地大响起来，把全镇的人都惊动了!加第夫山的事件马上就没有人重视了，那两个贼也被人忘记了，大家赶紧把马套上鞍子，把小艇配备了划手，叫渡船开出去，这阵恐惧还不到半个钟头，就有两百多人由大阶口河道纷纷向石洞那边蜂拥而去了。

威尔斯老人在天快亮的时候回家了，他浑身滴满了蜡烛油，沾满了黏土，几乎累得精疲力竭了。他发现哈克还在那张床上，发着高烧，昏迷不醒。医生们都到石洞那里去了，所以道格拉斯寡妇就来照料病人。她说她要尽力看护他，因为不管他是好是坏，或是也不好也不坏，他究竟是上帝的孩子，只要是上帝的，那就无论怎样都不应该忽视。威尔斯老人说哈克有他的一些优点，寡妇也说：“的确不错。那是上帝留下的记号，上帝绝不疏忽，他是从来不疏忽的。凡是他手里造出来的生灵，他总要在他身上某一处地方留个记号。”

下午还早的时候，就渐渐有一队一队累得要命的人左歪右倒地回到村里来，可是最强壮的村民还是继续在那里寻找。所能得到的消息只是说洞里从来没有人到过的深处都有人在搜寻；每个角落、每个裂口都会经过彻底的探索；每逢有人在那许多通道交叉的迷宫中钻来钻去的时候，总是看见老远有亮光到处闪动，嚷叫和放射手枪的声音顺着那些阴森的通道发出空洞的混杂回声，传到耳朵里来。有一处，在远离一般游客穿行范围的地方，有人发现了“蓓琪和汤姆”的名字用蜡烛的烟熏在岩壁上，附近还有一小截油污的缎带子。萨契尔太太认出了这截缎带子，便对着它痛哭起来。她说这是她从她的孩子那里所能得到的最后一件遗物了，还说她的其他纪念品再没有像这样宝贵的了，因为这件东西是她遭到惨死之前最后离开她的肉体的。有人说洞里时时都有老远的一点亮光微微闪动，然后就会爆发出一阵欢天喜地的欢呼声，于是就有一二十个人排着队顺着那发出回声的通道跑过去，然后照例是遭到令人心烦的失望；那两个孩子并不在那儿，原来那是搜寻人的亮光。

“在远离一般游客穿行范围的地方，有人发现了‘蓓琪和汤姆’的名字用蜡烛的烟熏在岩壁上，附近还有一小截油污的缎带子。”

三个可怕的昼夜在沉闷的光景里熬过了，村里陷入了绝望的茫然状态。谁也没有心思做任何事情。刚才偶然发现的一件事情，那禁酒旅

舍的东家在他的房子里居然存着酒，虽然是惊人的消息，却丝毫不怎么令人兴奋。哈克在他神志清醒的时候，软弱无力地把话题扯到旅舍的问题上，最后还问到他病了之后，是否在那禁酒旅舍里发现过什么东西，他心里暗自担心着会有最不幸的消息。

“发现过。”寡妇说。

哈克把眼睛睁得好大，在床上惊坐起来：“怎么？发现了什么东西？”

“酒呀！旅舍已经查封了。躺下吧，孩子，你把我吓了一大跳！”

“您只要告诉我一件事情就行了，只有一件事情，请您告诉我！是不是汤姆·索亚发现的呢？”

寡妇突然哭起来了：“安静点，安静点，孩子，安静点！我早就对你说过，你千万不能说话。你的病很不轻，很不轻呢！”

那么，除了酒以外，并没有发现什么了。要是发现了黄金，那么，大家一定会大谈特谈。足见那份财宝是永远找不着了，永远找不着了！可是她究竟为什么哭呢？她忽然哭起来，真是怪事。

这些念头模模糊糊地在哈克心里转了一会儿，这使他精神疲惫不堪，因此他就睡着了。

“这些念头模模糊糊地在哈克心里转了一会儿，这使他精神疲惫不堪，因此他就睡着了。”

31
找着又失踪了

现在再来说说汤姆和蓓琪参加那次野餐的情况吧!他们跟着其他同伴在那些阴暗的通道里穿过，游览洞里那些大家熟悉的奇迹，这些奇迹都被人取了一些形容得过分的名字，如“会客厅”、“大教堂”、“阿拉丁的宫殿”等等。随后捉迷藏的游戏开始了，汤姆和蓓琪热心地参加着，直到后来因为玩得太起劲，渐渐有些使人厌倦的时候，他们就随便顺着一条弯弯曲曲的通道往前走，手里高举着蜡烛，念着岩壁上用蜡烛烟子熏上的那些歪歪扭扭的蜘蛛网似的人名、日期、通信地址和格言之类的字迹。他们再往前随意走着，一面谈着话，不知不觉地走到岩壁上没有熏字的地方了。他们在一个岩石的突出部分底下熏上了自己的名字，再往前走。不久他们就来到了一处地方，那儿有一小股流水从一个突出的岩层上流下来，那水里带着石灰石的沉渣，经过穷年累月的时间，聚结成了一道闪烁、不朽的钟乳石，像一道镶着边的、起皱纹的大瀑布一般。汤姆把他那小小的身体挤到钟乳石后面去，为的是要从里面把它照亮，好叫蓓琪看了高兴。他发觉那钟乳石遮住了一道夹在狭窄石壁当中陡峭的天然石阶，于是他立刻就起了一种野心，想做一个探险家。蓓琪响应他的号召，于是他们用烟熏了一个记号，作为以后引路的标志，随即就开始探察。他们在洞里东转西绕钻进秘密的深处，又留了一个记号，然后再往岔路上去探索新奇的东西，以便回到外界去告诉别人。有一处他们发现了一个宽大的石窟，从那石窟的顶上垂下许多像人腿那么长、那么大的钟乳石；他们在石窟里整整转了一周，又是惊奇，又

“他们就随便顺着一条弯弯曲曲的通道往前走。”

是赞叹，随后就从那通着石窟的无数通道之中的一条走出去了。他们顺着这条路走去，不久就到了一个美妙的泉水所在，泉水的池边镶着一层闪亮水晶体构成的霜花；这个泉水在一个石窟当中，石窟的四壁由许多稀奇古怪的柱子撑持着，这些柱子都是由一些大钟乳石和大石笋上下连接而成的，那是千万年来不曾间断的滴水的结果。石窟顶下有一大群一大群的蝙蝠集结在一起，每一群有成千上万那么多；烛光惊动了这些小动物，于是它们就几百几百地成群飞下来，一面尖叫一面向蜡烛猛扑。汤姆知道它们的习惯和这种行动的危险，他拉住蓓琪的手，推着她往首先发现的一个通道里去；这一招做得正好，因为蓓琪走出石窟的时候，就有一只蝙蝠用它的翅膀扑灭了她的蜡烛。那些蝙蝠把孩子们追了很远；于是这两个逃亡者碰到每一条新出现的通道都往里面钻，最后终于摆脱了这些危险的东西。汤姆不久就发现了一个地下湖，在黑暗中往远处伸展，一直到它的轮廓在暗影中看不见了。他要去探察它的岸边，可是终于决定最好还是先坐下来休息一会儿。现在这地方深沉又寂静，第一次伸出一只恐怖又冰冷黏湿的魔掌，抓住了这两个孩子的心灵。蓓琪说：

“噢，我简直没注意，我们好像有挺大挺大的工夫没听见别人的声音了。”

“你要知道，蓓琪，我们已经离开他们很远，跑到他们底下来了。我不知道我们跑了多远，也分不清到底是东西南北哪一方。”

“我们在这儿听不见他们的声音了。”

蓓琪渐渐担心起来。

“我不知道我们到这下面来了多久了，汤姆。我们还是动身往回走吧！”

蝙蝠虽然有“翅膀”，但实际上所谓的“翅膀”只是它皮肤延展出去的薄膜，它不属于鸟类，而是哺乳类的一种。夜晚或黄昏时出外觅食昆虫为生，天生有一具超感度雷达系统，由鼻子及喉咙发出超声波，再以耳朵接收回音，所以可以在黑夜中捕捉猎物，绝不会迷路。冬天时群聚在洞穴过冬，受到干扰时会具攻击性。

“是呀，我想着也是回去好，也许回去好些。”

“你找得着路吗，汤姆？我觉得这里面简直是弯弯曲曲，乱七八糟。”

“我想我能找得着路，可是那些蝙蝠真讨厌。要是它们把我们的蜡烛都弄灭了，那可真糟糕。我们还是另外找条路试试看吧。”

“那也好。不过我希望我们可别走迷了路，那真是太可怕！”这女孩一想到有发生这种危险的可能，不禁打了个冷战。

他们穿过一条通道动身往前走，一声不响地走了很远，每逢有个新的出口就要望一眼，看看那样子是不是有点像他们见过的地方，可是每处都是陌生的。每次汤姆仔细查看的时候，蓓琪就盯住他的脸，希望能看到一点令人鼓舞的表情，他却总是愉快地说：“啊，没关系。这个出口不对，可是我们马上就可以找到！”

可是一次又一次的失败使他越来越觉得没有希望，随后他就干脆向那些岔路里拼命乱闯，希望能找到他所要找到的出口。他嘴里还是“没关系”，可是心里却有一种沉重的恐惧，以至于他说出来的话失去了爽朗的声调，听起来好像他说的是：“一切都完蛋了！”蓓琪怀着极度恐惧的痛苦心情，紧紧地贴着他身边，极力想止住眼泪，可是眼泪还是要流出来。后来她终于说：

“啊，汤姆，不管那些蝙蝠吧，我

密西西比河流域的洞穴都位于河岬的绝壁上，这些洞穴曾被沿河做生意的美洲原住民当做仓库和庇护处；这些洞穴亦是海盗和盗匪最喜欢盘踞的地方，用来偷袭过往的蒸汽船和毛皮商人。

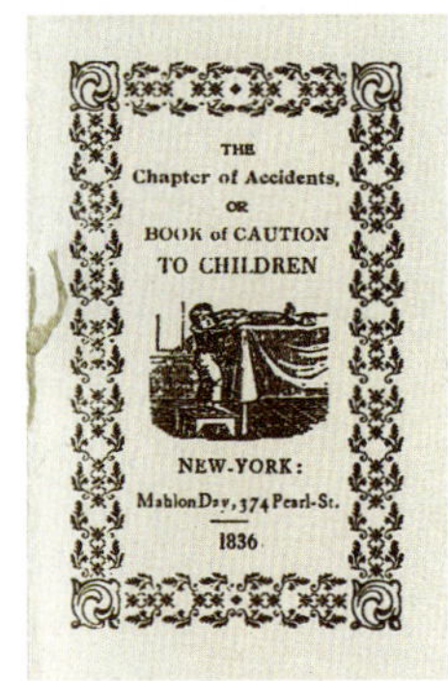
THE
Chapter of Accidents,
OR
BOOK of CAUTION
TO CHILDREN
NEW-YORK:
Mahlon Day, 374 Pearl-St.
1836.

一本教导家长预防儿童意外的书籍。当时到处旅行的小贩常有卖这类的书，价格不贵。

们还是朝那边往回走！看样子我们一直都是越走越不对头了。"

汤姆站住了。

"你听！"他说。

深沉的寂静，静得连他们的呼吸声都可以听得很清楚。汤姆大声喊叫，他的喊声顺着那些空洞的通道传过去，一路发出回声，老远地变成一个微弱的声音，渐渐听不见了，那远处的微弱声音简直像是一阵嘲弄的笑声一般。

"啊，可别再这么嚷了，汤姆，太吓人了。"蓓琪说。

"的确是吓人，可是我还是要嚷才好，蓓琪。他们也许会听见的，你要知道。"于是他又喊了一声。

"也许"这两个字甚至比那可怕的嘲笑声更加令人恐惧，因为这分明是承认越来越没有希望了。两个孩子站住静听，可是毫无结果。汤姆马上转过身来往回走，并且还加快了脚步。只过了片刻的工夫，他的态度又表示出一种举棋不定的意味，使蓓琪发现另一个可怕的事实，他连往回去的路也找不着了！

"啊，汤姆，你怎么没留下一些记号呀？"

"蓓琪，我真傻透了！傻透了！我根本没想到我们还得往回走！糟了，我找不着路，简直弄不清楚了。"

"汤姆，汤姆，我们迷路了！我们迷路了！我们永远也走不出这个可怕的地方了！啊，我们为什么要离开别人走呢！"

她软弱无力地往地上坐着，哇哇地哭得要命，这可把汤姆给吓坏了，使他想到她可能会死去，或是发疯。他在她身边坐下来，伸出胳膊去搂着她；她把脸钻进他的怀里，同时紧紧地靠着他，尽情地倾吐她的恐惧心情和无益的悔恨，远处的回音把她的倾诉通通都变为嘲弄的笑声了。汤姆恳求她重新鼓起勇气，恢复信心，可是她说她办不到。他就开始责备自己不应该把她弄到这种不幸的地步，这却产生了较好的效果。她说她要极力恢复希望，只要他不再说这种话，那就无论他领着她到什么地方去，她都要站起来跟着他走。因为她说他的过错并不比她自己的大。

书中列出的意外灾害，如掉出窗外……

于是他们又往前走，毫无目的地，干脆就是乱走。他们所能做到的只有往前走，继续往前走。有一会儿工夫，希望又有复活的趋势，并不是有什么复活的理由，而是因为希望的源泉还没有由于时间太久和失败太多而消灭的时候，它就自然是要复活的。

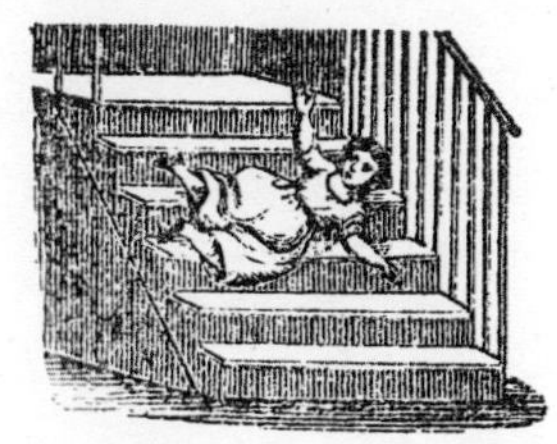

跌下楼梯……

后来汤姆把蓓琪的蜡烛拿过来把它吹灭了。这种节约真是意味深长！那是无须解释的。蓓琪心里明白，因此她又丧失希望了。她知道汤姆手里拿了一整支蜡烛，口袋里还装着三四支，可是他还是不得不节约。

被盛怒的牛顶伤。

过了一会儿，疲劳开始强迫他们休息；这两个孩子极力想要置之不理，因为时间既已变得这么宝贵，坐下来休息是不堪设想的事情。只要是往前走，只要是朝着某一方向走，朝着任何方向走，至少总是前进，可能会有结果；但坐下来却等于坐以待毙，缩短死神的追踪。

后来蓓琪那柔弱的四肢终于不肯再拖着她往前走了，于是她就坐下来。汤姆也陪着她休息，他们就谈起了家，谈起家里的亲人和舒服的床铺，尤其是亮光！蓓琪哭了，汤姆极力要想出一个什么方法来安慰她，可是他一切的鼓励都因为说的次数太多，变得陈腐无力了，听起来就像是讽刺的话一般。疲劳沉重地压迫着蓓琪，以至于她终于昏昏入睡了。汤姆觉得满心欢喜。他坐在那里望着她那蹙眉噘嘴的面孔，看见它在愉快的美梦影响之下变得安静而自然，随即又有一副笑容露出来，继续停留在她脸上。那平静的面容使他自己精神上也多少受到了一些安心和抚慰的影响，于是他的心思就转移到往日的情景和梦一般的回忆上去了。当他正在深深地沉思的时候，蓓琪发出一声小小的、爽快的笑声醒过来了，可是这个笑声刚到嘴边就遭到了致命的打击，跟着就是一声呻吟。

“啊，我怎么居然睡着了！我还不如根本……根本就没醒过来！不！不！我不是这么想，汤姆！你别做出这个样子！我绝不再说这种话了。”

“你睡着了我很高兴，蓓琪！现在你休息了一阵子，就会觉得精神好些，我们正好找路出去哩。”

“我们可以试试，汤姆；可是我在梦里看到了一个非常美丽的地方。我想我们快要上那儿去了。”

“也许会，也许不会。提起精神来吧，蓓琪，我们还是得试一试才行。”

他们站起来，随便往前走，两人手挽着手，显出绝望的样子。他们想要估计估计自己在洞里已经有多久了，可是他们只知道那好像是有许多天……许多星期了，不过那又显然是不可能的，因为他们连蜡烛都没有点完哩。后来过了很久，他们弄不清是多久了，汤姆说他们必须轻轻地走，听听滴水的声音，他们必须找个泉水才行。不久他们就找到了一处，汤姆说又是该休息休息的时候，两人都累得够受了，可是蓓琪说她觉得还可以再往前走一走。

她听见汤姆表示不同意，觉得很惊讶，她无法理解，于是他们坐下来，汤姆就把他的蜡烛用黏土粘在他们面前的石壁上。两人都忙着想心事，过了一阵子没有说话。然后蓓琪打破了沉寂说道：“汤姆，我简直饿得要命！”

汤姆从口袋里拿出一点东西来。

“你记得这个吗？”他说。

蓓琪几乎笑起来了。

“这是咱俩的结婚蛋糕。”汤姆说。

“是呀，我很希望它有一个桶子那么大才好，因为我们就只剩下这个了。”

“这是我在野餐的时候把它留下来，给咱俩幻想着玩的。汤姆，就像大人吃结婚蛋糕那样……可是现在它成了我们的……”

她说到这里就不往下说了。汤姆把蛋糕分开，蓓琪胃口挺好地吃着，同时汤姆却把他那一份一点点咬着吃。吃过蛋糕之后，有的是充分的凉水给他们喝。后来蓓琪又提议再往前走，汤姆停了一会儿没有做声，然后他说：“蓓琪，我要是跟你说一件事情，你能受得了吗？”

蓓琪脸上发白，可是她认为她可以受得了。

“好吧，那么，蓓琪，我们就得在这种有水喝的地方待下去才行。那一小截就是我们最后的蜡烛了！”

面包和肉馅饼随着地域的相异而有不同的形状，玉米面包是南方的特产，重量轻，味道微甜。

蓓琪放声大哭起来。汤姆尽力安慰她，可是没有什么效果。后来蓓琪说：“汤姆！”

“怎么，蓓琪？”

“他们一看我们不在，就会来找我们！”

“是呀，他们会来！他们一定会来！”

“也许现在他们就在找我们哩，汤姆。”

“噢，我想他们也许是在找，我希望他们在找才好。”

“他们什么时候才会发现我们不在呢，汤姆？”

“他们回到船上的时候，我猜是。”

“汤姆，那时候恐怕是天黑了吧，他们会注意到我们没回去吗？”

密西西比河成为河流之前是一巨大的内陆海。地壳运动时形成了许多的裂缝，水就灌进这些裂缝直到石灰岩层，渐渐地原本的海干枯了，却在地底下形成了一个伏流网。当河水再度流出地面注入狭窄的低地时，就留下迷宫般的洞穴，而流出地面的河水则逐渐形成伟大的密西西比河。

“那我可不知道，不过反正你妈妈只等人家一回家，就会知道你没回去呀！”

蓓琪脸上露出一种惊骇的神色，这使汤姆恍然大悟，知道自己弄错了。蓓琪原是说好了不回家的！于是这两个孩子都沉默起来，想着心事。过了一会儿，蓓琪又突然说了一阵发愁的话，这使汤姆明白他自己心里的一个念头同时也在蓓琪心头浮现了，那就是，星期天的上午大概要过了一半，萨契尔太太才会发现蓓琪不在哈波太太家里。

两个孩子都把眼睛盯着他们那一点点蜡烛，看着它慢慢地、毫不留情地化掉；最后只看见那半寸长的烛芯独自竖着，看见那微弱的火焰一起一落，又往一缕烟上面爬，在它顶上停留了片刻工夫，然后一片漆黑的恐怖笼罩一切了！

时间慢慢地消耗过去，饥饿又来折磨这两个小俘虏。汤姆那半块蛋糕还剩下了一部分；他们两人分来吃了，可是他们反而显得比原先更饿，那可怜的一口食物徒然刺激了食欲。

过了一会儿，汤姆说："嘘！你听见了吗？"

两人都屏住呼吸来静听。有一个声音好像是极微弱的、老远的喊叫声。汤姆立刻就回答了，并且他牵着蓓琪的手，顺着那个喊声的方向在走道中摸索着走过去。随即他又听了一会儿，又听见那个声音，而且显然是近一些了。

"是他们！"汤姆说，"他们来了！"

这两个俘虏的欢喜几乎是使人激动得受不了。可是他们走得很慢，因为脚下到处都是陷坑，不得不加小心。他们很快就遇到一个坑，因此不得不站住。这个坑也许有三尺深，也许有一百尺——总而言之，要想跨过去是不行的。汤姆仆倒在地上，尽量伸手往下探索。他摸不到底。他们必须在那儿待着，等待寻找的人过来。他们再听，远处的喊声显然是越来越远了！再过了一两分钟，那声音就根本听不见了。这多么晦气，多么叫人丧胆！汤姆拼命地嚷，一直嚷得嗓子都哑了，可是毫无用处。

两个孩子又摸索着回到泉水那里。令人困乏的时间慢慢地拖下去，他们又睡着了，醒来时饿得难受，痛苦不堪。汤姆相信这时候一定是星期二了。

现在他忽然有了一个主意。附近还有几条支路。他们与其在这里闲着受那坐以待毙的活罪，还不如到这些通道里去探索探索为好。于是他从口袋里拿出一根放风筝的绳子，把它拴在一块突出的岩石上，随后他和蓓琪就动身往前走，由汤姆领头，一面摸索着前进，一面放开那根绳子。他们走了二十步之后，那条走廊就在一个凹下去的陡地方终止了。汤姆跪在地上，伸手往下面摸，然后尽量向他的手所能伸到的地方往那角落的周围摸过去，他极力想要再向右边伸出去一点，正在这时候，还不到二十码以外，有一只手拿着一根蜡烛从岩石后出现了！汤姆大声欢呼，马上又看见那只手后面有一个人的身子跟上来——原来是印江·乔！汤姆吓得魂不附体，简直不能动弹了。可是他随即又看见那“西班牙人”拔腿就跑，逃出他的视线，这可真叫他谢天谢地。汤姆不知道为什么乔没有听出他的声音，跑过来杀死他，报他在法庭上作证的仇。想必是洞里的回声使他的声音变了样吧！他琢磨着，心想肯定是这么回事。汤姆所受的惊骇使他全身的筋肉都没有力气了。他暗自想道：如果他还有气力能够回到那个泉水旁边，他就要在那里待着，无论什么诱惑也不能引着他再冒着危险去和印江·乔见面了。他很小心，没有向蓓琪说明他碰见了什么人。他只说是为了“碰碰运气”而喊的。

可是到了后来，饥饿和疲惫终于战胜了恐惧心理。他们又在泉水旁边等了一段令人厌烦的时间，再睡了一大觉，结果就产生了变化。两个孩子醒来的时候，都感到了剧烈饥饿的折磨。汤姆相信那一定是星期三或是星期四了，甚至已经到了星期五或是星期六，并且认定大家已经不再寻找他们了。他提议再到一条通道里去探索。他觉得情愿去冒那遭遇印江·乔和其他一切恐怖的危险，可是蓓琪非常软弱无力，她

“汤姆跪在地上，伸手往下面摸，然后尽量向他的手所能伸到的地方往那角落的周围摸过去。”

已经陷入了一种可怕的麻木状态，无法唤起她的精神。她说她现在就在她所在的地方等死，大概没有多久了。她向汤姆说，只要他愿意，尽管带着放风筝的绳子去探索，可是她恳求他每隔一会儿工夫就回来和她谈谈话，并且她还叫他答应，到了那可怕的时刻就留在她身边，握住她的手，直到一切完结为止。

汤姆觉得嗓子里有什么东西哽住似的，他和她亲吻，还故意装出很有信心的样子，表示很有把握能找到寻找他们的人，或是从洞里逃出去；然后他把那根放风筝的绳子拿在手里，手脚并用，顺着那些通道之中的一条，摸索着爬过去；他因饥饿而感到苦痛，同时还因死亡将临的预感而悲伤。

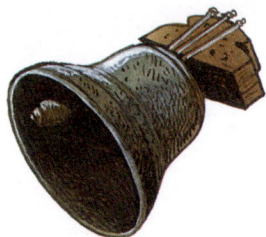

32

“找到他们了！”

星期二下午到了，并且渐渐拖到黄昏时分，圣彼得堡镇还在哀悼，那两个失踪的孩子还没有找到。大家为他们举行了公开的祈祷，私自为他们祈祷的人也很多，个个都是诚心诚意地祈求，可是洞里仍旧没有传来什么好消息。寻找的人大多数都停止寻找，又恢复日常的工作了，他们都说这两个孩子显然是永远也找不到了。萨契尔太太病得很厉害，大部分的时间都在神志昏迷地乱说。大家都说听见她呼喊她的孩子，看见她抬起头来，一次足足地倾听一分钟之久，然后疲惫地呻吟一声，放下头去，那种情形实在令人伤心。

波莉阿姨已经转入了无言的悲愁，她那灰色的头发几乎都变白了。村里的人在星期二晚上各自休息，大家都怀着悲伤和绝望的心情。

那天半夜里，村里的大钟忽然当啷当啷地大响起来，片刻之间，街上挤满了衣服没有穿整齐的人，疯狂地大嚷大叫："快出来！快出来！找到他们了！找到他们了！"

除了这种喧嚣之外，还加上了洋铁盆子和号角的声音；村里的居民聚集成一堆，向河边走去。迎接那两个坐在一辆敞车上回来的孩子，车子由那些欢呼的居民拉着，前后左右还围着许多人。迎接的人也跟着车子往回走，在大街上派头十足地像一阵风拥过来，一面发出一阵又一阵的欢呼声！

村里灯火辉煌，谁也不回去睡觉，这天晚上的伟大

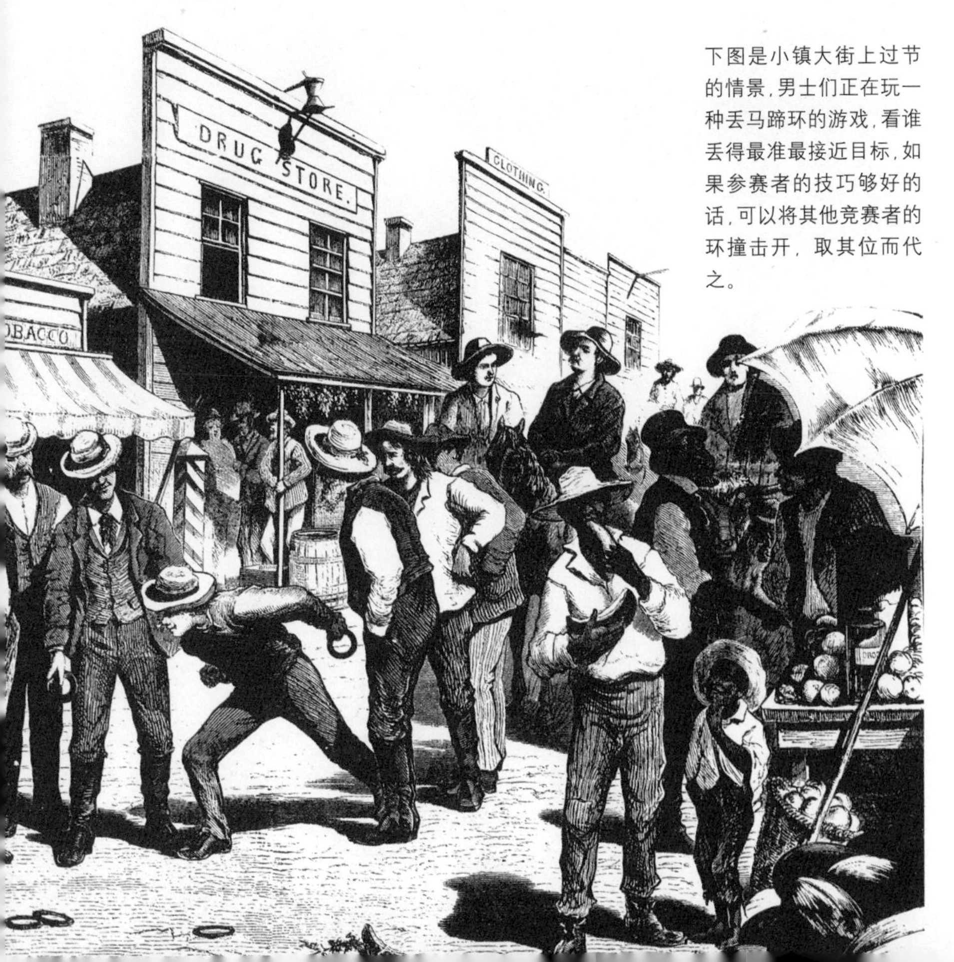

下图是小镇大街上过节的情景，男士们正在玩一种丢马蹄环的游戏，看谁丢得最准最接近目标，如果参赛者的技巧够好的话，可以将其他竞赛者的环撞击开，取其位而代之。

场面是这个小镇从来没有见过的。

在起初的半小时中，村里的人排成了队伍到萨契尔法官家里去绕过一遍。大家都抱着那两个得救的孩子，和他们亲吻，并还捏一捏萨契尔太太的手，想说话又说不出来，然后像流水似的涌出，到处都像下雨般掉了满地的眼泪。

波莉阿姨快乐到了极点，萨契尔太太也差不多。只等派到洞里去报告这个喜讯的人把消息告诉她的丈夫，她快乐到极点了。汤姆在一张沙发椅上，身边坐着许多热心的听众；他叙述着这次稀奇的历险经过，同时还添了许多动人的情节，大事渲染一番；最后他描写了他

“有几个人划着一艘小艇由那儿经过，汤姆招呼他们，跟他们说明他们的遭遇和饥饿的情况。”

怎样离开蓓琪，独自进行探险；怎样顺着两条通道一直走到他那根放风筝的绳子所能够得着的地方；怎样再往第三条通道里走，一直把那根绳子放到了不能再放的时候，他正想往回走，却瞟见了老远有一个发亮的小点，好像是日光；于是他就丢下绳子，摸索着向那个小点走过去，把头和肩膀钻出那个小洞，看见宽阔的密西西比河在那儿滚滚地流着！假如碰巧是在夜里，他就不会看见那一点日光，也就不会再去探索那一条路了！他又叙述了他怎样回去找蓓琪，把这个好消息告诉她，她却叫他不要拿这种胡说惹她心烦，因为她很疲倦，知道自己快死了，而且也情愿死去。他描述他怎样对她下了一番工夫，才使她相信；她怎样摸索到看得见那一点蓝色天光的地方，又怎样欢喜得要死；他又怎样先钻出那个小洞，然后帮助蓓琪出去；他们怎样坐在那里，高兴得大声欢呼；有几个人怎样划着一艘小艇由那儿经过，汤姆又怎样招呼他们，跟他们说明他们的遭遇和饥饿的情况；那几个人起先又怎样不相信这个荒唐的故事，因为他们说："你们那个洞所在的山腰离下游有五里远。"

后来他们还是让他们上了船，划到一个人家，给他们吃了晚饭，让他们休息到天黑以后两三小时，然后才把他们送回家来。

天亮之前，送信的人才到洞里顺着萨契尔法官和跟他在一起寻找的那几个人，用麻绳在后面留下的领路线把他们找到，并且把这个好消息告诉了他们。

汤姆和蓓琪不久就发现他们在洞里劳累和饥饿了三天三夜，不是一下子就恢复得过来的。他们星期三和星期四两天都完全睡在床上，而且似乎是一直都越来越觉得疲乏。汤姆星期四就稍微走动了一下，星期五就到镇上去了，星期六差不多完全恢复了原状；可是蓓琪却一直到星期天才走出她的房间，而且还好像生过一场大病一般。

汤姆听说哈克生了病，星期五就去看他，可是大家不让他进卧室去，星期六和星期天也进不去。以后他每天都可以进去，可是大家警告他，千万不要提起他的历险经过，也不要说到什么使人兴奋的事情。道格拉斯寡妇在旁边监督着，叫他遵守。汤姆在家里听到了加第夫山的事件，也听说那个"穿得很破烂的人"的尸体终于在渡船码头附近的河里被人发现了，他也许是想要逃跑，结果却淹死了。

汤姆从洞里得救以后大约两个星期的一天，他又出发来看哈克。这时候哈克已经相当健康，可以听听令人兴奋的谈话了。汤姆有些这样的话要和他

密西西比河边的日子（左页上图）一位渔夫在他小屋旁的露台上与一位正把一艘小船拉上临时码头的水手聊天，渔夫的朋友则是爬上瞭望台用望远镜看一艘蒸汽船驶近。（左页下图）伐木工人的小屋筑在较高的河岸边以防洪水，四周堆满了排列整齐的木头，载运木头的汽船会在不远处下锚。由于没有桥，摆渡乘具就变得非常重要，而在船只无法航行的水域，以绳索系住的浮台就是唯一的交通工具，但是在航运交通繁忙的水域系绳的浮台就无法使用，这种水域使用的摆渡乘具就比较像船。如（右页上图）图中的船，正划向岸边接一位正拿他的随身酒罐请一位伐木工人畅饮一口的绅士。活动船坞吸引了一群失业者，他们想来当临时工或当乞丐向旅客乞讨烟酒以赚点钱糊口。（右页下图）船坞工人在等船驶进时的空当玩牌，以打发时间。

谈，也觉得那是会叫他很感兴趣的。汤姆路过萨契尔法官的家，他就进去看看蓓琪。法官和几个朋友使汤姆打开了话匣子，有一个人用讽刺的口吻问他是否打算再到洞里去。汤姆说他觉得他是满不在乎的。法官就说：“是呀，汤姆，还有别人也像你这样哩，我看毫无问题。可是我们已经想好了对付的办法，谁也不会再在洞里失踪了。”

“为什么？”

“因为我已经在两个星期以前用锅炉铁板把洞口的大门钉上了一层，并且上了两道锁，而钥匙在我手里呢！”

汤姆脸色马上惨白。

“怎么回事，孩子？喂，快！谁去拿杯水来！”

有人拿了水来，泼在汤姆脸上。

“啊，现在你好过来了。你是怎么回事，汤姆？”

“啊，法官，印江·乔在洞里呢！”

密苏里的一对恋人，身穿受法兰西风尚影响的服饰，密苏里是法国于1803年卖给美国的一大片土地之一。这项交易就是路易斯安那购地案，当地至今仍保留有部分法国移民带来的文化习俗，年代可远溯至十七世纪。

33 印江·乔的命运

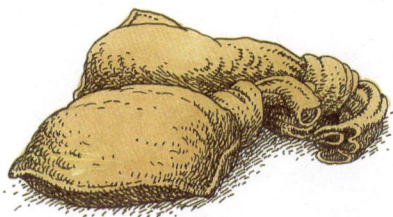

几分钟之内，这个消息就传出去了，十几只小艇装满了人，往麦克道格尔洞那边开去，随后渡船也满载乘客跟在后面。汤姆在萨契尔法官所乘的那只小艇里。

洞门打开的时候，一幅悲惨的情景在那个地方的暗淡光线之下呈现出来。印江·乔伸直身子躺在地上，已经死了，他把脸紧靠着洞门的缝，好像那双渴望的眼睛始终盯着外面自由世界的光明和快乐，一直盯到了最后一秒钟。汤姆心里很难受，因为他根据自己亲身的经验，知道这个倒霉蛋吃了多大的苦头。他动了怜悯的心，可是现在他还是有了十分快慰和安全的感觉。这种心情使他想起当初说了那番话，证明这个杀人不眨眼的流浪汉的罪行之后，心头一直压着多大的恐惧，他对这一点从来没有像现在这样看得明白。

印江·乔那把猎刀还在他身边，刀刃已经裂成两半了。洞门底下那根垫脚的横木被他费了很大的劲削开了一个缺口，并且凿穿了，可是这却枉费了力气，因为另一道天然的岩石在洞门外面形成了一个门框，他那把刀碰到这种坚固的材料，就不起作用了，结果反而损坏了刀子。可是即使没有石头的阻挡，他的劳力也还是白费的，因为就算印江·乔把那根横木完全挖掉，他的身体也不能从门底下钻出来。他自己也明白这个道理。所以他拿刀凿那个地方，只不过是为了要找点事干，为了消磨那令人厌倦的时间，为了使他那受着折磨的脑筋有所寄托。要是在平时，这个门廊里可以发现游客们留下的五六截蜡烛头插在那些缝隙里，可是现在一截也没有。那个囚犯已经把它们找出来通通吃掉了。此外，他还设法捉到了几只蝙蝠，也把它们吃了，只剩下几只脚爪。这可怜的倒霉蛋是饿死的。在附近的一处地方，有一个石笋已经慢慢地从地下往上长了许多个年头了，那是头顶上一个钟乳石的滴水积成的。那被囚的人敲断了那根石笋，在它的顶上放了一块石头，在石头上挖了一个浅浅的洞，用来接住那每隔三分钟落下一滴的宝贵的水。这种滴水掉下来是很有规律的，简直像钟摆的响声那么沉闷，每一昼夜也不过积得一茶匙那么多。那一滴水在金字塔新建成的时候就已经在往下滴；在特洛伊陷落的时候；在罗马城刚铺地基的时候；在耶稣钉在十字架上的时候；在征服者创建不列颠帝国的时候；在哥伦布航海的时候；在莱克星顿屠杀惨剧还是"新闻"的时候，那一滴水都在往下滴。现在还在往下滴，而且将来等所有这些事情走入人类历史的后期，等所有的世代传统都走入尾声，流入被人忘却的漫漫长夜的时候，它还是会往下滴。是否一切事物都有一个目标，有一个使命呢？这一滴水是否耐心地滴了五千年之久，只是为了提供给这个流浪的可怜虫的需要呢？它是否在今后一万年之中还要达到另一个重要的目的呢？没有关系，自从那个倒霉的混血儿把那块石头挖个洞来接那些非常宝贵的水滴，到现在已经有许多年了，可是直到今天，游客来看麦克道格尔洞的奇景时，还是会花最长的时间来注视那块令人感伤的石头和那滴得很慢的水。“印江·乔的杯子”在这个石窟的奇迹之中占着第一位，连“阿拉丁的宫殿”也比不上它。

印江·乔就在洞口附近埋葬了，周围七里内的人乘着船和大车从各市镇和所有的农庄和小村成群结队地来到那儿，他们还带着孩子们和各种的食物。据他们说，他们看到乔下葬，差不多和看到他被处绞刑一样痛快。

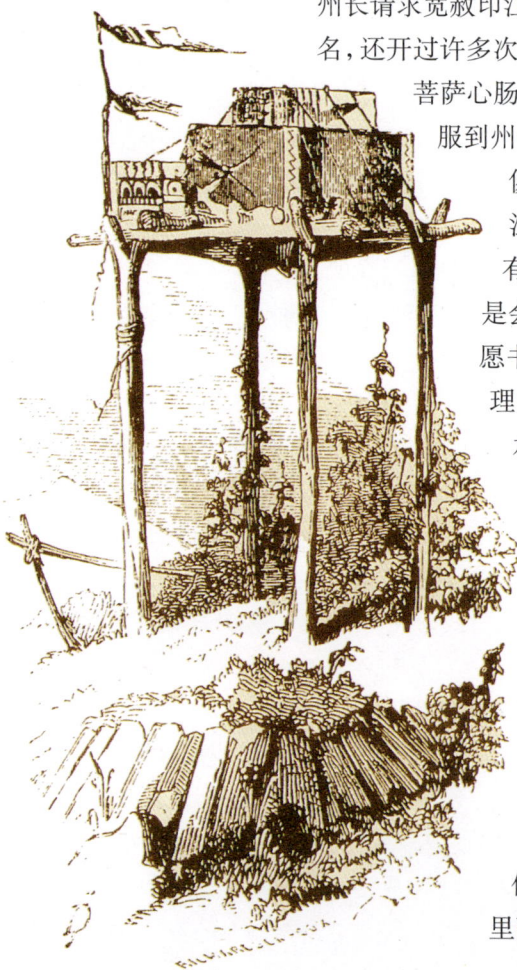

一些大平原美国原住民并不埋葬死者尸体，他们会架设一个高高的平台来安置死者。他们认为死亡是生命的延续，灵魂会继续前往另一个世界。

这件丧事结束了一件事情的继续发展，那就是向州长请求宽赦印江·乔的运动。有许多人在请愿书上签名，还开过许多次眼泪汪汪和振振有词的会，选了一批菩萨心肠的妇女组成一个请愿团，穿着满身丧服到州长身边去号哭，恳求他做一个慈悲的傻子，把他的职责置之度外。据说印江·乔杀过这村里五位居民，可是那有什么关系呢?即使他就是魔王，也还是会有不少的草包情愿在请求宽赦的请愿书上签名，并且从他们那永远没有修理好而会漏水的自来水龙头里滴出泪水，来洒在请愿书上。

印江·乔埋了之后的那天早晨，汤姆把哈克带到一个僻静的地方，和他谈一件很重要的事情。这时候，哈克已经从那威尔斯老人和道格拉斯寡妇那里听到了汤姆的全部历险经过，可是汤姆说他估计还有一件事情，他们还没有告诉他，那件事情就是他所要谈的。哈克脸上马上露出了不痛快的神色。他说：“我知道那是什么事。你到二号里面去过，结果什么也没找到，只有一

些威士忌。谁也没对我说那是你，可是我一听说那件威士忌的案子，马上就知道那一定是你告的，并且我还知道你没找到那笔钱财，因为你尽管对别人都不声不响，可是好歹总会找我，说给我听。

“汤姆，早就有一种兆头告诉了我，那份油水永远也不会落到我们手里。”

“噢，哈克，我根本没告发那个旅舍老板呀！你总该知道那个星期六我去参加野餐的时候，他那小旅舍还没出什么毛病哪。你不记得那天晚上你该去守着吗？”

“啊，不错！哎，那简直就像是一年以前的事了。就是那天夜里，我跟在印江·乔后面到寡妇那儿去的。”

“原来是你跟着他呀！”

“是的，可是你千万别说出去。我猜印江·乔死了还有朋友哩，我可不愿意让他们找到我头上来，给我使坏。要不是我，他这阵子准到得克萨斯去了，准没错。”

于是哈克把他那全部历险经过都很亲近地告诉了汤姆；汤姆原先从威尔斯老人那里所听到的还只是一部分哩！

“哎，”哈克随即回到本题说，“谁搞到了二号的威士忌，谁就搞到了那些钱财，我猜反正是没有我们的份了，汤姆。”

“哈克，那些钱根本就不在那二号呀！”

“怎么！”哈克目不转睛地打量着他伙伴的脸色，“汤姆，难道你又找到那些钱的线索了吗？”

“哈克，就在那洞里！”

哈克眼睛里发出光来。

“你再说一遍吧，汤姆。”

“钱在那洞里哪！”

“汤姆，哎，可别瞎说，你到底是开玩笑，还是说真话啊？”

“是真话，哈克，我一辈子不撒谎，现在还是一样。你陪我一起到洞里去，帮我把它弄出来，好吗？”

“我敢打赌准去！只要我们能够一路做上记号，走进去不会出不来，我就一定去。”

“哈克，我们这回到洞里去，根本就一点麻烦也不会有。”

“那好极了！你怎么会知道那些钱在……”

“哈克，你别着急，等我们到了洞里再说。我们要是找不到那些钱，我就答应把我的小鼓和我所有的一切东西通通给你。我赌咒说，一定给。”

“好吧，一言为定。你说什么时候吧？”

“你要说行的话，马上就去。你身体有力吗？”

“在洞里老远的地方吗？这三四天里，我已经好一点了，可是要比一里路还远，我就走不了。汤姆，至少我觉得走不了那么远。”

“哈克，除了我一人，谁上那儿也得走五里来路，可是有一条顶近的路，只有我一人知道，别人谁也找不着。哈克，我马上就划小船把你带到那儿去。我可以把它漂到那儿去，回来的时候我可以一个人划，你根本就用不着动手。”

“我们马上就动身吧，汤姆。”

“好吧。我们得带点面包和肉，还有我们的烟斗、一两个小口袋、两三根放风筝的绳子，还得带点他们叫做洋火的那个新玩意儿。我跟你说吧，上回我在洞里，好几次我都想着，要是有洋火多好呀！”

中午稍过的时候，这两个孩子从一个居民那儿借了一只小艇，马上就开了出去。他们到了“空心洞”下面几里的时候，汤姆就说：“喂，你瞧这儿，这一个高崖，从空心洞一直往下来都好像是一模一样——没房子，没剧场，矮树丛都是一样。可是你瞧见那块岩石上面白色的标记吗？嗯，那就是我做的一个记号，现在我们该上岸了。”

他们就上了岸。

“喂，哈克，我们站在这儿，拿一根钓鱼竿就可以够得着我钻出来的那个小洞洞。瞧你找不找得到。”

哈克把那一带地方四处找遍了，什么也没有发现。汤姆挺得意地迈着大步走进一堆很密的五倍子树里，说道：“哈，就是这儿！你瞧，哈克。这要算是这一带地方顶秘密的一个洞了，你可千万别说出去。我老早就想当强盗，可是我知道我非得有这么个地方才行，就可惜找不着。现在我们总算找着了，我们可得保守秘密，不过我们得让乔伊·哈波和贝恩·罗杰入伙才行——因为我们当然得有个帮，要不然就简直没有派头。汤姆·索亚帮——这名字倒还挺好听的，是不是，哈克？”

“嗯，实在是好听得很，汤姆。我们抢谁呢？”

“啊，差不多谁都可以抢。拦路劫人——差不多都是这个办法。”

“还把他们杀了吗？”

“不，并不一定杀。把他们撵到洞里藏起来，叫他们凑一笔赎款来才放。”

“什么叫赎款？”

“就是钱嘛！你叫他们拼命地凑钱，让他们的亲戚朋友送来；要是把他们关了一年，还是凑不出钱来，那你就把他们杀了。普通都是这么办，不过女孩子们你可不能弄死，你把她们关起来，并不杀她们。女孩子们总是又漂亮、又阔气，但一个个吓得要命。你把她们的表和别的东西都抢掉，可是你得在她们面前摘下帽子，说话也得客客气气才行。谁也没有强盗那么客气，随便看哪本书你都会明白。嗯，女孩子们慢慢就会爱上你，她们在洞里待上一两个星期之后，就不哭了，再往后你撵也撵不走她们。你把她们撵出去，她们马上转个身又回来了。所有的书里都是这么说的。”

“‘可是你瞧见那块岩石上面白色的标记吗？嗯，那就是我做的一个记号，现在我们该上岸了。’”

汤姆展开冒险旅程时（1840年），美国正发生一件大事——在加州发现黄金，淘金热和一夜致富的淘金客令大众跃跃欲试，成千上万满怀发财梦的淘金客蜂拥地经过汉尼拔前往加利福尼亚，希望能一圆发财梦。

“那可真是妙极了，汤姆。我想这比当海盗还强些。”

“是呀，有些地方是要强些，因为这离家近，看马戏什么的也很方便。”

这时候什么都准备好了，两个孩子就进了洞，领头的是汤姆。他们挺费力地钻到了洞的那一头，然后把那捻接起来的风筝绳子拴住，再往前走。他们走了几步，就到了泉水那儿，于是汤姆就觉得浑身打了个冷战。他把石壁上用一块黏土粘住的那一点蜡烛芯指给哈克看，并且叙述了他和蓓琪睁眼望着那火焰一抖一抖和熄灭的情形。

两个孩子渐渐把声音低下来，变成了耳语。因为这地方的寂静和阴沉的气氛使他们精神上感到沉重。他们再往前走，随即就钻进了汤姆的另外一条走廊，一直顺着走过去，后来他们终于到了那个凹下去的陡地方。他们拿蜡烛一照，就看出那其实并不是一个悬岩，而是一座二三十尺高的陡峭的黏土小山。

汤姆悄悄说：“现在我来指一样东西给你看吧！哈克。”

他高高地举起蜡烛说道：“你从犄角那边尽量往远处看吧！你瞧见了吗？那儿……在那边那块岩石上，用蜡烛烟子熏的。”

“汤姆，那是个十字呀！”

“现在你说你那二号在什么地方吧？‘在十字下面。’咦？我就是瞧见印江·乔在那边伸出蜡烛来的，哈克！”

哈克对那个神秘的标志瞪着眼睛望了一会儿，然后用发抖的声音说道：“汤姆，我们快出去吧！”

“怎么！连财宝也不要了吗？”

“不要了，快走开吧……印江·乔的鬼魂就在那块地方，一定是的。”

“不会，哈克，不会的。他的鬼魂会上他死的地方去，离这儿老远，在洞口那儿——离这儿有五里路呢。”

“不，它不会上那儿去，它会盯住搁钱的地方转。我知道鬼的习惯，你也知道呀！”

汤姆有些害怕起来，担心哈克说得不错。不安的情绪在他心里渐渐地增长了，可是他马上有了一个主意。

“嘿，哈克，我们真是大傻瓜！这儿有个十字，印江·乔的鬼魂是不会来的！”

这话说得很有道理，果然起了作用。

“汤姆，我没想到这个，可是这话不假，这是我们的好运气——我说的是那个十字。我看我们得往那边爬下去找那个箱子。”

汤姆在前面走，他一面下去，一面在那黏土的小山上挖一些简单的梯阶，哈克在后面跟着走。由那块大岩石所在的小石窟，又分出四条通道。两个孩子查看了三条，毫无结果。他们在离岩石脚下最近的那一条通道里发现一个小小的窝，那里面还用毯子铺着一个小床；另外还有一只旧挂篮、一块熏肉皮、两三只啃得干干净净的鸡骨头，可是那儿并没有那个装钱的箱子。两个孩子把这地方一遍又一遍地搜寻，还是枉然。

汤姆说：“他说的是在十字底下。咦，这是离十字底下最近的地方呀！总不会正在岩石底下吧，因为岩石是牢牢地竖在地上的。”

他们把各处再搜寻了一遍，然后丧气地坐下来。哈克想不出什么办法。

过了一会儿，汤姆才说：“嘿，你瞧，哈克，岩石这边土地上有脚印和蜡烛油，另外那几边都没有。哈，那是怎么回事？我看那些钱准是在岩石底下，我来把这层土挖开吧！”

“这倒是想得不错，汤姆！”哈克兴奋地说。

汤姆立刻拿出他那把“老牌巴洛刀”来，他还没有

1861年南北战争爆发，河运跟着停止，使得马克·吐温必须放弃领水员的工作，他离开密苏里向西到喀孙(Carson)市寻找机会，更确切地说，他是到内华达这片美国新领地(the new territory of Nevada)的首都去投靠他哥哥奥利恩(Orion)，当时他哥哥已被提名为新领地的内政大臣(Secretary of the Territory)，往加利福尼亚(California)的淘金客途中皆聚集于该地区，马克·吐温也梦想淘金发财荣归故里，试试他淘金的手气，然而财神并没有太眷顾他。(上图)淘金客围绕在淘金用的铁锅旁，他们用铁锅淘洗他们希望含有金沙的沙石。

1818年一位名为摩西·贝兹(Moses Bates)的拓荒者清除了一大片森林，盖了一座仓库，汉尼拔就是这样渐渐形成的，1842年这个地区设市，第一任市长为保姆斯·布雷迪(James Brady，上图)。一些拓荒者原本都是知名人物，他们来到边疆地区，建立起兴盛的事业，中产阶级就这样在汉尼拔迅速地成长，如同其他许多新兴的市镇一般。

挖到四寸深，就碰到了木头。

“嘿，哈克，你听见这声音吧?”

哈克也连挖带刨地帮着干起来。他们不久就挖出了几块木板，搬到一边，这几块木板掩盖了一个通往岩石底下的天然裂口。汤姆钻进这个裂口，拿着蜡烛尽量往岩石底下伸进去，可是他说看不到那条裂口的尽头，于是他提议往里面探索。他弯下腰来，由裂口下面穿过；那条狭道渐渐往下去。他顺着那弯弯曲曲的路走，先往右，后往左，哈克在后面跟着。后来汤姆转过一道短短的弧形路线，大声喊道：“老天爷，哈克，你瞧!”

果然是那箱财宝，一点也不错，这东西放在一个隐秘的小石窟里，旁边有一个空火药桶、两支装在皮套里的枪、两三双印第安人的旧鹿皮靴、一根皮带，另外还有一些杂七杂八的东西，都让岩石上滴下来的水泡得透湿了。

“终归还是找到了!”哈克伸出手到那些变了色的钱币当中抓来抓去，一面说，“噢，我们可发财了，汤姆!”

“哈克，我向来就猜着我们会找得到的。这真是太好了，简直有点叫人不敢相信，可是我们到底找着了，一点也不错!嘿，我们别再在这儿耗着吧!我们得把它拖出去。让我试试能不能扛得动这个箱子。”

那个箱子大约有五十磅重。汤姆歪歪倒倒地勉强可以扛得动，可是却不能随随便便把它搬走。

“我早就猜对了，”他说，“那天在那闹鬼的屋子里，连他们拿着都像是挺重的样子，我看出来了，我想到了带小口袋来，主意倒是不错哩!”

那些钱不久就装进口袋里了，孩子们把它搬上去，拿到带十字的岩石那儿。

“现在我们再去把枪和别的东西拿出来吧!”哈克说。

“不，哈克，留在那儿吧!我们要当强盗的时候，正好用得着那些家伙。我们老把它们搁在那儿，还可以在那儿开痛饮会。那地方开痛饮会真是惬意极了。”

“什么痛饮会呀?”

“我也不知道。可是强盗们老爱开痛饮会，当然我们也就不开不行喽!走吧，哈克，我们在这里面待的工夫不小了。我猜现在已经不早了吧!我肚子也饿了，我们上了小船，就可以吃东西和抽烟。”

他们随即就出了洞，钻进那五倍子树丛里，小心地往外望了一阵，发现河边没有人，马上就到小船里吃起点心、抽起烟来了。太阳向天边落下的时候，他们就撑着船离了岸，划着走了。汤姆在那一段很长的黄昏时候沿着河边轻快地往上划，一面欢欢喜喜地和哈克闲聊，天黑之后不久就靠岸了。

“汤姆转过一道短短的弧形路线，大声喊道：‘老天爷，哈克，你瞧！’果然是那箱财宝。”

“喂，哈克，”汤姆说，“我们把这些钱先藏在寡妇的柴火棚的楼上吧!明天早上我再过来，我们就可以点点钱数，两人分了，然后我们再到树林去找个地方，把它放得稳稳当当。你就悄悄在这儿待着，看住这点东西，等我跑去把班尼·泰勒的小车子偷过来，我一会儿就回来了。”

他走开了，随即就拖着车子回来，把那两个小口袋放在车上，再在上面铺了几块破布，

这幅图画的是十九世纪中产阶级富裕的生活：桌上摆满了食物和饮料，一家之主正带领这个多代同堂的大家庭做餐前祷告，家人们耐心地听着。

就拉着车子动身走了。两个孩子走到威尔斯老人家门口的时候，就停下来休息一下。后来他们正待准备继续前进，威尔斯老人却走出来说："喂，那是谁呀？"

"哈克和汤姆·索亚！"

"好！跟我进来吧，孩子们，你们叫大家等了好久！喂，快点，赶快往前走，我来给你们拉车子。咦，看样子应该是很轻，拉起来可是分量不小呀！车上装着砖呢，还是破铜烂铁啊？"

"破铜烂铁。"汤姆说。

"我猜是哩！这镇上的孩子们就是不怕麻烦，爱花许多工夫去找废铁卖给翻砂厂，找了半天也不过卖到六七毛钱；要是干正经事，赚一倍的钱还花不了那么多工夫哪，可是这就是人的天性。赶快走吧，赶快走吧！"

两个孩子想要知道为什么要那么着急。

"先别管吧，我们到了道格拉斯家里，你们就会明白了。"

哈克一向惯于被人无端归罪，所以他就有些担心地说："琼斯先生，我们俩并没做什么坏事呀！"

威尔斯老人大笑起来。

"噢，我也不知道，哈克，好孩子。我不知道是什么事，你跟寡妇不是好朋友吗？"

"是的。呃，反正她对我总算是挺够交情。"

"那么，好了。那你还有什么可怕的……"

这个问题在哈克那迟钝的脑子里还没找到答案，他已经和汤姆一起被推进道格拉斯太太的客厅里去了。琼斯先生把车子放在门口，跟着走进来。

那里面灯火辉煌，村里稍有地位的人物都在座。那儿有萨契尔全家、哈波全家、罗杰全家、波莉阿姨、席德、玛丽，还有牧师、报馆主笔和许多别的人，大家都穿着最讲究的衣服。

寡妇非常热情地接待哈克和汤姆，无论是谁接待这么寒碜的两个孩子，最多也不过是这么热情了。他们满身都是黏土和蜡烛油。波莉阿姨羞臊得满脸通红，皱着眉头直对汤姆摇头，可是最难受的还是这两个孩子。琼斯先生说：“汤姆还没回家，所以我就不找他了；可是我偏巧在我门口碰见他和哈克，所以我就赶紧带着他们进来了。”

“你做得很对，”寡妇说，“跟我来吧，孩子们。”

她把他们带到一间卧室里，对他们说：“你们先洗一洗，换换衣服吧！这儿有两套新衣服：衬衫、袜子，样样都齐全。这是哈克的，不，不用道谢，哈克，一套是琼斯先生买的，另外一套是我买的，可是你们俩穿起来都合适。快穿上吧！我们等你们，你们打扮好了就下来吧……”

她说完就出去了。

“寡妇说她打算在她家里把哈克收养下来，让他受教育；并且说等她出得起一笔钱的时候，就要让他开始去做个买卖。”

34 成堆的黄金

哈克说：“汤姆，我们要是找得到一根绳子，就可以溜之大吉。窗户离地面并不太高。”

“瞎说！你干吗还要偷跑呢？”

“唉，我跟那么一堆人在一起怪不习惯哩。我受不了，我可不下去，汤姆。”

“啊，真讨厌！那没什么了不起。我可一点儿也不在乎，我来帮你应付吧！”

席德出现了，他说：“汤姆，阿姨等你等了一整个下午。玛丽把你的好衣服预备好了，大家都为了你挺着急的。嘿，这不是蜡烛油和黏土吗，你的衣服上？”

“哼，席德先生，请你少管闲事。可是今天这儿大请其客，究竟是怎么回事？”

“这又是寡妇举行的宴会，她是常来这一套的。这回是因为威尔斯老人和他那两个儿子那天晚上帮她逃脱了那场灾祸，特为他们请客的。嘿——你要愿意知道的话，我倒可以告诉你一件事情。”

“哦，什么事？”

“噢，琼斯老先生今天晚上打算说出一件事情来叫

妇女们正围坐一起缝制马赛克图案的棉被，制作这种拼布棉被是邻居太太小姐们聚在一起聊天的时候，也是先生、女士、小孩、婴儿、甚至宠物的社交场合，大家都高兴地参与着。

大家大吃一惊，可是我今天偷偷地听见他当成一个秘密告诉了阿姨，现在我看这简直就算不了什么秘密了。谁都知道了，连寡妇都知道，尽管她还要装作不知道的样子。琼斯先生打定了主意要哈克到这儿来，要是哈克不在场，他那个大秘密说出来就没意思，你知道吧！”

“什么秘密，席德？”

“关于哈克盯着强盗上寡妇那儿去的事。我猜琼斯先生还想靠他这件叫人吃惊的事情热闹一场，可是我敢说那简直会很乏味。”

席德显出心满意足的神气，嘻嘻地笑着。

“席德，是你把这秘密说出去的吗？”

“啊，别管是谁说的吧！反正有个人说出去了这就够了。”

“席德，这个镇上只有一个下流家伙才会干这种事，那就是你。要是把哈克换成你，那你就会溜下山去，根本不会向谁报告强盗的消息。你就专会干卑鄙龌龊的事，人家做了好事情，你还不愿意看见别人夸奖他。好，赏你这个，照寡妇的说法，不用道谢了。”

汤姆一面说，一面打了席德两个耳光，一连踢了他几脚，把他撵出门去：“好，快去向阿姨告状吧，只要你敢，明天你就知道厉害！”

几分钟之后，寡妇的客人都坐上了晚餐席，十几个孩子在同一间屋子里被安排在旁边的小餐桌上规规矩矩地坐着，这是那一带地方当时的习惯。到了适当的时候，琼斯先生就发表了一篇短短的演说，他谢谢寡妇给他和他的儿子们这么大的体面，可是他说另外还有一个人却很谦虚以及其他等等的话。他用最富于戏剧性的章法突然宣布他的秘密，把哈克在这次历险经过当中所起的一份作用告诉大家。这种章法原是他的拿手好戏，可是他的故事所引起的惊讶主要是假装的，而且这种情绪不如在较好的情况下所能表现的那么热闹，那么充沛。但是寡妇还是装出相当惊异的样子，拼命地给哈克戴了一大堆高帽子，说了许多感激的话，以至于哈克因为成了大家注视和赞扬的对象，他感到无法忍受并且不安，这样一来他把穿那身新衣服所引起的无法忍受的不安差不多忘记了。

寡妇说她打算在她家里把哈克收养下来，让他受教育；并且说等她出得起一笔钱的时候，就要让他开始去做一个小买卖。这时候汤姆的机会来到了。他说：“哈克用不着您的钱，他发财了。”

❝这种光景把全体在座的人都吓得大吃一惊。大家都瞪着眼睛望着，一时谁也没有说话。❞

在座的来宾为了不失礼貌，便拼命忍住，总算没有为了恭维这句有趣的笑话而发出一阵应有的哈哈大笑，可是大家的沉默有些尴尬。汤姆打破了这种沉默："哈克已经有钱了，也许你们还不太相信，可是他已经有了一大堆的钱。啊，你们千万别笑，我看我可以拿来给你们瞧瞧，请你们等一会儿吧！"

汤姆跑到门外。客人们怀着莫名其妙的兴趣互相望一望，又以疑惑的眼光望着哈克，可是哈克窘得说不出话来。

"席德，汤姆害什么毛病？"波莉阿姨说，"他……唉，这孩子老是叫人猜不透，我从来没有……"

汤姆背着那只挺重的口袋，压得歪歪倒倒走进来，波莉阿姨那一句话也就没有说完。

汤姆把那一大堆金币倒在桌子上，说道："瞧，我刚才怎么跟你们说的？一半是哈克的，一半是我的！"

这种光景把全体在座的人都吓得大吃一惊。大家都瞪着眼睛望着，一时谁也没有说话。然后大家一致要求汤姆说明原委。汤姆说他可以说明，于是他就照办了。他的故事很长，可是极有趣味。几乎没有任何人插嘴来打断这个滔滔不绝的故事。他讲完之后，琼斯先生说："我原来还以为我给今天这个场合安排了一点叫人吃惊的花样，可是现在那简直不算什么了。我情愿承认，这件意外的事情使我说的那件事儿听起来太没劲了。"

有人把钱清点了数目，总计竟有一万二千多元。在场的人虽然有几位的财产总值比这个数目还要多得多，可是谁从来也没有一次见过这么一笔巨款。

35
体面的哈克加入了“强盗帮”

汤姆和哈克发了意外横财的消息在圣彼得堡镇这个贫穷的小村庄引起了一阵大大的轰动，读者对于这点大概是信得过的。这么一大笔钱，全部都是现款，好像是几乎令人不相信。大家都谈论这个奇闻，对它表示羡慕并称赞不已，以至于后来有许多村民因为那种损害健康的兴奋心情使他们神经过于紧张，弄得头脑都有些恍恍惚惚了。圣彼得堡和邻近各村的每一所“闹鬼的房子”都被人把一块一块的板子撬开，地基也被挖掘，大家都去搜寻埋藏的财宝。这些人并不是小孩子，而是大人——其中有些人还是相当严肃的、不追求幻想的人物。汤姆和哈克无论在什么地方出现，他们都要受人巴结、羡慕和注视。这两个孩子想不起他们说的话从前曾经受人重视过，可是现在他们的话却被人看得很宝贵，被人重述；他们的一举一动似乎都有点被人认为了不起；他们显然已经失去了做平凡的事和说平凡的话的能力了；不但如此，还有人把他们过去的经历搜集起来，而且发现那是具有显著的与众不同的特点。村里的报纸还发表了这两个孩子的小传。

乔治·华盛顿(1732—1799)担任美国第一任总统之前为美国独立战争的名将，因传言小时候勇敢承认砍倒父亲心爱的樱桃树，因而被推崇为诚实的典范。

道格拉斯寡妇把哈克的钱拿出去照六分息放债，萨契尔法官也接受了波莉阿姨的委托，把汤姆的钱照样处理。现在这两个孩子各人都有了多得惊人的收入，一年之中所有的平常日子和一半的星期日，每天都有一块大洋。这和牧师的收入恰好相等，不对，牧师的收入还靠不住，人家答应了给他这么多，他可是往往收不齐。在当初那种生活简朴的日子，每星期有一元二角五分钱就可以够一个小学生的膳宿和上学的费用，并且还连穿着和洗衣服的钱一并计算在内。

萨契尔法官对汤姆非常器重。他说一个平凡的孩子绝不能把他的女儿从洞里救出来。蓓琪非常秘密地把汤姆在学校里替她挨鞭子的情形告诉她的父亲的时候，法官显然是大受感动。她说到汤姆为了把那一顿鞭打从她身上转到他自己身上而撒了那个大谎的时候，恳求她的父亲原谅他，可是法官热情迸发地说那是句高尚的、慷慨的、宽宏大量的谎话——这句谎话有资格昂起头来迈步前进，在历史上永垂不朽，与华盛顿曾经大受表扬的那句关于斧头的老实话媲美！蓓琪觉得她父亲踏着地板、跺着脚说这句话的时候所显出的那副了不起的神气是她从来没有见过的。她马上就跑去把这件事告诉了汤姆。

对军旅生涯充满憧憬的年轻人都梦想进入西点军校（West Point）就读，这是一所于1802年创立专门培育军官的学校。由上而下：龙骑士（dragoon，重装骑兵）、步兵、号兵。

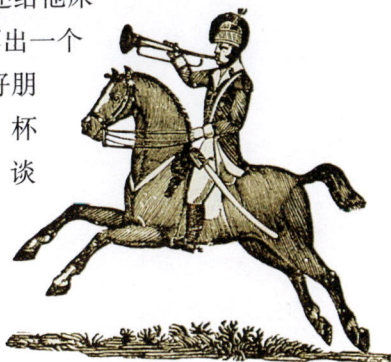

萨契尔法官希望汤姆将来成为一个大律师或是著名的军人。他说他打算设法叫汤姆进国立军事学院，然后再到全国最好的法律学校去受教育，以便使他能在这两者之中选择一种作为他的终身事业，或是二者兼任。

哈克有了钱财，又受了道格拉斯寡妇保护，他这种新的处境从此就使他进入了社交场合中。不对，是硬拖着他进去，硬把他扔进去的，于是他的苦痛就几乎使他无法忍受了。寡妇的仆人老把他连梳带刷，收拾得干干净净，打扮得整整齐齐，每天晚上还给他床上铺着一点儿也不亲切的被单，那上面竟找不出一个小小的污点，好让他按在心坎上当做知心的好朋友。他不得不用刀叉吃饭，还不得不用餐巾、杯子和碟子；他还得念书，还得上教堂做礼拜；谈起话来总得要斯斯文文，以至于语言在他嘴里变得枯燥无味；无论他走到什么地方，文明的栅栏和障碍物总是把他关在里面，连手带脚捆绑起来？

他勇敢地忍受了这些折磨，过了三个星期，然后有一天他就忽然失踪了。寡妇急得要命到处寻找他，一直找了两天两夜。镇上的人也都甚为关心，他们到处寻找，还到河里去打捞他的尸体。第三天一清早，汤姆·索亚很聪明地到那废弃的屠宰场后面放着的几个旧空桶当中去搜索，果然在一个空桶里把这个逃亡者找到了。哈克在那里睡过了觉，刚刚吃过一些偷来的残汤剩饭当早餐，正在拿着烟斗舒舒服服地歇一歇。他邋遢不堪，蓬头垢面，又穿上了他自由快乐的时候使他显得很有趣的那套破烂衣服。汤姆把他撵出来，给他说明他所引起的麻烦并劝他回家。哈克脸上立即失去他那自得其乐的神情，换了一副发愁的样子。

“‘别提了吧，汤姆。我已经试过了，那简直不对劲，简直不对劲呀，汤姆。那种日子不是我过的，我过不惯。’”

他说：“别提了吧，汤姆。我已经试过了，那简直不对劲，简直不对劲呀，汤姆。那种日子不是我过的，我过不惯。寡妇对我心肠好，够交情，可是她那一套规矩，我实在受不了。她叫我每天早上准时起床，她叫我洗脸，他们还给我用力地梳头；她还不许我在柴火棚里睡觉，我得穿那些绑手绑脚的衣服，那简直把我闷得透不过气来。汤姆，那种衣服好像是一点也不透气，不知怎么的，那么讲究得要命，穿上了就简直叫我坐也不敢坐，躺也不敢躺，更不敢到处打滚。我已经多久没有溜进人家的地窖了，大概有……哼，好像是有好几年了；我还得去做

礼拜，真是活受罪，活受罪！我恨透了那些狗屁不值的讲道的鬼话！我在那儿不能抓苍蝇，也不能嚼东西，整个星期天还得穿着鞋。寡妇吃饭也要摇铃，睡觉也要摇铃，起床也要摇铃，什么事都得按着死规矩，实在叫人受不了。”

“噢，大家都是那样呀，哈克。”

“汤姆，那也不相干。我不比大家，我受不了！那么捆得紧紧的，真要命。吃的东西也来得太容易了，这种吃法我觉得没味道。我要钓鱼也得先问过寡妇，要去游泳也得问过她，简直不管干什么都得先问过她才行。唉，我说起话来要斯斯文文，真别扭！我只好每天跑到顶楼上去，随便乱骂一会儿，嘴里才有点滋味，要不然我就活不下去了，汤姆。寡妇还不许我抽烟，她还不许我在人家面前喊叫，也不许我张大嘴，不许我伸懒腰，不许我抓痒(然后他做出一阵表示特别烦躁和委屈的动作)。还有呢，真是活见鬼！她一天到晚老是祷告！我从来没见过这种女人！我不溜掉不行呀，汤姆，我简直非溜掉不行。还有那学校也快开学了，我要不跑就得去上学。噢，那也是我受不了的，汤姆。你瞧，汤姆，发了财并不像人家说得天花乱坠那么快活。这简直是叫人发不完的愁，受不完的罪，老是情愿死了还好些。我在这儿穿上这套衣服挺合适，睡在这个桶里也怪对劲，我可是拿定了主意，再也不离开它们了。汤姆，要不是因为有了那些钱，我根本就不会惹上这些麻烦；现在把我那一份和你自己的都归你拿去吧，有时候你给我个把角子就行了……用不着常给，因为不管什么东西，要是毫不费劲得来的，我根本瞧不起。现在你替我去跟寡妇告辞吧！”

“哈克的一场欢喜又泄气了。”

“啊，哈克，你知道我办不到。这是不合适的，并且那种生活你只要多试几天，你慢慢就会喜欢的。”

“喜欢？是呀，就像一个火炉似的，我在上面坐的

“‘要是我成了一个地道的呱呱叫的强盗，人家都谈到这件事情，我想她准会因为她把我从那倒霉的境况里搭救出来了，觉得挺得意哩！’”

工夫大了，就会喜欢它吧！不行，汤姆，我可不要当富人，我也不要在那些倒霉又闷死人的房子里住。我喜欢树林子、喜欢河里、喜欢这些大桶，我要跟它们在一起。倒霉！我们刚好找到了枪，找到了一个洞，什么都安排好了，要去当强盗，偏巧就生出这件倒霉事，弄得一切都完蛋了！”

汤姆找到了机会：“喂，哈克，发了财并不会妨碍我们去当强盗呀！”

“真的吗？啊，那可好极了！你说的是真话吗，汤姆？”

“一点也不假，可是哈克，你知道吗？你要是不体面一点，我们可不能让你入帮。”

哈克的一场欢喜又泄气了。

“不能让我入帮吗，汤姆？你不是让我去当过海盗吗？”

“是呀，可是那跟这个不同。强盗要比海盗的派头大多了，一般来说都是这样的。在大多数国家里，强盗都是高高在上的贵族地位——都是一些公爵之类的人物。”

“噢，汤姆，你跟我的交情不是向来都挺好的吗？你不会把我关在门外吧，是不是，汤姆？你不会那么做吧，到底怎么样，汤姆？”

“哈克，我并不想把你关在门外，实在不愿意那么做，可是人家会怎么说呢？噢，他们会说：‘哼！汤姆·索亚的强盗帮！帮里的角色这样寒碜！’他们就是指你呀，哈克。你也不喜欢那样，我也不喜欢哩。”

哈克愣了一下没有做声，心里左思右想，不知怎么才好。

后来他说：“好吧，汤姆，只要你让我入帮，我就回到寡妇那儿去，再熬一个月试试，看看是不是会慢慢地受得了吧！”

“好吧，哈克，一言为定！走吧，老伙计，我去要求寡妇对你放松一点吧，哈克。”

“真的吗，汤姆，真的吗？那很好。只要她把那些最难受的规矩放松一点，我就私下抽烟，私下说粗话，拼命熬下去，熬死了也活该。对了，你什么时候成立这个帮，当起强盗来呢？”

“啊，马上就干起来。也许我们今天晚上就把小伙子们找到一起，举行个入帮礼。”

“举行什么？”

“举行入帮礼。”

十五岁的塞缪尔·克里门斯当印刷学徒时的照片，请注意他摆的姿势！

“那是怎么回事？”

“那就是叫大家发誓互相帮助，永远不泄露帮里的秘密，哪怕你让人家砍成肉酱也不能说出来。谁要是伤害在帮的人，就得把他和他家里的人通通杀光。”

“那真是好玩，那可是好玩极了，汤姆，真的。”

“是呀，我也觉得好玩。发誓的那一套都得在半夜里干，还得找个顶偏僻、顶可怕的地方才行，最好是闹鬼的房子，可是现在都拆掉了。”

“噢，反正半夜是挺好的，汤姆。”

“是呀，的确不错。我们还得在棺材上发誓，还得用血来签名”

“哈，那可真是太好了！哦，这可是比当海盗强到一百万倍了。我决定一辈子跟寡妇在一起，汤姆。要是我成了一个真正呱呱叫的强盗，大家都谈论我的时候，我想她准会因为她把我从那倒霉的境况里搭救出来了，觉得挺得意哩！”

尾声

这个故事就这样完结了。这既然是个小孩子的故事，就非在这里完结不可；要是再往下说，说不了多久就会成为一个大人的故事了。写关于大人的小说的时候，作者都知道应该在什么地方收笔——那就是写到结婚为止；可是写起少年人物来，就只好能在哪儿收场就趁早收场。

这本书里的登场人物，大多至今仍还在世，并且富裕而快乐。将来也许有一天，不妨再把这里面年轻人物的故事继续往下说一说，看看他们日后究竟成就为什么样的男男女女。所以关于他们目前的生活，现在就最好一字不提吧！

(京权) 图字: 01 – 2006 – 4931

图书在版编目 (CIP) 数据

汤姆历险记/(美)马克·吐温(Twain, M.)著;拉普易特绘;张友松译. —北京:作家出版社,2010.6

(经典名著·延伸阅读)

ISBN 978 – 7 – 5063 – 5359 – 5

Ⅰ.①汤… Ⅱ.①马…②拉…③张… Ⅲ.①儿童文学 – 长篇小说 – 美国 – 近代 Ⅳ.①I712.84

中国版本图书馆 CIP 数据核字(2010)第 078312 号

THE ADVENTURES OF TOM SAWYER
First published in 1876

Illustrations by Claude Lapointe
This edition arranged through Bardon – Chinese Media Agency

汤姆历险记

作　　者: 〔美〕马克·吐温
绘　　图: 克劳德·拉普易特
译　　者: 张友松
统筹编辑: 王宝生
责任编辑: 韩　星
装帧设计: 薛　磊
出版发行: 作家出版社
社　　址: 北京农展馆南里 10 号　　**邮　　码:** 100125
电话传真: 86 – 10 – 65930756(出版发行部)
86 – 10 – 65004079(总编室)
86 – 10 – 65015116(邮购部)
E – mail: **zuojia@ zuojia. net. cn**
http://www. zuojia. net. cn
印刷: 北京尚唐印刷包装有限公司
成品尺寸: 148 × 210
字数: 190 千
印张: 8.75
印数: 001 – 15000
版次: 2010 年 7 月第 1 版
印次: 2010 年 7 月第 1 次印刷
ISBN 978 – 7 – 5063 – 5359 – 5
定价: 36.00 元